BUZZ

© 2020, HarperCollins Publishers
© 2022, Buzz Editora
Publicado mediante acordo com a HarperCollins Children's Books, uma divisão da HarperCollins Publishers.

Publisher ANDERSON CAVALCANTE
Editora TAMIRES VON ATZINGEN
Assistente editorial JOÃO LUCAS Z. KOSCE
Estagiária editorial LETÍCIA SARACINI
Preparação LUISA TIEPPO
Revisão TOMOE MOROIZUMI, FERNANDA MARÃO, NATHAN MATTOS
Projeto gráfico ESTÚDIO GRIFO
Assistente de design NATHALIA NAVARRO

Nesta edição, respeitou-se o novo Acordo Ortográfico da Língua Portuguesa.

Dados Internacionais de Catalogação na Publicação (CIP) de acordo com ISBD

T238d
Taylor, Jordyn
   O diário de Paris / Jordyn Taylor;
Traduzido por Erika Nogueira Vieira.
São Paulo: Buzz Editora, 2022.
   264 p.
   Tradução de: The Paper Girl of Paris
   ISBN 978-65-89623-25-0

1. Literatura americana. 2. Romance. I. Vieira, Erika Nogueira. II. Título.

2021-3362   CDD 813.5
                         CDU 821.111(73)-31

Elaborado por Vagner Rodolfo da Silva CRB-8/9410

Índices para catálogo sistemático:
1. Literatura americana: Romance 813.5
2. Literatura americana: Romance 821.111(73)-31

Todos os direitos reservados à:
Buzz Editora Ltda.
Av. Paulista, 726 – mezanino
CEP: 01310-100 – São Paulo / SP
[55 11] 4171 2317 | 4171 2318
contato@buzzeditora.com.br
www.buzzeditora.com.br

Jordyn Taylor

O diário de Paris

TRADUÇÃO
Erika Nogueira Vieira

Para Tim

1 *Alice*

A primeira língua da minha família é a conversa-fiada. É algo que aprendi há muito tempo, quando comecei a frequentar a casa dos meus amigos sozinha. Quando estão em casa, as outras pessoas entram de cabeça nas conversas difíceis, como se mergulhassem numa piscina, mas, na residência dos Prewitt, nós conversamos educadamente como se estivéssemos o tempo todo usando nossas roupas de domingo. Por um lado, é um alívio. Significa que é raro a gente brigar, o que não é algo que a maioria dos adolescentes pode dizer sobre os seus pais. Mas também pode ser uma maldição – como agora, sentados lado a lado no banco de trás deste táxi sufocante.

"Então... o que traz vocês a Paris?"

O motorista do táxi sorri para nós pelo espelho retrovisor. Ele deve ter achado que não ouvimos quando perguntou da primeira vez. Mas escutamos muito bem, em alto e bom som. Eu sei disso porque, quando ele fez a pergunta, percebi que nossos três corpos retesaram.

Porém, apesar das circunstâncias, tudo corria bem no trajeto. Meu pai e eu prestamos atenção como alunos nota 10 quando o cara nos deu uma aula de história sobre a Sacré-Coeur, a famosa basílica no alto do monte que vimos a distância. Assentimos com a cabeça em todos os pontos esperados e fizemos promessas vazias de subir até lá para assistir ao pôr do sol assim que pudéssemos. O tempo todo ficamos com a mão em cima do joelho da minha mãe, como se ela fosse um pacote frágil com o qual deveríamos ter cuidado.

O motorista ainda está olhando para nós com muita expectativa. Ele deve estar se perguntando por que essa bem-comportada família de Nova Jersey de repente ficou calada. Pegamos trânsito no boulevard Haussmann, onde tapumes de construção estão obrigando os carros a rodar em uma só via. O sinal simplesmente não abre, então faço questão de encarar o ponto onde os três domos brancos que se elevam sobre Paris se encontram. O motorista disse que existe apenas um lugar mais alto do que a Sacré-Coeur em toda a cidade, e é o topo da Torre Eiffel. Eu daria tudo para estar em qualquer um dos dois agora – ou em qualquer lugar, desde que não fosse aqui, tendo que contar para um estranho a razão bizarra por que nós três vamos passar o verão em Paris.

Meu pai pigarreia.

"Família", ele diz rapidamente.

Minha mãe se ajeita no banco.

O sinal finalmente fica verde, e seguimos rodando calados.

Saímos do boulevard ensolarado e começamos a serpentear por ruas sombreadas que ziguezagueiam em direções inesperadas. Parece absurdo o fato de que nenhum de nós faz ideia de onde fica o local para onde estamos seguindo, só que a vovó sempre gostou de surpresas e de um drama. Ela era a exceção em nossa família. Enfio a mão no bolso do meu short jeans e toco a chave de latão, me perguntando em que raios a vovó estava pensando antes de morrer.

Cada solavanco do carro na rua faz as perguntas chacoalharem na minha cabeça como parafusos mentais em um pote de vidro. Depois de todos esses anos, por que a vovó ainda era dona de um apartamento em Paris? Ela foi embora da França para se casar com o meu avô no fim da Segunda Guerra Mundial e nunca mais voltou. Ela nem sequer falava sobre isso. Nos dezesseis anos que tive a sorte de conviver com ela, nunca a ouvi falar da sua infância, nem uma vez sequer. Não havia fotografias antigas no apartamento dela, nenhum suvenir – nadinha de nada. Foi só depois que ela morreu que eu me dei conta de como isso era estranho, essa lacuna enorme na história dela. A vovó nunca deixou de me contar sobre as vezes em que faltou ao trabalho para ir a manifestações em defesa dos direitos civis, ou como ela e meu avô uma vez fumaram maconha no terraço do prédio onde moravam, então nunca passou pela minha cabeça que ela estivesse escondendo outra coisa. Por alguma razão, eu simplesmente aceitei que a vida da vovó tinha começado quando ela pisou nos Estados Unidos pela primeira vez.

Seguimos por uma rua de mão única aninhada entre fileiras de prédios residenciais parecidos, de cor creme, com venezianas brancas e sacadas minúsculas *à la* Julieta. Há restaurantes e cafés incrustados sob elas no nível da rua, cheios de pessoas aproveitando uma tranquila manhã de sábado. Em uma rua transversal, avisto a placa no muro que diz rue de Marquis, 9e Arr. Mais cedo no carro, o motorista nos explicou que "Arr." quer dizer *Arrondissement*, que é como se chamam os distritos que dividem Paris. São vinte ao total, e o apartamento da vovó fica no nono. Chegamos. Meu coração bate acelerado. Se minha mãe e meu pai viram a placa na rua, não disseram nada.

O taxista vira a esquina. Estamos no início de uma rua em meia-lua com uma curva acentuada à esquerda, então não dá para ver onde ela acaba. Não há lojas ao redor, apenas prédios residenciais com fachadas abauladas, que acompanham a curvatura da rua. Eles não são idênticos como os outros por que passamos; na mesma calçada tem um com venezianas escuras seguido por outro bem estreito sem veneziana alguma. Por fim, o motorista para em frente a um prédio de aspecto antigo com fachada amarela, espremido entre seus vizinhos como um dente encavalado.

"*Numéro trente-six*", diz ele.

Meu pai paga a viagem com os euros que trocou no banco, e nós três saltamos na calçada em frente ao número 36. Ao analisar o prédio através de meus óculos redondos com aro de tartaruga, percebo que ele parece ser o mais antigo do quarteirão. O gesso tem rachaduras e parte da pintura das portas duplas verde-esmeralda está descascada. Meu pai vai examinar o teclado eletrônico ao lado da entrada, enquanto espero na calçada um pouco para trás, do lado da minha mãe. Abraço seus ombros e me dou conta de como os ossos estão salientes sob o folgado cardigã cinza que por algum motivo ela está usando, apesar do calor. Ela normalmente estaria com um vestido leve, algo que mostrasse suas pernas fortes, resultado das caminhadas que faz nas colinas atrás da nossa casa, mas já faz um tempo que ela não faz *isso* também.

"Nunca se sabe, mãe. Pode até ser meio divertido."

Ela cerra mais ainda o suéter em volta do corpo e ergue o olhar para um ponto não específico do prédio. A expressão dela pode ser um sorriso ou um estremecimento. É difícil dizer.

"Vamos ver, Alice."

Coitada da minha mãe. Primeiro ela perdeu a vovó, o que já foi difícil o bastante por si só, e então lemos o testamento e a minha mãe descobriu que havia coisas que ela nunca soube sobre a mãe dela. Coisas *importantes*. Minha mãe não tem estado nada bem nos últimos dois meses, mal consegue sair da cama e se vestir para ir trabalhar. Meu pai teve que lembrá-la de que os alunos do quinto ano não teriam uma professora de inglês se ela não começasse a se mexer. Eu sempre fiz o que pude para deixá-la contente quando voltávamos para casa juntas, cada uma de sua respectiva escola, como assar biscoitos ou achar alguma coisa boba para assistir na Netflix – qualquer coisa que a fizesse parar de pensar na vovó. Parece que nada surtia efeito... mas vou continuar tentando. É como se fosse o mínimo a fazer, já que fui eu que acabei herdando esse apartamento.

"Estamos dentro", meu pai diz triunfante, segurando a porta aberta. Ainda bem que o advogado da vovó deixou o código anotado no testamento.

O saguão parece tão antigo quanto a fachada do prédio, com o papel de parede descascado, um lustre empoeirado e um piso de ladrilhos que talvez tenha sido branco décadas atrás. É bastante silencioso, a não ser pelos sons distantes de passos vindos dos andares de cima. Sinto que a qualquer momento a vovó vai aparecer de repente e gritar, "Surpresa!".

"Quem lembra qual é o apartamento para onde estamos indo?", pergunta meu pai. Ele está lançando mão da voz otimista que reserva para compradores de casas em potencial. Acho que nós dois temos nossas próprias maneiras de tentar animar a minha mãe.

"É o número 5", digo.

As escadas de madeira rangem e rilham sob nossos pés. Minha mãe não responde a nenhuma das observações animadas do meu pai sobre o corrimão e as sancas, e me pergunto se ele está tendo dúvidas sobre passarmos as seis semanas seguintes em Paris.

A viagem deveria nos ajudar a ficar mais tranquilos depois das dificuldades dos últimos meses. "Vocês duas estão com o verão livre, e o Todd está praticamente me forçando a tirar umas boas férias agora que a mansão da rua Willow está fora do caminho", disse meu pai uma noite durante o jantar. (Isso foi depois de termos lido o testamento.) "Podemos ir todos dar uma olhada no apartamento, e vou tratar de resolver a questão da propriedade da vovó enquanto vocês duas desbravam a cidade. O que vocês acham, garotas?"

Meu coração bate mais forte a cada degrau que subimos, e chego a ter certeza de que todo mundo consegue ouvi-lo reverberando nas paredes. Ainda estou em choque pela vovó ter deixado o apartamento para mim e não para a minha mãe, mesmo que seja verdade que nós *éramos* muito próximas, e eu ia visitá-la muito mais do que a minha mãe, porque o apartamento dela ficava perto da minha escola; eu conseguia vê-lo da janela do laboratório de ciências no terceiro andar. Eu sempre parava para fazer uma visita no caminho de volta para casa; ela servia café e bolo de banana e conversávamos sobre o que estivesse passando pela nossa cabeça, desde a minha inexistente vida amorosa até o drama mais recente em seu clube de bridge nas tardes de sábados. E então, é claro, houve aquele período no primeiro ano, quando a minha mãe foi a todas aquelas consultas médicas, em que a vovó me buscava na escola e me fazia o jantar toda noite. Desde o início tínhamos uma ligação especial.

Eu me lembro de um dia frio e chuvoso em fevereiro, quando eu estava sentada à mesa de jantar, contornando com o dedo as bolinhas da caneca de café que ela sempre guardava para mim. "Vó", perguntei de repente, "e se eu ainda não tiver alguém para ir comigo no baile semiformal da primavera, o que isso quer dizer?"

A vovó ergueu uma de suas sobrancelhas finas e grisalhas. "O que isso *quer dizer*?"

"É."

Ela bufou. "Quer dizer que você ainda não deu um jeito de convidar alguém para ir com você."

Meu pescoço e minha testa estão molhados quando chegamos à porta sobre a qual está o pendurado número 5 enferrujado. Não parece haver ar-condicionado no prédio e estamos no final de junho. Meu pai chega em seguida e minha mãe, por último. Todos nós paramos um pouco para recuperar o fôlego. E então chega o momento.

"Você quer abrir?", proponho à minha mãe. Quero que ela sinta que o apartamento pertence a nós duas.

"Não, obrigada", diz ela. "Pode abrir você."

Com os dedos trêmulos, saco a chave. Ela se encaixa no buraco e gira fazendo um belo clique, então empurro delicadamente a porta.

Minha primeira impressão é de que tem o mesmo cheiro de um livro velho: mofado e bolorento, mas ainda assim convidativo, como se fosse bom que alguém finalmente tivesse marcado sua lombada ao abri-lo. Estamos parados diante de um vestíbulo com paredes de painéis e pé-direito alto, mas está escuro demais para ter ideia de como são os cômodos mais adiante.

"O-olá?"

Não sei por que acabei de dizer isso. Está claro que não tem ninguém aqui, e que ninguém *esteve* aqui por um bom tempo. Quando piso na sala, o piso parece estranhamente macio sob meus pés, e, ao olhar para baixo, me deparo com uma camada espessa de poeira se depositando sobre os cadarços do All-star roxo que comprei com o dinheiro das aulas particulares. A poeira está por toda parte: no banco de madeira ao lado da porta, no cabideiro do canto, provavelmente no ar abafadiço que estou respirando.

Minha mãe cobre a boca com a manga do cardigã para tossir.

"Acho que vou ficar lá fora, gente."

"Não quer espiar nem um pouquinho?", faço um gesto animado indicando as sombras.

"Podemos esperar aqui enquanto você dá uma olhada", diz meu pai, segurando a mão da minha mãe. Ela não se opõe à sugestão, então só me resta afundar ainda mais naquela escuridão.

"É difícil enxergar onde... Uau."

Depois de passar por um arco, tateando, bato o joelho em alguma coisa maciça. Uma mesa. Com cuidado, eu a contorno ainda tateando, até que uma pequena faixa de luz me indica que cheguei a uma janela. As cortinas estão rígidas, mas com um pouco de esforço consigo abri-las, e a forte luz do sol de verão inunda o apartamento como uma grande onda. Ouço meu pai arfar, e não daquele jeito falso e entusiasmado de corretor de imóveis. Eu me viro e fico boquiaberta.

"Meu... Deus... do... céu..."

Não há outro jeito de explicar: nós voltamos no tempo. Estamos parados no meio de um apartamento completamente mobiliado que está intocado há... sabe-se lá há quanto tempo. Estou na sala de jantar, encarando toda a extensão de uma elegante mesa de madeira. À minha direita, há uma cristaleira com castiçais de prata e o aparelho de jantar no alto. Grandes pinturas em molduras douradas e ornamentadas cobrem as paredes de ponta a ponta. O lugar me lembra o cenário de um filme, só que é real... e devia ser bem chique na sua época, o que faz com que eu me pergunte como é que algum dia a vovó poderia ter morado ali. Ela sempre disse que não tinha um tostão quando chegou aos Estados Unidos com o vovô, e que os dois se viravam com apenas uma refeição completa por dia.

Lá da porta, meu pai convence a minha mãe a se aventurar apartamento adentro. Ao dar o primeiro passo, ela escorrega na poeira e quase se esborracha no chão, mas meu pai a segura bem a tempo.

"Olha só a sala de jantar, Diane!"

"Estou vendo, Mark."

"Nada mau, hein?"

"Fale por você."

Eu gostaria que tivesse alguma coisa que eu pudesse dizer para melhorar as coisas, mas sei que não há, então abro as portas duplas e entro em outro cômodo escuro. Vou até uma segunda faixa de luz que vem de um par de cortinas, abro-as e avisto uma luxuosa sala de estar. Aqui tem obras de arte que parecem ainda mais valiosas e um piano vertical de madeira que deve estar bem desafinado a essa altura. Dou uma volta pela sala, babando na enorme lareira e no espelho apoiado sobre ela. Cutuco uma das poltronas estofadas perto da janela e uma nuvem de poeira dança no ar. O apartamento sem dúvida está contente com a minha presença.

Com cuidado para não fazer subir o tapete de poeira que jaz em todas as superfícies, vou na ponta dos pés de cômodo em cômodo, desejando que meus olhos pudessem enxergar em dez direções diferentes de uma só vez. Meus pais estão seguindo num ritmo muito mais lento que o meu, e continuam observando o vestíbulo. Eu exploro a cozinha e um pequeno cômodo quadrado com uma mesa e prateleiras de livros que vão do chão ao teto. No corredor que se ramifica a partir do outro lado do saguão, abro a porta de um armário e me deparo com uma visão assustadora: uma dúzia de casacos ainda pendurados e ordenados, como fantasmas em fila indiana. Minha nuca formiga. O apartamento não é mais apenas mobília antiga; agora há algo humano nele. O que poderia ter feito uma família abandonar este apartamento luxuoso e deixar todas as suas coisas para trás? E será que poderia mesmo ter sido a família *da vovó*?

"Ô Alice, vem dar uma olhada nisso!", diz meu pai.

Eles ainda estão perto da porta, parados ao lado de uma mesa encostada na parede. Há porta-retratos alinhados sobre ela, e meu pai está quase terminando de limpar a poeira deles com a barra da camiseta. Minha mãe encara os que ele já limpou. Eu poderia dizer que seu rosto é de pedra, se não fosse pelo músculo tremendo em sua mandíbula.

"Vo-vocês acharam alguma coisa bacana?"

"Não entendo", diz minha mãe.

As fotografias são todas em preto e branco. A que está na extremidade esquerda mostra uma jovem sentada em um calçadão. Ela está segurando firmemente a beirada do banco e se contorcendo um pouco no assento, como se quisesse deixar claro que preferia estar na areia em vez de posar para a câmera com seu vestido. O cabelo dela é louro e brilha, ela tem sardas no nariz e é incrível como ela me parece familiar.

"Mãe, essa é você?"

Mas não pode ser. Ela foi tirada décadas antes de minha mãe ter nascido. No fundo da foto, aparecem homens com calções de cintura alta e mulheres com roupas de banho estruturadas que mais parecem vestidos. As pessoas estão carregando sombrinhas, pelo amor de Deus. Então quer dizer que...

"É a vovó", diz meu pai.

Minha ficha cai de repente: minha garganta aperta, as lágrimas inundam meus olhos e meus óculos embaçam. Eu trato de limpá-los para que a minha mãe não me veja assim. Quero ser forte para ela agora, mas *eu também* sinto saudades da vovó. Sinto saudades do café com o bolo de banana. Sinto saudades de dar risada das histórias dela sobre a Ethel do clube de bridge, que sempre cochilava no meio do jogo. Sinto saudades de mostrar para a vovó as fotos dos garotos de quem estou a fim no Instagram e de ouvir suas impiedosas avaliações. Mas, acima de tudo, sinto saudades de ter alguém da família com quem posso me abrir. Eu converso e rio e me dou bem com os meus pais, mas nunca falo de *sentimentos* com eles. Os dois são reservados demais – era com a vovó que eu fazia isso. Engulo em seco. Eu me sinto culpada sempre que me ocorre esse tipo de pensamento, porque sei como a minha mãe está sofrendo, e eu a amo. Eu amo meu pai também. Quando volto a colocar os óculos, as lágrimas já desapareceram.

Volto a olhar as fotografias. A vovó criança aparece em todas. Lá está ela sentada de pernas cruzadas na grama, ao lado de uma toalha de piquenique, e lá está ela de meias até os joelhos e salopete, fazendo pose na frente da escola.

"Então você acha que este apartamento é..."

A foto seguinte responde a minha pergunta. Lá está a vovó de novo, sentada no que é sem dúvida a mesa de madeira comprida que está na outra sala. Eu reconheço os quadros na parede atrás dela. A vovó morou aqui. Esta foi a casa dela – uma casa *muito chique* – na infância. Não sei o que mais eu esperava que fosse, mas a verdade é tão bizarra que mal consigo dar conta dela. Talvez a família a tenha abandonado para fugir da guerra. Mas, se fosse esse o caso, por que eles nunca mais voltaram? O que aconteceu com eles?

Estou remoendo dezenas de novas perguntas quando noto a garota. Na foto do piquenique, ela está deitada de barriga para baixo, folheando um livro. Na foto da escola, ela está posando do lado da vovó com uma roupa igual. Ela não me parece familiar, mas tem olhos e cachos escuros exatamente como os meus, só que é muito mais bonita. É fato. Ela parece uma estrela de cinema; eu sou uma nerd que *pode até* ser meio bonitinha, se você apertar bem os olhos e inclinar a cabeça um pouco para a esquerda.

"Mãe", pergunto com jeito, "a vovó já falou alguma vez que tinha uma irmã?"

"Não", diz ela. "Aparentemente tem muita coisa que a sua avó nunca me contou."

Mas não há sombra de dúvida. Elas têm de ser irmãs. Mais no fim da fileira, há um retrato de estúdio da vovó, da garota e de duas pessoas que devem ser os pais delas. A mulher está impecável, com brincos de diamante e um colar com uma grande pedra preciosa que repousa na base do pescoço. O homem é mais rústico, seu terno é alguns números maior e fica folgado em sua silhueta franzina, e percebo que ele não tem os últimos três dedos da mão esquerda.

Meu pai aperta os ombros da minha mãe. "Você já tinha visto uma foto de seus avós?"

"Não", ela responde ríspida, se desvencilhando de seu toque. "Eu só sei que eles morreram antes de eu ter nascido."

Tenho uma ideia. Encontro uma abertura no alto do porta-retrato, tiro a foto e a viro. Como era de se esperar, tem algo escrito no verso: *Maman, Papa, Chloe, et Adalyn. 1938.* Chloe é o nome da vovó, o que significa que o da sua irmã tem que ser... Adalyn.

Nunca ouvi esse nome antes. Na minha turma na escola, tem cinco Emilys, quatro Hannahs, três Ashleys e três Samanthas, mas nenhuma Adalyn. Eu gosto do nome – mais do que gosto de Alice, que soa tão tímido e tenso. Essa garota de cabelo escuro tem alguma coisa que torna difícil desviar o olhar, e não é o fato de ela ser mais bonita do que qualquer outro ser humano que já vi na vida. Há algo estranho nos seus olhos, como se ela estivesse analisando a pessoa que está tirando a foto.

"O nome dela era Adalyn", digo à minha mãe quando lhe entrego a fotografia. Ela volta a encaixá-la no porta-retrato sem sequer dar uma olhada. Meu pai passa a mão no que resta de seus cabelos ralos. Ele faz isso sempre que está preocupado e pensando no que vai dizer em seguida.

"Talvez a gente devesse ir almoçar", sugere ele. "O que você acha, Diane?"

"Por mim, tudo bem."

Meu coração aperta. Ainda não estou pronta para ir embora. Quero continuar explorando – não vi nenhum quarto ainda. Mas ao mesmo tempo sei que meu pai está certo. É demais para minha mãe absorver de uma vez só, e é melhor para ela que a gente não continue ali por muito mais tempo. Não quero ser egoísta. Com uma última olhada no apartamento, faço a promessa silenciosa para a vovó de que vou voltar assim que puder. Provavelmente é melhor que eu venha sozinha da próxima vez, para poder ficar o tempo que quiser.

Sigo meus pais até a escadaria e fecho a porta atrás de nós. Deixei as cortinas abertas para que a luz entre.

2 *Alice*

A luz do sol flui pela janela sobre a minha cama no apartamento alugado. São oito da manhã e estou completamente desperta, agitada com a expectativa.

Durante três longos dias, meus pais e eu perambulamos por museus e outros pontos turísticos. Visitamos o Louvre, o Musée d'Orsay, a Torre Eiffel... e em nenhum momento um de nós soltou uma palavra sobre a vovó ou o apartamento. Meu pai e eu nos esforçamos para ser os Prewitt ainda mais do que de costume, comentando as pinturas *magníficas* e a arquitetura *deslumbrante* na esperança de que a minha mãe não ficasse tão infeliz. Por fim, na última noite, meu pai recebeu um e-mail do chefe da equipe de limpeza dizendo que eles tinham terminado de remover a poeira e os detritos, e que estávamos liberados para voltar quando quiséssemos. O rapaz disse que eles nunca tinham visto nada como o apartamento da vovó – *une capsule temporelle,* foi como ele o chamou.

Uma cápsula do tempo.

Encosto meu ouvido na parede fina entre meu quarto e o dos meus pais. Eles ainda devem estar dormindo. Em silêncio, escovo os dentes, visto shorts e uma camiseta, e coloco meu tênis; foi o único calçado que trouxe, porque uso com tudo. Ao sair do quarto, mando uma mensagem de texto para os dois para que eles não surtem quando acordarem. Considerando tudo, provavelmente foi uma boa ideia não ter encarado minha mãe esta manhã. Quero dizer, ela falou *de verdade* que eu estava liberada para voltar ao apartamento quando quisesse, desde que ela não tivesse que ir junto, mas é difícil saber o que de fato está passando pela cabeça dela. Queria que fosse mais fácil.

Parte de mim sente culpa por tê-la deixado para trás hoje, mas ela tem o meu pai para lhe fazer companhia, e depois de 72 horas longe, o apartamento na rue de Marquis, 36 está me chamando de volta. Enquanto subo a rue de Richelieu a pé, alguma coisa no mundo ao meu redor parece inexplicavelmente mais brilhante, como se alguém tivesse intensificado o sol. Ao passar caminhando por um parque minúsculo, noto uma fonte que deve ter quase um metro e meio de altura, seus jatos de água formando arcos graciosos no ar. Esta é uma das minhas coisas favoritas em Paris até agora – para qualquer lugar que olho, tem algo bonito de cair o queixo plantado no meio de um quarteirão comum da cidade. Nosso Airbnb é um apartamento de dois quartos apertado em cima de uma loja de conserto de celulares, mas do outro lado da rua fica uma igreja linda que foi construída no século XVII. A cidade é cheia de surpresas como essa.

Minha primeira parada é em um café que encontro no caminho, um lugar tão minúsculo e tão cheiroso que dá para sentir o efeito da cafeína só de inspirar o aroma. Me sentindo ousada quando me aproximo do balcão, lanço mão do meu francês tosco para pedir um café puro: "*Un café noir, s'il vous plaît*".

É o meu pedido padrão, mesmo sendo tão amargo. Sempre que a gente vai ao Starbucks, minhas amigas Hannah e Camila pedem *lattes* de abóbora temperada e frappuccinos *mocha* com cobertura de chantilly. Tenho que admitir que são bem gostosos – tudo bem, vai, são maravilhosos –, mas a vovó me ensinou a apreciar café de verdade.

Quando a barista entrega meu pedido, vejo que não é o que eu esperava. A xícara tem uns sete centímetros de altura, menor do que a de tamanho infantil. O café parece uma borra, marrom-escuro e opaco. Não tem quase nada dentro da xícara.

Assim que tomo um gole, entendo por quê. É o café mais forte que já tomei na vida. O gosto é como o de um tapa na cara. Será que é uma pegadinha que eles fazem com os norte-americanos? Será que ela percebeu o meu sotaque? Mas, olhando ao meu redor, vejo que outras pessoas também estão tomando o mesmo café, sem problemas. Como é que elas conseguem? Estou sem jeito demais para pedir qualquer outra coisa, então levo o café comigo na esperança de que me acostume, da mesma forma que me habituei a tolerar coentro. A cada três quarteirões, dou mais uma bicada, mas de alguma maneira ele está ficando mais forte. Quando chego à rua da vovó, eu me obrigo a tomar o restante da borra de torcer o nariz antes de jogar, triunfante, o copo no lixo.

Subo as escadas até o apartamento 5, giro a chave na fechadura e abro a porta. Uau... a equipe de limpeza fez um trabalho incrível. Posso ver os detalhes que estavam escondidos sob as camadas de poeira: os pés da mesa e das cadeiras da sala de jantar trabalhados em formato de garra, os padrões dos tapetes orientais na sala de estar, o rosto sorridente da vovó e de Adalyn nas fotografias perto da porta de entrada. É como se todo o apartamento pudesse ser visto em melhor foco.

Ainda não acredito que a vovó o deixou para mim.

Eu poderia ter continuado estudando cada um dos móveis do apartamento, mas o que eu quero mesmo fazer é descobrir tudo que puder sobre a vovó e a família dela. Desde que a gente leu o testamento, tenho pensado nisso o tempo todo, fechando os olhos e repassando as cenas na minha mente, e agora tenho certeza de que a vovó estava guardando segredos de propósito. Eu me lembro de algumas vezes em que seu passado *quase* veio à tona na conversa, e vovó foi astuta o bastante para desviar do assunto antes que eu me desse conta do que ela tinha feito.

Em março passado, por exemplo, quando perguntei a ela se poderia revisar minha lição de casa de História da Europa, que era um mapa detalhado das invasões alemãs na Segunda Guerra Mundial. Eu achei que ela poderia realmente se interessar, já que estava viva quando tudo aconteceu, mas a vovó passou os olhos pela folha por pouco mais de um segundo antes de colocá-la de lado e perguntar: "É essa a aula que você tem com o menino? Ele já aprendeu como se beija direito uma garota?".

Sim, era a aula com *o menino*. Depois de todo o estresse por não ter companhia, Nathan Pomorski acabou me chamando para ir com ele ao baile semiformal de primavera. Ele me beijou no meio de uma música lenta – ou melhor, ele sugou a metade inferior da minha cara, de modo que a minha boca inteira acabou *dentro* da dele. Foi horrível.

"Não que eu saiba", disse à vovó. "Já falei para ele com jeito que não quero ficar com ele de novo, mas não acho que captou a mensagem. Ele continua indo até o meu armário para dizer oi."

Vovó bateu a caneca de café na mesa fazendo um *tum*. "Então diga logo que ele parece um aspirador de pó quando beija!"

Àquela altura, nós duas caímos na risada e o dever de casa de história ficou para trás.

Eu não cheguei a ver os quartos no outro dia, então é até eles que vou primeiro. Não é difícil encontrá-los. Mais adiante de onde espiei o armário no corredor, encontro duas portas, cada uma com uma placa pintada pendurada. Uma diz "Chloe". A outra diz "Adalyn".

Não tenho dúvida, vou olhar primeiro o quarto da vovó.

O quarto da vovó – que pensamento estranho. Ainda não consigo processar o fato de que ela morou aqui, de que a mão dela virou esta mesma maçaneta de latão. Meu coração dispara com a ideia de encontrar algum tipo de pista sobre o passado dela lá dentro.

Ah, minha nossa. Parece que um furacão passou pelo quarto. A porta do armário da vovó está escancarada, e suas roupas estão jogadas na cama. Sapatos aleatórios e livros estão espalhados pelo chão. Não consigo imaginar como ele era *antes* de a equipe de limpeza entrar em ação. Foi assim que a vovó fez as malas para ir embora para os Estados Unidos?

Dois objetos minúsculos em cima da penteadeira atraem meu olhar, e as perguntas que eu estava me fazendo desaparecem completamente enquanto sinto mais um nó na garganta.

As lágrimas rolam rápido, como se houvesse uma mão apertando meu pescoço e forçando meus sentimentos a virem à tona. Eu as enxuguei quando isso aconteceu na frente da minha mãe, mas, desta vez, eu as deixo escorrer à vontade pelas minhas bochechas, quentes, úmidas e salgadas – uma verdadeira confusão de emoções. Estou um caco... e fico constrangida na mesma hora. Eu não costumo chorar na frente de ninguém, nem de mim mesma. Foram a agulha e a linha que chamaram minha atenção, uma ínfima evidência de que a vovó, *a minha avó*, já viveu e respirou neste quarto estrangeiro. Ela trabalhou como costureira assim que se mudou para os Estados Unidos, antes de se formar para trabalhar como professora. Ela sempre adorou costurar; fez até roupinhas para os meus ursos de pelúcia quando eu era pequena. Eu pego a agulha e a deslizo entre os dedos, e admiravelmente, como se alguém colocasse um cobertor nas minhas costas, o apartamento começa a parecer mais familiar.

Eu me recomponho e volto a observar o quarto. Por cima da pilha de roupas, há um vestido roxo longo que aparentemente a vovó não quis levar. Estranho... Ele tem uma estrela amarela costurada no peito que parece ter sido acrescentada depois. Está escrito "*zazou*" no meio da estrela. O que isso quer dizer? Eu sei que os nazistas obrigavam os judeus a usar estrelas nas roupas durante a Segunda Guerra Mundial, mas a vovó era cristã.

Eu examino um pouco mais as roupas espalhadas, passando a mão nos tecidos e desejando que a vovó estivesse aqui para me explicar tudo. Por que este lugar era um segredo tão grande, e por que ela o deixou para mim? Por que não para a minha mãe? Será que tem alguma coisa que ela queria que eu encontrasse? Em busca de pistas, eu passo para a cômoda, mas encontro apenas algumas meias-calças perdidas lá dentro. Vamos lá. Me dê um sinal, vovó! Como uma idiota, olho por sobre o ombro para ver se alguma coisa se revelou num passe de mágica, mas o quarto está exatamente como quando entrei.

Se aqui estão principalmente roupas velhas que a vovó não quis levar, talvez eu deva olhar no quarto ao lado – aquele que pertenceu a Adalyn, a misteriosa tia-avó que nunca conheci. Dou uma última repassada pelo quarto da vovó e volto para o corredor.

A porta de Adalyn se abre com um rangido longo e baixo.

A primeira coisa que vejo, no mosaico que a luz do sol vinda do pátio cria, é uma cama de dossel linda com traves de madeira esculpidas. Eu implorei por uma cama daquela *sem parar* para os meus pais quando estava no primeiro ano, mas então a minha mãe passou por aquela fase sombria, e eu aprendi rapidinho a reprimir o meu comportamento. Acho que já tinha me esquecido dela quando o segundo ano estava rolando, e desde então nunca mais pensei nisso.

Passo os olhos pelo quarto, me perguntando onde vasculhar primeiro. Se alguém entrasse no meu quarto lá em casa, onde é que encontraria minhas coisas mais íntimas? Sem dúvida, seria na gaveta da minha escrivaninha. É lá que eu escondo todos os meus poemas constrangedores que nunca, *nunquinha*, vão ver a luz do dia. É lá também que guardo o endereço que o Nathan me deu do seu acampamento de verão no Canadá; ele pediu que eu mandasse cartas para ele porque o celular não pega, mas eu ainda não fiz isso.

Corro para a escrivaninha que está debaixo da janela do quarto de Adalyn, só que quando minha mão está no puxador da gaveta, eu paro. Estou me sentindo um pouco bisbilhoteira, fuçando nas coisas dela. Se a minha mãe um dia abrisse a gaveta da *minha* escrivaninha e visse os poemas que escrevi alguns anos atrás, quando ela estava passando por outra das suas fases, é provável que eu caísse dura na hora. Mas, dito tudo isso, Adalyn não mora aqui há anos – décadas, na verdade. Esteja onde ela estiver hoje, duvido que essas coisas sejam particularmente importantes para ela.

A curiosidade toma conta de mim e eu puxo a gaveta.

No interior, vejo lápis, papéis de carta em branco, algumas moedas perdidas e grampos de cabelo. Tem também um caderno com uma capa de couro. Eu abro na primeira página e me deparo com parágrafos seguidos de letra cursiva. Há uma data no alto do canto direito: *30 mai 1940* – 30 de maio de 1940.

Meu coração para por um instante.

Acho que acabei de encontrar o diário da Adalyn.

Eu sei que estou sendo a maior bisbilhoteira, mas não consigo resistir. Vou deixar para olhar o quarto dos pais delas mais tarde. Agora, eu preciso do Google Translate.

Verifico as outras gavetas para ter certeza de que não deixei nada passar, a não ser por aquela que está tão emperrada que não sai do lugar de jeito nenhum. Então volto correndo para o Airbnb, enfio meu laptop na minha mochila e saio em busca de um café com Wi-Fi grátis.

Eu poderia ter feito isso no apartamento alugado, mas não queria correr o risco de a minha mãe dar de cara comigo e ficar chateada mais uma vez. Felizmente, eu não demoro para encontrar um lugar tranquilo no canto de um café; está um dia lindo de verão em Paris, o que significa que todas as outras pessoas neste café estão implorando por uma mesa do lado de fora, na calçada. Assim que eu me conecto à internet, abro o diário com o cotovelo e começo a digitar a primeira entrada no Google Translate.

"Algo para comer, *mademoiselle*?"

O garçom se aproxima para anotar o meu pedido.

"Ah, hum..." Eu aperto os olhos em direção à lousa na parede. "*Un pain au chocolat, s'il vous plaît.*"

"E você gostaria de algo para beber?"

Sim – mas não quero cometer o mesmo erro desta manhã, quando tentei fazer o pedido em francês. Desta vez, acho que vou arriscar no inglês.

"Eu queria só uma xícara de café preto, por favor."

"*Un café?*"

"Sim, obrigada."

Eu volto para o diário. O processo é lento; às vezes é difícil entender algumas letras, e meu francês não é bom o suficiente a ponto de eu poder chutar qual palavra pode estar escrita ali. Acabo abrindo uma segunda aba do Google Translate onde digito as diferentes possibilidades até que surja uma palavra em inglês que aparentemente se encaixe. Meus óculos não param de escorregar no meu nariz porque estou curvada demais sobre a página.

O garçom volta com o meu pedido. Uma massa folheada que parece divina em um prato e um – ah, não. É outra xicrinha minúscula de café. Como pude deixar isso acontecer de novo?

"*Un pain au chocolat et un café, mademoiselle.*"

Mais cedo ou mais tarde, vou dar um jeito nessa história, mas por ora agradeço e volto ao trabalho. Sempre que desvendo um trecho particularmente denso, eu me recompenso com mais uma mordida no *pain au chocolat*. Eu amo como ele quase derrete na minha boca.

Por fim, chego ao fim da primeira entrada do diário. Eu giro o pescoço e alongo os pulsos. Dou um golinho de nada no café – Santo Deus, como é forte – e então leio.

> Nunca tive um diário antes.
> Estou começando um porque parece que só assim vou processar melhor o que aconteceu nas últimas semanas. Se eu não escrever tudinho, talvez não acredite em algumas das coisas que vi com meus próprios olhos.
> Eu encontrei este caderno em branco quando estava procurando curativos para enfaixar os meus pés. O tio Gérard disse que eu merecia ficar com ele depois do que eu tinha passado. Então agora estou escrevendo do sótão da casa da fazenda do meu tio – mais especificamente, do colchão que Chloe e eu vamos dividir por enquanto. Quem sabe por quanto tempo? Minha irmã está reclamando do aperto para dormir (do jeito que ela reclama de quase tudo), mas acho que este sótãozinho melancólico é o único lugar onde posso ouvir meus pensamentos. Com Maman, Papa, Gérard e quatro de seus amigos que também foram embora de Paris, a casa está terrivelmente lotada e está difícil demais aguentar o clima pesado.
> Por onde começar esta história desoladora? Em maio, os alemães invadiram a França. Na escola, sempre disseram para a gente não se preocupar, que Hitler nunca ultrapassaria a Linha Maginot, mas eles estavam errados.
> Tudo aconteceu muito rápido depois disso. Papa disse que estávamos saindo de Paris para ir para a fazenda de Gérard em Jonzac. Tivemos que carregar o carro o mais rápido possível. Maman separou três vestidos e dois casacos e guardou tudo em uma mala de mão, e disse para Chloe e eu fazermos a mesma coisa. Ela saiu do apartamento usando seus sapatos de salto alto mais caros porque não queria deixá-los para trás. Eu me pergunto onde eles estão agora.
> Era para a gente fugir para ficarmos seguros, mas não havia segurança alguma naquela estrada saindo de Paris. Imagine uma corrente imunda e exausta de gente que chegava até onde os olhos

alcançam. Algumas famílias empurravam seus pertences em carrinhos capengas. Outras não tinham nada além dos trapos que levavam nas costas. Papa dirigiu o carro até onde foi possível, avançando lentamente pelo congestionamento. Por fim, ficamos sem gasolina perto de Orléans. Como não tinha lugar nenhum onde conseguir mais, tivemos que abandonar o nosso amado Citroën como um cadáver ao lado da estrada – com muitas das nossas coisas ainda lá dentro – e continuamos a jornada a pé.

Caminhamos por três dias. Nossos pés doíam e sangravam. Mesmo com todo o dinheiro que Papa sacou do banco não conseguimos um quarto em parte alguma. Nós dormimos – ou tentamos dormir – no capim do lado da estrada. Mordiscamos o pão, o queijo e a linguiça que por sorte lembramos de embrulhar para a viagem.

Tem coisas que eu vi na estrada que nunca vou esquecer enquanto estiver viva. A multidão era uma massa viva. Ela podia engolir você. Havia crianças tremendo de pavor porque tinham sido separadas de seus pais. Como elas iam voltar a encontrá-los um dia, sendo novas demais para saber para onde estavam indo? Havia pessoas idosas estateladas no chão porque estavam fracas demais para caminhar. Algumas estavam vivas. Algumas não estavam. Eu estava desesperada para parar e ajudar essas pessoas, mas Maman e Papa continuaram andando, e eu não podia me perder deles. Eu estava com a comida.

O pior de tudo foi quando os bombardeios começaram. Nós estávamos cansados, imundos, famintos. E então ouvimos o zumbido surdo ficando mais alto a cada segundo. Olhamos para o alto e vimos aviões alemães voando em direção a uma parte da estrada mais adiante de nós. Três deles. No início, presumi que estavam indo para outro lugar, mas então eles mergulharam com um som de grito terrível. Eles atiraram nas pessoas que estavam no chão. Pessoas inocentes que não tinham nada – que estavam caminhando há dias. E então eles foram embora.

A barulheira dos aviões fez Papa ter terríveis flashbacks. Todo o seu corpo tremia e ele se esforçava para respirar, então paramos para confortá-lo por um bom tempo. Meu pobre, querido Papa. Antes, eu só o tinha visto assim quando ouvia fogos de artifício.

Por fim, continuamos nossa caminhada, mas ele ainda estava abalado. Então, quando nos aproximamos mais do local onde os aviões tinham atacado, tive que correr da estrada para vomitar. Havia corpos com as entranhas de fora. Adultos gritando como animais. Não vou entrar em mais detalhes porque posso passar mal de novo. Eu desprezo essa guerra, eu desprezo os alemães.

Precisei parar por um segundo para voltar a conseguir respirar. Eu nunca fiquei sabendo desse êxodo em massa de Paris, mas é a coisa mais repugnante que já ouvi na vida. Então será que foi assim que o apartamento ficou abandonado – quando a família fugiu da cidade para a casa do tio Gérard? Não... não parece estar certo, porque de algum modo o diário da Adalyn estava no quarto dela. A família – ou pelo menos a Adalyn – deve ter retornado a Paris.

Eu me volto para a próxima página do diário. As duas entradas seguintes de Adalyn são mais breves do que a primeira e, desta vez, sua letra está mais corrida. Há uma sensação de urgência nas linhas de texto que se lançam pela página. Preciso saber o que aconteceu depois. Ajeito os óculos sobre o nariz e começo a digitar.

14 de junho de 1940
Hoje Paris foi tomada pelos alemães. Os homens que mataram todos aqueles refugiados inocentes estão marchando livremente pela Champs-Élysées. Eu não sei o que está para acontecer. Papa mal tem falado esses dias. Suspeito que suas lembranças da Grande Guerra o estejam assombrando terrivelmente. Ele perdeu três dedos na Batalha de Passchendaele, mas isso foi o de menos. Ele também perdeu seu irmão mais novo, Mathieu. Gérard diz que as coisas vão piorar para a França. Maman tem esperanças de que as coisas melhorem. Chloe está apavorada. Ela tem medo de a nossa casa não estar mais lá quando voltarmos. Eu também estou com muito medo, mas tento não demonstrar. Eu amo nosso apartamento. Eu amo a nossa linda

cidade. Tenho que ir – Chloe está com o sono muito agitado e diz que quer que eu me deite com ela.

17 de junho de 1940
Acabou. A França está se rendendo à Alemanha Nazista. O marechal Pétain falou no rádio hoje à noite. (Ele está à frente do governo agora.) Ele disse que é seu dever atenuar o sofrimento da França. Ele disse que é hora de parar de lutar.

Maman está aliviada. Ela confia no velho marechal. Agora nenhum homem tem de morrer por essa guerra, diz ela. Estou tentando entender o seu ponto de vista, mas não consigo. Parece que o mundo está se desintegrando. Como Pétain pode fazer as pazes com os alemães? Por que não estamos nos defendendo contra essa força do mal?

Depois da transmissão, Chloe e eu ajudamos uma à outra a subir de volta para o nosso quarto. Deitamos juntas e choramos por um bom tempo antes de finalmente cairmos no sono.

Agora me sinto mal por todas as vezes que reclamei para a minha avó por ter dever de casa demais – olha só pelo que ela estava passando na minha idade! Tudo que quero é alcançar a minha avó por meio das páginas do diário da Adalyn e confortá-la. Eu quero dizer a ela que tudo acabou bem no fim. Ela conheceu o vovô, e eles tiveram a minha mãe, e ela me teve. Mas então eu volto às mesmas perguntas de antes: o que aconteceu com a família da vovó? O que aconteceu com a Adalyn? Claramente, ela e a vovó eram irmãs muito próximas. O que mudou? O que é que pode ter acontecido para ter feito a vovó passar o resto da vida sem sequer mencionar a Adalyn para sua própria família?

E, mais importante, a vovó queria que eu encontrasse essas respostas?

Um aviso aparece na tela do meu laptop, dizendo que só me resta 10% de bateria. Dou uma olhada no horário e fico espantada ao ver que estou aqui há quase duas horas e meia. Vou digitar mais uma entrada e depois voltar para a rue de Marquis, para continuar explorando. Digito a primeira frase no Google Translate, esperando mais uma notícia angustiante.

Mas é o contrário.

18 de junho de 1940
Retiro o que escrevi ontem: não acabou.

Ainda há esperança. Mal consigo fazer minha mão parar de tremer!

Um general francês chamado Charles de Gaulle fez um discurso na BBC esta noite. Ele prometeu que um dia o inimigo será derrotado e convocou os homens a se juntarem a ele em Londres. No fim, ele disse a coisa mais inesquecível: "Aconteça o que acontecer, a chama da Resistência Francesa não deve ser apagada e não será apagada".

Esta noite, Chloe e eu mal vamos conseguir dormir de empolgação. Ouviu isso? A luta não acabou!

Eu podia pular e comemorar agora mesmo, só que eu obviamente nunca faria uma coisa dessas em público. Ainda assim, é como se eu estivesse lá com a Adalyn, dividindo sua empolgação. Passo a ponta dos dedos pela página quebradiça, amarelada nas pontas, e imagino uma corrente de eletricidade fluindo da Adalyn pelo papel até mim.

Já ouvi falar da Resistência Francesa. O sr. Yip explicou rapidamente sobre ela no capítulo sobre a Segunda Guerra Mundial na aula de História da Europa. Eu me lembro de que eles explodiam coisas, como trens alemães e certos prédios de que os nazistas tinham se apossado. Também reconheço o nome Charles de Gaulle, mas só porque o aeroporto de Paris também se chama assim. É muito audacioso que ele tenha falado ao rádio no dia seguinte a Pétain e dito ao povo francês para fazer exatamente o oposto do que o governo os mandava fazer. Como eu teria reagido se fosse eu lá na casa de fazenda do tio Gérard com a vovó e Adalyn, colada junto do rádio durante aqueles dias de incerteza? Será que eu teria confiado em Pétain, como a mãe delas, ou teria me inclinado para De Gaulle, como vovó e Adalyn? Se eu tivesse estado naquela estrada saindo de Paris – se eu tivesse visto as coisas terríveis que elas viram –, eu sei de que lado estaria.

Eu ia querer continuar lutando.

De volta ao apartamento número 5, termino meu grande tour com o quarto principal no fim do corredor. É um quarto muito elegante, maior do que o da minha mãe e do meu pai lá em casa. Tem uma cama grande com quatro traves e um conjunto de cômodas e penteadeiras à moda antiga com um espelho redondo. Em cima de cada uma delas, encontro mais fotos de família em porta-retratos e os observo um a um. Eu encaro o rosto da vovó em preto e branco, com mais saudade a cada segundo que passa. Mas agora que li o diário de Adalyn, sinto também uma pequena conexão com a garota de cabelos escuros. De certo modo, somos parecidas. Para começar, nós duas amávamos a vovó. E nós duas tentamos o melhor que pudemos para manter nossa família unida.

Quando termino de observar as fotos da penteadeira, abro a primeira gaveta. Inesperadamente, me vejo encarando uma pilha de recortes de revistas. Eles devem ter sido tirados das colunas sociais, porque todos exibem fotos de festas requintadas, e embaixo delas há uma lista de nomes dos convidados e dos estilistas que assinaram os vestidos que as mulheres estão usando. Eu identifico o rosto sorridente da Adalyn em cada uma delas, cercada por jovens usando roupas e joias que parecem caras.

Bem, acho que a minha tia-avó e eu tínhamos nossas diferenças também. Não estou dizendo que Hannah, Camila e eu estejamos na base da hierarquia social, mas nós também não somos nem de longe populares o bastante para sermos convidadas para as festas na mansão da Katrina Kim em Short Hills. Passamos nossos fins de semana tentando fazer as receitas do programa *The Great British Bake Off*.

Eu me sento à penteadeira e repasso os recortes. Todos parecem datar do fim dos anos 1930 ao início da década de 1940, o que significa que alguns deles devem ter sido publicados depois que os alemães ocuparam a França. Isso é meio estranho. Pelo diário da Adalyn parecia que a rendição da França era como o fim absoluto do mundo, mas a julgar por esta foto dela com suas amigas em uma festa em outubro de 1942, ela não estava *completamente* infeliz durante a Guerra.

As fotos são todas bastante parecidas, e eu começo a repassá-las mais rapidamente. Mas então, quase no fim da pilha, me deparo com uma fotografia que quase me faz cair da cadeira.

Não pode ser de verdade.

Eu não entendo.

Não quero entender.

Essa foto tinha sido recortada de um jornal. Nela, Adalyn está sentada a uma mesa no que parece ser um restaurante sofisticado. Há uma toalha de mesa branca e prataria de aparência sofisticada. Junto dela estão seis homens de fardas militares...

... e eles estão usando braçadeiras nazistas.

E mais, parece que minha tia-avó estava gostando da companhia deles.

Sinto que vou passar mal.

De um salto, largo os recortes como se eles fossem brasa e empurro a gaveta da penteadeira com força. Meu cérebro está sobrecarregado, tentando processar o que eu acabei de ver. O quê...? Como...?

Essa deve ser a explicação. É por isso que a vovó passou a vida sem contar para ninguém sobre a Adalyn. Ela estava envergonhada do que a irmã tinha se tornado. Quanto tempo fazia que tinham se visto pela última vez, ou mesmo conversado? Será que foram para debaixo da terra sem...

Espere um segundo. Estou presumindo que a Adalyn está morta, mas esse não é necessariamente o caso.

A vovó tinha completado noventa este ano. Fizemos uma festa no salão do prédio onde ela morava. Com base nas fotos de família, a Adalyn era alguns anos mais velha, então ela deve ter o quê, 92, 93? É um chute bem grande, mas não é de todo irrealista. A bisavó da Hannah tem 103 anos de idade e ainda está firme, no geral. Até onde sei, a Adalyn poderia estar morando bem aqui, em Paris... e ela pode ser a única pessoa que resta no mundo que pode me contar o que aconteceu com a sua família. A minha família.

Ainda assim, alguma coisa não parece certa nisso tudo. Eu perambulo com os braços cruzados, pensando. Mesmo se a Adalyn *estiver* viva, quero mesmo passar o meu verão vasculhando Paris em busca de uma apoiadora do nazismo? Uma voz na minha cabeça diz que talvez eu deva deixar isso para lá – que talvez a Adalyn estivesse fora de cena por uma razão. A vovó amava sua família; ela adorava o vovô, a minha mãe, o meu pai e eu. Se ela estava disposta a cortar os laços com a própria irmã, com certeza é mais seguro presumir que a Adalyn era descaradamente terrível.

Tudo bem... Mas por que então deixar o apartamento para mim? Se a vovó queria *mesmo* a Adalyn fora de cena, por que ela me daria as chaves – literalmente – para descobrir quem ela era? E quanto ao diário da Adalyn, além do mais? Como a garota da fotografia poderia ser a mesma pessoa que testemunhou os bombardeiros alemães atacando refugiados inocentes? Como pode ser a mesma pessoa que escreveu em seu diário que seu mundo estava se desintegrando? As duas coisas simplesmente não se encaixavam. Parei de perambular em frente a uma fotografia da vovó e da Adalyn quando crianças, não tinham mais do que dez anos, os braços de uma apertados ao redor da cintura da outra. Ela ainda pode estar viva... e quem sabe até por perto... se eu a encontrar, poderia conseguir todas as respostas a respeito da vovó...

Parece que a minha cabeça vai explodir. Eu massageio o peito para tentar diminuir a tensão acumulada ali nos últimos poucos minutos, mas não consigo aliviar o estresse.

Eu estava agora mesmo pensando seriamente em tentar encontrar uma pessoa da *fotografia nazista*.

Mesmo que eu esteja desesperada para saber sobre a vovó e este apartamento antigo que, de algum modo, agora *me* pertence, não estou pronta para ir tão longe. Pelo menos, ainda não. É melhor tirar tudo o que puder do diário da Adalyn antes de pensar em medidas mais drásticas.

A vida é tão esquisita. Bem quando você pensa que entendeu alguma coisa, se dá conta de que tudo é muito mais complicado do que podia imaginar.

3 *Adalyn*

"Meninas, vocês terminaram de se vestir? Imagino que vão precisar de casacos; está frio lá fora."

A voz meiga da Maman está com uma ponta de irritação. Ela está nos esperando no saguão, de casaco, há cinco minutos, e eu sei que ela quer correr e chegar logo ao jantar de madame LaRoche, agora que temos que estar de volta antes do toque de recolher. Eu já estaria pronta para ir, só que estou parada na porta do quarto de Chloe, vendo a minha irmã de catorze anos enrolar o quanto pode para achar suas meias-calças.

"Será que está embaixo da cama?", pergunto.

"Não", responde ela.

"Talvez você tenha colocado sem querer na gaveta errada."

"Duvido."

"Você perdeu mesmo ou não quer ver a Maman?"

Silêncio.

Eu estava desconfiada. Conheço a Chloe melhor do que ninguém no mundo e, em todo caso, a minha irmã é tão sutil quanto um elefante. Ela nunca consegue disfarçar as emoções e costuma disparar o que está pensando a qualquer momento. Somos o exato contrário, eu e ela: as pessoas reclamam por *sempre* saber o que está passando pela cabeça da Chloe; e elas reclamam que *nunca* sabem o que está passando pela minha. Acho que gosto de calcular o risco antes de dizer alguma coisa da qual vou me arrepender.

Faço um gesto para a minha irmã se juntar a mim na beirada da cama, e ela o faz, colando os joelhos no peito. Seu cabelo loiro cai no rosto, e ela o afasta com uma bufada.

"É por causa do soldado", eu digo cheia de dedos. Um movimento errado e ela pode explodir.

"Ela não devia ter ficado tão brava comigo", resmunga Chloe.

Desde que voltamos da casa do tio Gérard, ela e Maman têm batido de frente mais do que nunca. Maman, que frequentou uma escola de boas maneiras – e que sabe *exatamente* o que dizer em qualquer ocasião social –, sempre foi a pessoa mais ofendida pelo comportamento sem filtro de Chloe. A guerra só tornou suas diferenças mais evidentes. Maman parece estar tentando tirar o melhor da nossa nova realidade, enquanto Chloe aproveita toda oportunidade de mostrar como ela a rejeita fervorosamente.

Como sempre, eu fico entre as duas.

Há algumas semanas, Chloe irrompeu no meu quarto com os olhos em chamas. Ela estava brandindo um pedaço de papel amassado que tinha encontrado na cadeira de um café, e não pensou duas vezes antes ficar de joelhos e desamassá-lo no piso de madeira para que eu visse. O título no topo dizia "33 dicas para as ocupadas" e o que seguia era uma longa lista de maneiras pelas quais pessoas comuns podiam dificultar as coisas para os alemães.

– Se um deles se dirigir a você em alemão, aja como se estivesse confusa e siga seu caminho.
– Se ele se dirigir em francês, você não é obrigada a lhe mostrar o caminho. Você não é a companheira de viagem dele.
– Se, em um café ou restaurante, ele tentar iniciar uma conversa, faça-o entender, educadamente, que o que ele tem a dizer não lhe interessa.
– Demonstre uma indiferença elegante, mas não deixe sua raiva desaparecer, eventualmente ela lhe será útil.

"Não é fantástico?", exclamou Chloe. "Tem gente por aí que quer resistir também!"

Foi incrível a sensação de saber que não estávamos sozinhas. Algumas das garotas da escola ficavam fazendo comentários de como os soldados alemães eram cordiais, para não dizer bonitos – como elas podiam enxergar músculos debaixo de seus uniformes verde-acinzentados? Sim, todas nós tínhamos sido privadas de rapazes para olhar já há um bom tempo, mas eu nunca confiaria naqueles que nos invadiram, não importa *quão* educados ou atraentes eles fossem. Não depois dos horrores que eu vi na estrada. Passei os dedos sobre as "33 dicas", mal acreditando que o papel era de verdade. Sem pensar, balbuciei: "Isso é genial".

Eu deveria ter imaginado que a minha reação incentivaria a minha irmã. Ontem, Chloe, Maman e eu estávamos voltando de metrô do correio com outra caixa de legumes que o tio Gérard tinha mandado quando um soldado loiro nos parou e pediu direções em alemão. Antes que eu e Maman sequer tivéssemos tempo de reagir, Chloe o encarou, colocou as mãos firmemente na cintura e respondeu em francês: "Nós não entendemos uma palavra do que você está dizendo e não estamos nem aí também".

A primeira parte foi uma mentira descarada, porque Chloe e eu estudamos alemão na escola desde que éramos pequenas. A segunda parte, é claro, era de todo verdade. O soldado pareceu perceber que Chloe o tinha insultado de algum modo, e o sorriso educado desapareceu de seu rosto. Ele estava começando a parecer irritado – e, em vez de recuar, Chloe deu mais um passo em direção ao homem, como se o desafiasse para uma briga. Será que ele o faria? Ele a prenderia por ameaçá-lo? Eu estava por um triz de me lançar e agarrá-la quando um trem finalmente parou na estação. Maman, branca como um papel, apontou para ele e gritou para o soldado em alemão: "É este o seu trem, senhor. Sentimos muito!". Então ela agarrou nós duas pelo braço e arrancou conosco para a direção oposta.

Maman mandou a Chloe para o quarto dela assim que chegamos no apartamento, e ela não saiu de lá para jantar. Elas provavelmente continuariam sem se falar por muito mais tempo, se a madame LaRoche não tivesse nos convidado para jantar esta noite.

Eu coloquei a mão no joelho de Chloe.

"A Maman só estava tentando te proteger. Ela não sabia como o soldado ia reagir."

"Ela estava tentando ser amigável com ele!"

Eu suspiro, porque Chloe não está totalmente errada. A Maman *poderia* adotar uma posição um pouco menos amistosa em relação a cada oficial alemão com que cruzamos na rua. Mas, ao mesmo tempo, a Chloe precisa parar de deixar que sua cabeça-dura atrapalhe o seu juízo. Às vezes, tenho vontade de agarrar os ombros dela e sacudir. Ela arrumaria muito menos problemas se aprendesse a ser sutil de vez em quando.

"Só tenta ser mais cuidadosa, tá?"

Chloe resmunga. "Você não entende, Adalyn."

"Eu não entendo o quê?"

"Como estou desesperada para dar o troco de algum jeito. É como se eu não conseguisse sentar e ficar parada. Eu tenho que fazer *alguma coisa*."

Eu resisto ao impulso de me defender contra a acusação de Chloe. É claro que eu quero revidar. É claro que eu quero fazer alguma coisa – na verdade, eu *fiz* uma coisa. Só tive o bom senso de ser discreta, ao contrário de dar um espetáculo imprudente como o da Chloe no metrô.

Ah, não. Estou ouvindo o inconfundível som dos saltos altos da Maman batendo pelo corredor. Rapidamente, eu seguro o braço da Chloe e sussurro: "Estou do seu lado, Chloe. Sempre. Agora vamos só tentar sobreviver a esse jantar ridículo sem qualquer problema".

Bem nessa hora, o rosto da mamãe aparece junto do batente. Suas bochechas estão rosadas por ela estar esperando vestida de casaco por tanto tempo.

"Garotas, estou me sentindo péssima por fazer nossas amigas nos esperarem. Chloe, onde é que você colocou suas meias?"

Eu aperto o braço de Chloe. A contragosto, ela vai até a cômoda e retira um par de meias-calças de seda da mesma gaveta em que as guardou a vida toda.

"Achei", anuncia ela.

Enquanto Chloe e eu abotoamos nossos casacos, Papa sai do escritório arrastando o passo para nos ver sair. Sinto seu bigode áspero quando ele me dá um beijo de despedida. Em outros tempos, Papa nos acompanharia em uma noite como esta, mas ele não saiu muito do apartamento desde que voltamos. Papa está de licença por tempo indeterminado da universidade, na qual costumava ser o chefe do departamento de história. Ele também não tem rido muito, sequer *falado* muito; ele é uma casca de seu antigo eu.

"Imagino que estarei na cama quando vocês voltarem", diz Papa.

Maman se aproxima e dá uma ajeitada nele, passando as mãos em seus cabelos e depois pelo colarinho amarrotado de seu robe, como se ela o estivesse mantendo inteiro com as mãos. Quando elas param sobre as bochechas dele, Papa vira a cabeça para beijar a palma de uma delas.

"Tem sopa no fogão, meu amor", Maman diz.

"Odette", responde Papa, "você é sempre tão maravilhosa. Obrigado."

"Vou sentir muita saudade."

"Também vou."

Eles dão um beijo de despedida. Quando eu me casar um dia, quero que seja como meus pais: duas pessoas que se amam intensamente, mesmo nos momentos mais difíceis. Papa faz seu aceno de dois dedos ao fechar a porta atrás de nós.

Maman e madame LaRoche são amigas desde os tempos da escola. Foi madame LaRoche quem apresentou a Maman ao Papa, o professor calado mas charmoso que lutou no mesmo regimento que o monsieur LaRoche durante a Grande Guerra. Madame LaRoche se divorciou do marido há alguns anos, e desde então dedica o grosso de seu tempo para planejar jantares festivos luxuosos para seu vasto círculo de amigos.

Antes de a guerra começar, eu gostava de ir a esses jantares. Era uma oportunidade de ver as minhas duas amigas mais próximas, Charlotte e Simone, cujos pais também eram próximos de madame LaRoche. Mas eu não as vejo já faz meses; a família de Charlotte teve a presença de espírito de embarcar em um navio para a América do Sul no inverno passado, e a família de Simone está ficando na casa de veraneio que possuem em Marselha, na Zona Livre. Esta noite, as únicas pessoas da minha idade vão ser as gêmeas LaRoche, com quem eu não tenho absolutamente nada em comum. Graças a Deus que existe a Chloe.

"Odette! Adalyn! Chloe!"

Madame LaRoche está um espetáculo de seda azul-marinho e diamantes. Ela dá um beijo em cada uma de nós de cada vez quando entramos pela porta da cobertura da rue du Faubourg Saint-Honoré. "Vocês três estão deslumbrantes. Estes tempos difíceis estão fazendo bem a vocês."

"Estamos fazendo o melhor que podemos", Maman responde enquanto uma criada chega para apanhar nossos casacos.

Virando-se, madame LaRoche nos conduz pelo corredor espelhado até a sala de estar, onde suas filhas de dezessete anos, Marie e Monique, estão bebendo champanhe no divã. Madame LaRoche tem um rosto alongado e dentes como os dos cavalos que ela cresceu montando, e suas filhas têm exatamente a mesma aparência, só que mais jovens. Elas nos cumprimentam em uníssono. A seus pés, a mesa de centro está posta com uma bandeja de prata com pão, queijo e manteiga. As sobrancelhas de Maman desaparecem sob sua franja perfeitamente penteada.

"Aah, Geneviève, veja só toda essa manteiga! Onde foi que você conseguiu?"

Mas todo mundo sabe onde madame LaRoche conseguiu toda aquela manteiga. Ela deve ter comprado pelo menos metade desses produtos no mercado negro, porque não pode de jeito nenhum ter conseguido tanta comida pelo sistema de racionamento que os alemães estabeleceram. Estou quase certa de que a Maman também tem feito isso – outro dia mesmo eu a vi voltando para casa do mercado com uma quantidade muito suspeita de carne curada e o conhaque preferido do Papa.

Madame LaRoche sorri maliciosa enquanto besunta um pequeno naco de pão com manteiga e o leva à boca. "Você só tem que saber onde procurar", diz ela com uma voz grave.

Chloe dá uma fungada.

Madame LaRoche parece não perceber. "É uma pena que Henri não tenha vindo esta noite. Adoraríamos vê-lo."

Maman suspira. "Ele queria ter vindo conosco, mas não está muito bem, infelizmente. Ele mandou um olá para vocês três."

"Ainda são os nervos?", pergunta madame LaRoche.

"Receio que sim. Os períodos de crise nervosa costumavam acontecer de vez em quando, mas, desde maio, têm sido constantes. Até o barulho das botas nas ruas é difícil para ele..."

Madame LaRoche franze a testa e esfrega o braço de Maman. "Deve ser difícil para você também, Odette."

O sorriso de Maman vacila, revelando uma pontada de tristeza sob ele. Eu sei que ela fica arrasada por ver o Papa sofrer. Quando seus nervos estão no pior estado, Maman senta ao lado dele e o abraça até o pânico diminuir, sussurrando palavras reconfortantes em seu ouvido.

Depois de alisar a saia, Maman suaviza a expressão e ajeita a postura. "A melhor coisa que as meninas e eu podemos fazer é manter o otimismo", diz ela, seus olhos se voltando para mim em busca de apoio. Eu assinto, reconfortando-a, não porque concordo sobre o otimismo, mas porque sei como ela quer ajudar desesperadamente Papa. "Temos que mostrar a ele que não há nada a temer", continua Maman. "Que podemos superar esta, assim como ele superou a última guerra."

"Exatamente", diz madame LaRoche. "Sobretudo com o velho marechal do nosso lado."

"Sim. O marechal Pétain salvou a França na Grande Guerra e pode fazer isso de novo", diz Maman firmemente. "Se ele diz que o melhor caminho a partir de agora é a cooperação... então devemos confiar nele."

"Eu concordo", afirma madame LaRoche.

Ela limpa os lábios de leve com um guardanapo de tecido e já posso pressentir a conversa balançando como um pêndulo em minha direção antes que ela se volte para mim. "Então, Adalyn, diga para a gente: algum rapaz empolgante na sua vida por esses dias?"

É sempre a primeira coisa que as amigas da Maman querem saber a meu respeito.

"Por agora, ninguém, madame LaRoche", respondo. "Embora eu não esteja pensando muito em romance, de qualquer maneira."

Ela balança a cabeça e suspira. "Se pelo menos nossos pobres homens pudessem voltar para casa..."

Por causa da guerra, mal restam homens em Paris hoje em dia, além dos que ainda estão estudando. É uma tragédia, e *não* digo isso porque estou sem qualquer perspectiva romântica. Aqueles que foram para a guerra estão ou mortos ou em campos alemães de prisioneiros de guerra. Nossa vizinha do andar de baixo, madame Blanchard, não tem notícias do filho desde que ele foi capturado em Dunkirk, em junho. Ela está mais magra cada vez que a vejo.

Marie se inclina para o centro da sala. Ela gira a haste da taça de champanhe entre os dedos.

"Sabe, alguns alemães são bem atraentes", confessa.

"Você só está dizendo isso porque não vê nossos *próprios* homens há muito tempo", diz Monique.

"Talvez", reflete Marie. "Eles certamente não têm o charme francês, mas são *mesmo* bonitos. E mais educados do que você imagina. Um deles me ajudou a recolher a compra que eu derrubei outro dia."

"Tenho certeza de que todos os homens nos campos de prisioneiros de guerra ficariam felizes de ouvir isso", murmura minha irmã com seus botões.

"O que foi?", pergunta madame LaRoche.

Maman lança um olhar de advertência a Chloe. "Adalyn", diz ela, "por que você não toca alguma coisa no piano?"

Eu me levanto sem hesitar, alongando os dedos. Eu toco desde os oito anos, faço aulas duas vezes por semana com Mathilde, uma mulher que mora perto da escola. Eu gosto de praticar em nosso pequeno piano em casa, o mesmo que Papa cresceu tocando antes de ser ferido, mas tem algo de extraordinário sobre se sentar a um grande piano brilhante como aquele no canto da sala de estar. Em tempos mais felizes, eu teria trazido meu caderno de partituras para a casa de madame LaRoche e tocaria durante horas.

Enquanto abro o banco do piano e procuro algo para tocar, ouço a voz de madame LaRoche.

"Ela ainda está fazendo aulas, Odette?"

"Ela estava, mas a professora está na Zona Livre agora. Adalyn, o que a Mathilde disse na última carta que recebeu dela?"

"Que estava tentando conseguir uma autorização para voltar a Paris", respondo.

"Espero que dê certo", diz madame LaRoche. "Um talento como o seu não deve ser desperdiçado."

Encontro uma das minhas partituras favoritas, a Sonata para Piano nº 16 em Dó Maior, de Mozart. Foi Papa quem me apresentou a composição; ele disse que, quando a ouve, se lembra da primavera.

Meus dedos começam a dançar pelas teclas e deixo as notas esvoaçantes me transportarem para um jantar festivo na casa de madame LaRoche no início do ano passado; Papa estava com a gente, e conversamos e rimos até bem tarde da noite, já que ninguém tinha que voltar para casa antes de nenhum toque de recolher. Nós paramos para ouvir uma banda de músicos ambulantes no caminho para casa, e Papa tirou Maman para dançar bem ali na calçada. Meu olhar perambulou até a janela, mas, é claro, as cortinas estão bem fechadas para que a luz não escape para o lado de fora. Em alguma parte do outro lado está a Torre Eiffel, com uma bandeira nazista no alto. Tudo em Paris mudou, e não consigo deixar de me perguntar se vamos poder voltar a ser tão despreocupados de novo.

Às seis e meia, termino de tocar e seguimos para a sala de jantar, onde os empregados servem cordeiro com batatas.

Entre o tilintar dos talheres, ouvimos um carro passar na rua abaixo, e nossos seis pares de olhos se lançam em direção à janela. O rugido cotidiano de um motor passou a ter o poder de nos deixar de cabelos em pé, pois não são os franceses que dirigem carros hoje em dia. Ninguém dá mais nenhuma garfada até que o som desapareça.

Madame LaRoche olha para Maman do outro lado da mesa. "Quando chegaram, vocês não notaram nenhum alemão na rua?"

"Sim, Chloe logo mencionou", responde Maman um pouco enfaticamente. "Parecia de fato ser um número um pouco maior do que o normal."

"Nenhum número de alemães é normal", interrompe Chloe.

Maman finge não ter ouvido. "Existe um motivo para isso, Geneviève?"

"Existe", diz madame LaRoche, um pouco nervosa. Ela olha em direção à janela mais uma vez. "Os alemães têm se mudado para várias casas no Oitavo *Arrondissement*. Em algumas eles ficam como se fossem hospedarias; outras eles tomam de uma vez."

Eu estremeço com a ideia de um alemão na nossa casa – suas botas no tapete, seu paletó pendurado na cadeira do escritório de Papa. Uma colega minha, Anette, contou que tem um deles morando com a família dela. Ele ficou com o quarto principal, o que forçou seus pais a dormirem no quarto *dela*, o que forçou Anette a se espremer na cama com suas duas imãs mais novas. "Que sorte que isso não aconteceu com você", digo a madame LaRoche.

"É a primeira vez que estamos felizes por ter um dos menores apartamentos do quarteirão", admite ela. "Mas como venho dizendo às garotas, só no caso de isso vir a acontecer, devemos tentar manter uma atitude positiva em relação a esses alemães. É como você estava dizendo, Odette: Não há nada a temer."

"A melhor maneira de passar por isso é com uma atitude positiva", concorda Maman.

"E, em todo caso, eles não são todos grandes lobos maus", diz madame LaRoche. Ela espera até se certificar de que todas na mesa estão ouvindo, então dá início a uma história. "Eu estava vindo a pé para casa com a minha cesta de compras outro dia, e o dia ensolarado estava tão bonito que pensei: *por que não ir pelo caminho mais longo e aproveitar o clima?* Muito bem, eu virei a esquina e a primeira coisa que vi foi meu bistrô favorito – um lugar onde como desde menina – com placas alemãs afixadas nele. Algum nome comprido ridículo. E eu não reconheci ninguém no interior – só havia homens de uniforme. E, bem, foi então que a minha ficha caiu. Não posso explicar o que me deu – senti as pernas fraquejarem! Achei que ia desmaiar bem no meio da rua!

"Mas então senti uma mão no meu ombro, e dei de cara com um *alemão*. Eu disse a ele, 'Não, não, por favor, me deixe em paz' – já estava mais do que esgotada –, mas ele me convidou para me sentar com ele numa mesa. Eu não quis ser rude, então aceitei, e tenho que dizer, acabamos tendo uma conversa bastante agradável. Ele falava um francês excelente e me disse que moramos em uma cidade belíssima. Ele até pediu dicas de lugares para visitar."

"E eles te ofereceram champanhe", aponta Marie.

"Sim", diz Madame LaRoche com um sorriso malicioso, levantando os óculos. "E eles me ofereceram champanhe."

Do outro lado da mesa, Chloe se eriça.

Com um sorriso engessado no rosto, ouço Marie e Monique refletirem sobre os outros produtos racionados que poderiam tentar conseguir com os alemães. Eu me pergunto como elas reagiriam se soubessem o que eu fiz na sexta-feira. É o tipo de coisa que as pessoas esperariam da Chloe, talvez, mas nunca de mim, que em geral sigo estritamente todas as regras. Eu guardo a lembrança para mim mesma, revolvendo-a como uma moeda brilhante em meu bolso.

De volta ao apartamento, quando nós duas já estamos de pijamas, Chloe se joga de cara na minha cama.

"Foi horrível", resmunga ela no edredom.

Com cuidado, eu me deito ao lado dela, pensando sobre como responder. Chloe é minha melhor amiga no mundo todo – mais próxima do que Charlotte e Simone juntas –, mas nesses dias é difícil saber o quanto devo dividir minhas coisas com ela. Eu sei como ela é, e meu maior medo é que isso de algum modo a incentive a fazer alguma coisa imprudente e idiota de novo, como confrontar mais um oficial da Wehrmacht[1]. Ontem Chloe se safou, mas da próxima vez pode ser diferente.

"Concordo que algumas partes foram horríveis, mas não foi *totalmente* ruim", digo.

Chloe se joga de costas como um peixe em terra firme, com incredulidade estampada no rosto.

"Sim, foi *totalmente* ruim! Eu tive que ficar lá sentada e ouvir a idiota da madame LaRoche ficar falando como ela ama os alemães. Ela provavelmente *quer* que um deles se mude para a casa dela. Mais champanhe circulando!"

"Chloe..."

---

[1] Nome das forças armadas alemãs durante o nazismo. [N.E.]

"Por que ninguém odeia os alemães como eu odeio? Por que ninguém sente toda essa... maldita... raiva?" Ela atira um travesseiro do outro lado do quarto, e ele acerta uma pilha de livros ao lado da janela. "Por que você não sente essa raiva, Adalyn? Você só ficou sentada lá o tempo todo com um sorriso na cara."

"Não sei, Chloe." Eu mexo na barra da minha camisola porque não quero olhar nos olhos dela. Então, com um sorriso irônico, eu digo: "No dia em que a guerra acabar, vou dizer a madame LaRoche que ela é insuportável".

Chloe e eu inventamos uma brincadeira quando estávamos confinadas na casa de fazenda do tio Gérard na última primavera. As regras são simples: nos revezamos ao dizer todas as coisas divertidas que mal podemos esperar para fazer quando a guerra acabar.

Chloe revira os olhos. "Você sabe que pode fazer isso agora mesmo, não é?" Mas então, sorrindo de lado, diz: "Vou quebrar cada uma das garrafas de champanhe que os soldados alemães derem para ela".

Logo, Chloe e eu estamos ouvindo nossos grandes planos: comer *pains au chocolat* até ficar com dor de estômago. Subir no alto da Torre Eiffel de elevador, que agora está desativado. (Alguém sabotou a fiação para que os alemães tivessem que levar sua bandeira a pé.) Passear na margem do Sena à noite e admirar as luzes cobrindo Paris. "Com um garoto bonito", acrescenta Chloe.

"Sim. Com um garoto bonito."

Quando Chloe finalmente vai embora meia hora depois, me sinto aliviada. Parece que estava prendendo a respiração esse tempo todo. Corro para a gaveta da minha cômoda e saco o caderno de capa de couro preta que encontrei na casa do tio Gérard. Tem me ajudado ter um diário por perto. Nesses dias, é o único lugar onde posso ser completamente honesta sobre os meus sentimentos.

Começo a rascunhar uma entrada sobre o jantar de madame LaRoche. Chloe estava certa: *foi* terrível. Uma coisa é Maman tentar se manter positiva para ajudar o Papa e confiar em Pétain, o velho herói de guerra francês; muitos que viveram durante a Grande Guerra ainda o estimam. Mas outra coisa, *totalmente* diferente, é madame LaRoche falar de modo tão favorável do alemão educadíssimo que ela conheceu – e Marie se sentir *atraída* por eles. Como elas podem olhar para os alemães e verem qualquer coisa além do mal que infesta nossas ruas? Assim que a ponta do meu lápis toca o papel, uma comporta se abre. A raiva irrompe como um rio de águas bravas. Ela lava tudo ao meu redor.

Quando termino, despenco nos travesseiros, esgotada, mas pelo menos um pouco mais calma agora. Tenho escrito sobre quase todo aspecto deplorável da nossa nova realidade, da fuga de Paris em meio à multidão de refugiados à volta para casa, quando encontrei minha adorada cidade completamente sem vida. Escrevo sobre o toque de recolher e as rações e o choque de ver os alemães em lugares que costumavam ser nossos. É bom colocar para fora – às vezes.

Outras vezes, o diário não é o suficiente para conter a minha raiva.

Há dois dias, na sexta-feira, eu estava indo a pé para casa após uma sessão de estudos depois da escola quando avistei três soldados alemães, uns quarenta metros à frente, rindo com cinismo. O som das risadas fez meu sangue gelar. Percebi logo de cara que era um riso cruel, já que todos tinham um olhar vil, e um deles balançava o dedo apontado para alguma coisa do outro lado da rua.

Foi uma visão terrível. Monsieur de Metz, o homem simpático que era dono de um mercadinho *kosher*, estava ajoelhado indefeso no chão no que à primeira vista parecia granizo, mas que eram na verdade milhares de minúsculos estilhaços de vidro. Uma pessoa – ou três, mais provavelmente – tinha quebrado a vitrine de sua loja. Pensando nisso agora, queria que as LaRoche pudessem ver alguns de seus nazistas educados como eles *realmente* são.

Instintivamente, larguei a minha pasta de livros para ir ajudá-lo. Mas, bem nesse momento, *monsieur* de Metz olhou fixo nos meus olhos. (Os soldados estavam ocupados demais rindo para notar.) Com um silencioso senso de urgência, o dono do mercadinho me lançou um olhar e fez um leve movimento com a cabeça que parecia dizer "obrigado" e "você tem de sair correndo daqui", tudo de uma vez. Eu acenei para ele, sem querer piorar as coisas, então apanhei minha pasta e desci apressada uma rua lateral, antes que os soldados percebessem a minha presença ali.

Eu tremi de raiva enquanto me afastava da loja vandalizada do monsieur de Metz. Naquele momento, eu estava cansada de me segurar com aquele meu sorriso educado quando estava por perto da Maman e de suas amigas – de *qualquer pessoa*, na verdade. Era como se eu não pudesse mais fazer isso. Não quando coisas como aquela estavam acontecendo em Paris. Quando me dei conta, lágrimas estavam escorrendo pelas minhas bochechas.

Quando olhei para o alto, me deparei com pôsteres alemães horríveis afixados no muro de tijolos à minha direita. Famílias loiras sorridentes com suásticas pairando sobre suas cabeças. Adolf Hitler – o Führer alemão – içava uma bandeira nazista no ar. Minha fúria era forte demais para ser contida. Eu queria destruí-los. E não tinha ninguém por perto para me ver fazendo isso.

O papel foi arrancado da parede com um rasgo satisfatório. Numa tacada só, meses de fúria contida explodiram da ponta dos meus dedos. O primeiro foi tão bom de rasgar que não consegui resistir a fazer o mesmo com um segundo. Dois se tornaram três e depois quatro, e logo eu tinha arrancado cada um dos malditos pôsteres nazistas em toda a viela. Eu estava arfando quando cheguei ao fim, e minhas unhas, gastas de raspar nos tijolos.

Foi então que ouvi os estalidos das botas atrás de mim. Meu estômago embrulhou. Alguém devia ter me ouvido.

Eu me sentia como um rato em um descampado com gaviões circulando no alto. Meu coração batia forte. Todo o meu corpo pulsava de medo. Pense, Adalyn. Eu não chegaria ao final da viela a tempo de fugir. Em pânico, mergulhei no espaço escuro atrás de um carro abandonado e enfiei os pôsteres rasgados na minha pasta.

Eu ainda conseguia ouvir as botas. Discreta como uma sombra, dei uma espiada por sobre o capô do carro. Como era de se esperar, o soldado alemão tinha entrado na rua lateral segurando a pistola com as duas mãos. Por favor, dê meia-volta. Por favor.

"*Wer ist da?*" Quem está aí?

Era isso. Eu tinha certeza. Ele ia me encontrar com os pôsteres rasgados. Ele ia me arrastar para fora do meu esconderijo e me mandar para a prisão, isso se ele não me matasse ali mesmo. Eu imaginei o rosto de Maman, Papa e Chloe. Tio Gérard, Charlotte e Simone. Eu nunca mais os veria de novo. Eu me encolhi de volta na escuridão e afundei os joelhos contra o peito. Pensei sobre ser pequena o suficiente para escorrer por entre os vãos do tijolo ou sob as pedras do calçamento. Eu não me mexia. Eu mal respirava.

As botas deviam estar a menos de dois metros do meu esconderijo quando outras vozes de alemães o chamaram da rua. Por um momento, eu temi que se juntassem a ele na busca, mas então, com um pico de alívio como nunca senti na vida, ouvi o primeiro soldado dar meia-volta e retornar apressado para onde estava antes.

Sem perder tempo, saí da viela e joguei os papéis em um bueiro, onde eles desapareceram para sempre. Quando cheguei em casa, beijei meus pais e conversei com Chloe sobre a escola naquele dia. Pratiquei piano. Não falei uma palavra sobre o que eu tinha feito.

Ninguém fazia ideia.

4 *Adalyn*

Naquela primeira vez que arranquei pôsteres nazistas, as coisas quase acabaram em desastre.

Mas da vez seguinte que fiz isso – e da outra, e da outra, e de mais uma – nem sequer pestanejei. Quanto mais eu faço isso, melhor fico em me embrenhar nas sombras quando ninguém está vendo e em arrancar rapidamente os papéis dos muros. A cada vez, eu ouvia a mensagem do general Charles de Gaulle sobre a chama da Resistência Francesa na minha cabeça. Cada operação bem-sucedida parece uma ínfima vitória para a França, mesmo que eu seja a única pessoa que sabe o que está fazendo.

É sábado, e Maman me mandou com os cartões de racionamento da família para ver o que eu conseguia no açougue para o jantar daquela noite. Os alemães – ou *les boches*, como todo mundo os chama – estão sempre fechando seções aleatórias das ruas, então cada saída do apartamento se torna um exercício de reorientação em relação à vizinhança onde estou. A cada dia mais ruas pelas quais eu passo estão com placas em alemão; eu vejo os grandes bulevares destituídos de todos os carros e pessoas famintas fazendo filas para conseguir rações que podem estar ou não disponíveis. Mas o que é ainda mais angustiante, eu acho, é o som da Ocupação. O silêncio me dá um frio na espinha. Não há nada do tráfego costumeiro de automóveis; nada do mesmo burburinho do cotidiano. Só pés evasivos no pavimento e sussurros temerosos.

Estou quase chegando ao açougue quando os vejo afixados nos muros de uma viela: uma leva fresca de pôsteres. Meu peito aperta e a ponta dos meus dedos formiga. Eu quero tanto acabar com eles, mas se não entrar na fila agora, é quase certo que não restará nada quando eu chegar ao balcão. Então assumo meu lugar no fim da fila, atrás de dezenas de mães pálidas com crianças famintas aglomeradas junto de suas pernas.

Uma hora se passa sem que eu sequer aviste o balcão. Estou com minha triste caderneta de racionamento pronta, cheia de cupons quadrados de produtos diferentes. Quando eu finalmente chego ao início da fila, o açougueiro apanha somente um dos meus cupons e joga apenas uma única salsicha bastante fina na minha cesta.

"Receio que seja tudo por hoje", grita ele para o restante das pessoas na fila.

A mulher logo atrás de mim solta um lamento curto e agudo. Eu estive tão concentrada nos pôsteres esse tempo todo que nem tinha olhado para ela. Está com quatro crianças pequenas agarradas à sua cintura, e suas pernas estão descobertas e tremendo por causa do clima do fim de novembro. Nesses dias, é impossível encontrar meias-calças de seda por menos de trezentos francos.

Eu coloco a salsicha na cesta de compras dela.

"Fique com isso", insisto, e o alívio toma seu rosto. A hora perdida que passei na fila me corrói, assim como a ideia de aceitar essa última cota de carne quando sei que há mais um pacote de tio Gérard cheio de bacon, queijo e legumes. Vou dizer a Maman que não tinha sobrado nada para mim.

Com a cesta vazia balançando do meu lado, volto para a viela o mais rápido que posso sem chamar atenção. Lá está ela, surgindo à minha direita, agora cada vez mais próxima. Por fim, me lanço no vão entre os prédios tão ligeira quanto um gato.

Oh-oh. Não era isso que eu estava esperando.

Já tem alguém aqui – um garoto. E ele está fazendo alguma coisa com um dos pôsteres. Eu me pergunto se devo voltar sorrateiramente para a rua, sem que ele me veja. Mas então o garoto se afasta um pouco do muro e eu vejo que ele desenhou um símbolo estranho com um giz bem na cara de Hitler. É uma cruz, mas com dois traços horizontais em vez de um. Meu coração pula. Preciso saber mais. Dou um passo adiante na direção dele, e o garoto ergue o olhar e percebe que não está sozinho.

Ele tem mais ou menos a minha altura, cabelo castanho espesso cortado bem rente e usa óculos redondos. Suas bochechas rechonchudas estão cor-de-rosa. Por alguma razão, ele não corre – mas ainda parece apreensivo. Cabe a mim dar o primeiro passo, e decido arriscar.

"Eu não suporto eles", digo acenando com a cabeça para os pôsteres.

"Nem eu", responde ele.

Estamos nos testando, imagino. Uma parte de mim sabe que é perigoso falar mal dos alemães para um completo estranho, mas uma parte maior precisa desesperadamente saber o que o menino estava desenhando.

"Às vezes eu os arranco", confesso. "Foi isso que eu vim fazer aqui."

Sua postura relaxa. Na verdade, ele parece impressionado.

"Jura?", pergunta ele. "E já te pegaram?"

"Só agora, imagino."

O garoto ri do meu comentário, então continuo.

"Eu preciso saber... o que é esse símbolo que você desenhou?"

"É a cruz de Lorena", responde. "Quer dizer que eu apoio o De Gaulle."

"De Gaulle!" Eu mal posso acreditar. Quase deixo a minha cesta cair. "Eu escutei o que ele falou no rádio em junho!"

E então, como se respondêssemos a um sinal, repetimos exatamente ao mesmo tempo: "Aconteça o que acontecer, a chama da Resistência Francesa não deve se apagar, e não vai se apagar".

Seu rosto se abre em um grande sorriso.

"Meu nome é Arnaud Michnik."

"E o meu é Adalyn Bonhomme."

Trocamos um aperto de mão.

Então ele pergunta: "Ei, Adalyn, você ficou sabendo o que aconteceu outro dia? Às nove da noite, um judeu matou um soldado alemão, o abriu com uma faca e comeu o coração dele".

Eu congelo. "O quê?"

"É uma piada, eu juro."

"Parece indelicado com os judeus", digo rispidamente.

"Adalyn", exclama ele, "eu *sou* judeu."

Ele abre um sorriso gentil, não cruel, então cruzo os braços e o deixo prosseguir.

Arnaud pigarreia forçadamente e continua com sua piada: "O que eu acabei de dizer é impossível, veja só, por três razões. Os alemães não têm coração. Os judeus não comem carne de porco. E, às nove da noite, todo mundo está em casa ouvindo a BBC".

Eu rio – e é o tipo de risada que sai quando não se ri há muito tempo. Uma risada que também é de alívio e de desespero, tudo misturado. Então, olhando por sobre o ombro para ter certeza de que não tem ninguém vindo, vou até o muro, arranco um pôster e o enfio debaixo do pano no fundo da minha cesta.

"É esperto, esconder a prova aí."

"Ninguém nunca suspeita de uma mocinha com suas compras."

Segui descendo a viela com Arnaud ao meu lado, muito feliz por ter um cúmplice pela primeira vez. Tira um pouco o peso ter alguém de vigia enquanto eu arranco um pôster atrás do outro. Eu nunca teria coragem de fazer isso com a Chloe; não só porque não ia querer colocá-la em qualquer tipo de perigo, mas também porque suspeito que ela os arrancaria e depois sairia correndo pela rua balançando os pôsteres para o alto, vitoriosa.

Assim que arranco o último pôster do muro, quero saber quando poderemos repetir isso, mas não sei como perguntar a Arnaud. Não sei se essa operação de quinze minutos significou tanto para ele quanto para mim. Encontrar alguém de fora da minha família que tem o mesmo ponto de vista que eu... é como estar perdida no mar e finalmente ter terra à vista.

"Eu quero fazer isso mais vezes", digo a ele à queima-roupa.

"Me acompanha até a estação do metrô?"

O que pensar dessa resposta? Mas vou fazer o que for preciso para manter a conversa nesse rumo, então o sigo pela calçada e caminhamos juntos como velhos amigos. Dois soldados alemães passam por nós – um deles até esbarra na minha cesta de compras –, mas não nos dão a mínima atenção. Que emoção é guardar um segredo em público!

"Você devia conhecer o meu amigo Luc." Ele diz tão casualmente como se estivesse comentando sobre o clima.

"Quem é Luc?"

"Alguém que pensa do mesmo jeito que você e eu."

"E por que eu devia conhecer ele?"

Já chegamos à entrada do metrô. Arnaud me puxa de lado para desviar do fluxo de passageiros.

"Não posso dar mais detalhes. Só fala com ele, tá?"

"Tá." Meu coração dispara e eu repasso minha agenda. Segunda, sei que vamos ver as LaRoche. "Posso falar com ele terça-feira, depois da saída da escola."

"Terça-feira." Arnaud assente. "Tem uma loja de sapatos antiga no boulevard Saint-Michel, bem perto da extremidade sul do Jardim de Luxemburgo. Tem um toldo roxo – não tem como errar. Fica esperando no banco do lado de fora, às cinco e quinze, ele vai lá te encontrar. Ele vai perguntar se você chegou lá direitinho. Responda 'os trens estão circulando normalmente'. Aí ele vai deixar você entrar."

"'*Os trens estão circulando normalmente*'? Arnaud, o que isso quer dizer?"

"Só fala isso. Confia em mim. Tenho que ir, foi legal te conhecer, Adalyn."

"Arnaud, espera..."

Mas ele me dá um beijo na bochecha e desaparece pelas escadas do metrô, me deixando trêmula e sozinha na calçada. Tudo aconteceu tão rápido que quando cheguei em casa e contei para Maman que a carne do açougueiro tinha acabado, uma parte de mim se perguntou se eu não tinha imaginado a coisa toda.

Na terça-feira, mal consigo me concentrar na escola. Fico repetindo as mesmas cinco palavras na minha cabeça, para me preparar para aquela tarde: *Os trens estão circulando normalmente. Os trens estão circulando normalmente. Os trens estão circulando normalmente.* Deve ser algum tipo de senha – mas para quê? Quando encontro Chloe em nosso lugarzinho de costume depois do sinal do fim da aula, digo a ela que Marie e Monique LaRoche estão praticamente me obrigando a ir com elas comprar alguma joia nova. Como previ quando inventei essa mentira, Chloe parece aliviada por ter sido poupada, e diz que nos vemos em casa.

Não dá para confiar no metrô esses dias. Os alemães estão fechando estações sem avisar, o que torna impossível saber se você vai conseguir chegar aonde está indo. Nem sei quem é esse Luc misterioso, mas por algum motivo a ideia de perder meu compromisso com ele faz meu estômago revirar, então sigo a jornada congelante de uma hora a pé. Quando avisto o toldo roxo, meus olhos estão lacrimejando e tenho quase certeza de que meu nariz está da cor de um tomate maduro.

Eu me sento no banco do lado de fora, me perguntando de que direção Luc vai vir. Nem sei como ele é ou que idade ele tem. Só agora me ocorre que eu posso ter caído em algum tipo de armadilha nazista para pegar pessoas que rasgam seus pôsteres, mas não consigo me levantar e ir embora. Mal conheço o Arnaud, mas mesmo assim tenho certeza de que posso confiar nele. Fecho mais o meu casaco e encolho os ombros até que encostem nas minhas orelhas. Agora que parei, o ar gelado está me fazendo tremer.

Ou será só nervosismo?

Dou uma olhada no relógio. São cinco e vinte. A qualquer momento...

A sineta bate no alto e a porta da loja se abre. *Chegou a hora. Fique calma.* Uma mulher de meia-idade com um casaco de pele marrom comprido sai da loja e ajeita o cachecol. Ela me olha por um instante, mas então seu olhar segue deslizando pela rua à frente. Ela continua seu caminho sem dizer uma palavra, com a bolsa de compras balançando no ombro.

Alarme falso.

A essa altura, meu coração está martelando dentro do meu peito. Em dois minutos, serão oficialmente cinco e meia. É angustiante demais ficar só virando a cabeça de um lado para o outro, então fixo meus olhos no segundo ponteiro do meu relógio enquanto ele marca o minuto final. Aqui fora está tudo quieto, consigo ouvir de fato o *tic-tac, tic-tac, tic-tac*.

A sineta toca de novo. Provavelmente outro cliente distraído.

"Chegou aqui direitinho?"

Eu recupero o fôlego, e quando ergo o rosto vejo um garoto de olhos castanhos mais ou menos da minha idade. Ele está de uniforme escolar, mas tem alguma coisa nele que é mais ríspida do que estou acostumada.

Seu cabelo preto bagunçado cai sobre os olhos e fica encaracolado debaixo das orelhas. Cada ângulo do rosto dele é definido, geométrico. Leva um segundo para eu me lembrar do que tenho que falar agora.

"Os trens estão circulando normalmente."

Ele abre um sorriso de aprovação, e acho que vou cair do banco. Ele empurra a porta da loja e faz um gesto para que eu entre; eu me levanto devagar, rezando para que tenha feito tudo certo até então.

A loja é pequena e escura, e tem um cheiro forte de couro e graxa de sapato. Um homem está no balcão e não levanta os olhos quando eu entro. Se Arnaud estava tentando escolher o lugar mais aleatório de Paris para uma reunião secreta, ele conseguiu. Sem dizer uma palavra, o garoto de cabelos pretos me guia por um caminho sinuoso entre as prateleiras, até que por fim saímos em um cantinho na outra extremidade da loja. Ele saca uma chave do bolso do blazer e a usa para destrancar a porta à nossa frente.

Eu o sigo para dentro de um espaço austero mais ou menos do tamanho do meu quarto. Tem uma meia dúzia de poltronas de espaldar alto que não combinam entre si, uma mesa e uma pilha de caixas encostadas na parede à minha esquerda. Uma única lâmpada está pendurada no teto. Há outra porta no meio da parede oposta.

O garoto gira a chave na fechadura atrás de nós.

"Pode sentar."

Eu faço como ele e arrasto uma das poltronas no meio da sala, então nos sentamos um de frente para outro, com cerca de um metro de distância nos separando.

Ele me olha bem nos olhos.

"Eu sou o Luc", diz ele.

"Adalyn", respondo.

"Fiquei sabendo que você conheceu o meu amigo Arnaud."

"Sim, no sábado. Ele disse que eu devia conhecer você."

"Ele falou por quê?"

"Não. Só que você pensa do mesmo jeito que eu."

Luc se acomoda, apoiando o cotovelo no começo do braço da poltrona e cruzando as pernas. Ele pergunta: "E o que você acha que ele quis dizer com isso?".

"Não sei o que ele quis dizer exatamente." Ainda estou dura como uma tábua na minha poltrona e tenho que prestar atenção para não esquecer de expirar. Então inalo novamente. "A única coisa de que tenho certeza é do que eu sinto quando acordo e vejo a bandeira nazista hasteada sobre a *nossa* cidade... e as mulheres nas filas do racionamento para não encontrar nada... e os soldados se apossando de tudo que tem para comprar nas nossas lojas."

"E que sentimento é esse, Adalyn?"

O Luc é tão bonito que é difícil manter o contato visual, mas não devo parecer nervosa. Se ele decidir que não sou a pessoa certa para isso – se ele me expulsar desse mundo que acabei de descobrir –, não sei como conseguirei continuar. Vai ser como se me acordassem do sonho mais maravilhoso e eu soubesse que nunca vou poder voltar.

"É como se tivesse uma fogueira dentro de mim, e se eu não fizer alguma coisa para revidar, é capaz de ela me consumir. É por isso que eu arranco os pôsteres. Eu preciso fazer alguma coisa. Como é que posso não fazer nada?"

Estou arfando agora e de repente me dou conta de que estou sentada na beira da poltrona. O que o Luc está pensando? Em vez de responder, ele só me observa, inclinando a cabeça para cá e para lá, como se estivesse examinando uma pintura.

"Seu rosto não me é estranho", ele diz por fim. "Você mora por aqui?"

"Não. Minha família mora no Nono *Arrondissement*. Perto da Ópera."

Ele ergue as sobrancelhas.

"Bela vizinhança. Bem grã-fina."

Não sei o que devo responder, então olho para baixo e mexo no meu bracelete. Ah, não, agora chamei sua atenção para o bracelete Cartier de prata que Maman me deu de aniversário no ano passado. Quando volto meu olhar para Luc, uma expressão de compreensão está se espalhando por seu rosto.

"Você está em todas aquelas revistas de moda. Estão sempre publicando a sua foto nas colunas sociais", diz ele. "Minha avó lê o tempo todo e deixa as revistas pela casa. Ela adora ver o que as mulheres estão usando. Foi lá que eu já te vi, não é?"

Eu me preparo para o seu olhar de julgamento, mas ele nunca aparece. "Minha mãe me arrasta para todo tipo de festa", confesso.

Luc ergue as sobrancelhas. "Ela sabe que você está destruindo propaganda nazista no seu tempo livre?"

"Não", respondo rápido. "Ninguém sabe, só você e o Arnaud."

Ele se inclina para a frente e descansa os cotovelos nos joelhos, diminuindo a distância entre nós com um movimento rápido.

"Posso confiar em você, Adalyn?"

Eu me esforço para olhar nos olhos dele.

"Pode."

Por alguns segundos agonizantes, ele simplesmente me olha de volta. E então se levanta.

Ah, não. Acabou? Estou sendo dispensada sem nunca chegar a saber ao menos por que vim até aqui? Nosso encontro inteiro passa diante dos meus olhos, mas nada se destaca como o momento em que tudo desandou.

Então, bem quando estou esperando que ele tire a chave e me conduza de volta para a loja, Luc segue até a pilha de caixas. Ele abre a tampa, saca um grande envelope e volta a sentar.

"Arnaud estava certo. Eu penso *mesmo* igual a você", diz ele devagar. Os sombreados que a lâmpada lança tornam os traços do rosto de Luc ainda mais distintos, e por um momento tenho o impulso inesperado de encostar a minha mão na bochecha dele. Ele continua. "Eu tenho procurado gente de confiança como você e eu – gente que quer resistir. Precisamos espalhar a nossa mensagem para o máximo de pessoas que conseguirmos."

"E a nossa mensagem é..."

"Que nem todo mundo na França está disposto a colaborar com o inimigo. Que tem um monte de gente que ainda está lutando, sem a intenção de parar."

"Me fala o que eu posso fazer."

Luc ergue o envelope que ele tirou da caixa.

"Estes panfletos estão pintados com a cruz de De Gaulle. Você pode espalhar isso por toda parte que conseguir, onde as pessoas possam vê-los. No metrô. Em caixas de correio. No banheiro da sua escola. Mas tem que fazer tudo isso sem ser vista. Você consegue?"

"Consigo."

Vou ter que achar um jeito de fazer tudo isso sem que a minha família desconfie.

Em vez de me entregar o envelope, Luc arrasta a cadeira para ainda mais perto de mim, de modo que os nossos joelhos estão quase se tocando. Quando ele volta a olhar nos meus olhos, é com um nível de intensidade que nunca imaginei possível. O olhar dele preenche todos os cantos da minha alma.

"Isso é perigoso, Adalyn. Os nazistas prenderam adolescentes por terem ido às ruas no Dia do Armistício. Levaram todo mundo para a prisão, espancaram, obrigaram a passar a noite inteira ao relento, na chuva. Enfileiraram alguns deles e fizeram com que achassem que iam ser executados. Eles podem fazer a mesma coisa com a gente. Ou pior. Se você tiver qualquer hesitação – qualquer uma –, pode ir embora agora. Não vou te considerar menos por isso."

"Eu não vou embora."

"Você vai ter que tomar cuidado. Se te pegarem, vão fazer o que for preciso para arrancar informações de você. E você nunca vai poder contar para absolutamente ninguém o que está fazendo – entende isso? Absolutamente ninguém. Nem para a sua família. Nem para as pessoas que você acha que são leais à nossa causa. Paris está lotada de informantes nazistas."

Engulo em seco. "Sei guardar segredos", digo com firmeza.

Ele investiga meu rosto uma última vez. Eu deixo. Preciso que Luc saiba como eu quero isso. Então, finalmente, me entrega o envelope, e eu o enfio na minha pasta de livros. Eu me endireito.

Luc sorri pela primeira vez desde que cheguei, e sinto meus próprios ombros relaxarem. Eu sequer tinha me dado conta de que estavam tão tensos. Passei no teste. Estou dentro. Sou parte de alguma coisa maior do que eu, maior do que anotações furiosas em um diário e do que pôsteres arrancados. É como se a tensão tivesse se evaporado do corpo de Luc também. Ele se levanta subitamente, vai até a porta na parede ao fundo – aquela por onde eu não entrei – e dá três batidinhas. Ela se abre do outro lado e lá está Arnaud, sorrindo com as bochechas coradas no ar frio da noite.

"Você é uma de nós!", grita ele e meu coração infla.

"Você estava aí o tempo todo?"

"Estava esperando o sinal do Luc", diz ele. "Eram três batidas se ele tivesse te aprovado, duas se tivesse te mandado dar no pé."

Eu me volto para Luc, radiante. Imagino que eu deveria estar com medo, mas estou embriagada de animação.

"Obrigada por não ter me mandado dar no pé."

"O prazer é todo meu, Adalyn", responde Luc. Quando ele fala o meu nome daquele jeito – com tanta firmeza –, sinto uma descarga de empolgação no peito que não tem nada a ver com a missão que ele acabou de me passar. Estar perto do Luc me deixa nervosa, mas ao mesmo tempo eu queria ficar nessa sala estranha e conversar com ele por horas. O que me lembra:

"Luc, onde é que estamos agora?"

"Na loja dos meus pais", diz ele. "Eles sempre me deixam usar este lugar para fazer o que eu quiser quando estão trabalhando."

"Eles sabem o que você está fazendo agora?"

Luc balança a cabeça.

"Eles acham que eu só estou aqui com uns amigos."

"Eles também nem imaginam que você está aqui trancafiado com duas pessoas que não suporta", Arnaud entra na conversa, lançando um braço nos ombros de Luc. Luc ri e bagunça afetuosamente o cabelo do amigo. Então ele pigarreia e coloca as mãos no bolso. O papo é sério de novo.

"É melhor vocês dois irem", diz Luc. "Adalyn, não esquece: nem uma palavra para ninguém."

Arnaud segura a porta aberta para mim. É como se eu estivesse voltando para o mundo como uma nova pessoa. Fixo os olhos de Luc uma última vez antes de sair para a noite.

"E o que eu faço quando acabar?"

"Volta aqui e me avisa."

A voz dele é como um gole de chá que me aquece por dentro.

"Obrigada", sussurro.

"Boa sorte."

Enquanto o céu fica roxo e rosa com a luz do dia que se esvai, Arnaud caminha comigo em direção à margem direita do rio. Costumava ser a hora da noite em que Paris realmente se tornava a Cidade Luz. Agora é a hora em que os parisienses correm para casa para fechar as cortinas das janelas. Tudo está muito quieto. As pessoas passam por nós de bicicleta, agora que não há mais carros na cidade. Donas de casa exaustas se arrastam para casa com o semblante vazio depois de mais um dia sem sucesso nos mercados. Agora que deixei o turbilhão da loja de sapatos e voltei para terra firme, perguntas muito concretas e muito assustadoras começam a tomar a minha mente. Coisas que eu queria perguntar ao Luc, mas que não perguntei por temer parecer estar com medo. Ele disse que se os nazistas me pegassem, fariam "o que fosse preciso" para arrancar informações de mim. Eles me torturariam? Ou pior – e esta ideia me faz de fato passar mal –, eles machucariam a minha família? Com o pânico transbordando pelos meus poros, interrompo a história que Arnaud está contando sobre seus dois irmãos mais novos.

"Arnaud, você acha que ainda vou acabar presa?"

"Acho que *todos* nós vamos acabar presos", bufa.

Eu paro quando cai a ficha da realidade daquilo com o que acabara de me comprometer. O que é que eu estou fazendo, carregando estes panfletos antialemães?

"Não fica tão pra baixo!", diz ele, batendo no meu ombro. "Tudo isso vai valer a pena no fim."

Vendo que eu ainda resisto, Arnaud continua: "Vem, vou te pagar um sorvete".

Sem pestanejar, volto a caminhar, mas então me dou conta do erro dele.

"Não tem mais quase nenhum lugar em Paris onde dá para comprar sorvete", aponto.

"Ah, verdade", concorda Arnaud. "Bom. Te pago um sorvete quando a merda da guerra acabar então."

Eu espalho os panfletos.

Eu os levo comigo para todo lado, escondidos na cesta de compras e entre as páginas dos meus livros da escola, esperando uma oportunidade de lançá-los pelo chão sem que ninguém veja. Um dia desses, em uma plataforma de metrô lotada, deixei uma pilha deles em um banco!

Os papéis não são nada, só uma folha com a cruz de De Gaulle impressa no meio, e no entanto eles são tudo para mim.

Infelizmente, o trabalho está indo devagar, já que é difícil conseguir ficar sozinha. Estou com Chloe quando vou e volto da escola, e à noite estou no apartamento. Se pelo menos a Charlotte ou a Simone ainda estivessem aqui, eu poderia inventar ter algum compromisso com uma delas; em vez disso, tenho que espremer todo o trabalho nas horas que estou fora e sozinha, atrás dos produtos do racionamento.

Ontem voltei do mercado triunfante, os últimos papéis foram parar nas cestas de compras de donas de casa quando elas não estavam olhando. Estou pronta para encontrar Luc e pegar mais, só que isso significa que vou ter que voltar sorrateiramente até o Quartier Latin sem que a Maman e o Papa fiquem se perguntando onde eu fui parar. Mesmo se for de bicicleta ou pegar o trem, ainda assim ficarei fora por pelo menos uma hora no fim da tarde.

Assistindo à aula de história, na qual só estou prestando atenção em parte, decido que quero ir esta noite. Não posso mais adiar isso. Se ficar sentada esperando a brecha perfeita na minha agenda, Luc pode pensar que eu perdi o interesse na nossa causa, então, quando a aula acaba, encontro Chloe em frente à escadaria da escola e digo que não posso ir para casa com ela hoje.

"Tem uma prova importante de história chegando, e alguns de nós vamos nos reunir para fazer uma revisão", digo calmamente. Por dentro, me sinto terrível por mentir.

Chloe coloca a mão na cintura. "O Papa não pode te ajudar a estudar?", "Ele não sabe muito bem essa matéria. Não é Revolução ou Napoleão. É coisa medieval", digo de improviso.

"Você também pode não estudar nada", aponta Chloe. "Suas notas perfeitas não fazem bem para o restante de nós."

Nós duas rimos e eu sei que deu certo.

"Te vejo logo, tá? Não vou demorar."

"Tá. Vou sentir sua falta no caminho para casa." Ela fecha a cara para os alemães que estão fazendo a patrulha com um grande bulldog marrom por perto. "Você me ajuda a não pensar nos *boches*."

"Se o Papa já não estiver dormindo, vamos tocar umas músicas quando eu voltar. Você pode cantar e eu faço o acompanhamento."

"Vou adorar. Mas esteja avisada", diz ela com um tom de sarcasmo, "minha professora de coro disse que eu estava 'guinchante' hoje."

"'Guinchante', você? Jamais. Eu juro."

"Obrigada. Eu *disse* que ela estava errada." Chloe sorri e coloca a alça da pasta de livros no ombro. "Ela devia ter concordado comigo em vez de ter me mandado para o corredor. De qualquer modo, te vejo em casa, Adalyn."

"Até já, Chloe."

Observo Chloe até sua cabeleira loira desaparecer na esquina do final da rua, e então dou meia-volta e corro para a estação de metrô mais próxima. Vai ser difícil inventar uma desculpa diferente toda vez que eu for encontrar o Luc – não só porque vou ter que ser criativa, mas porque odeio guardar segredos de minha irmã. É mais seguro para ela assim, tenho que me lembrar.

Quando ninguém está olhando, corro pela viela à direita do toldo roxo. Arnaud disse que desta vez eu poderia entrar pelos fundos. Ele também me ensinou a batida especial que dão na porta: uma batida forte, cinco batidas leves e rápidas. *Toc-toc-toc-toc-toc*. Um minuto se passa enquanto fico com medo de Luc não estar lá, de ter desperdiçado uma desculpa de estudos perfeita para nada, mas então ele abre a porta. Seus olhos castanho-escuros brilham como se ele estivesse esperando me encontrar ali.

Escuto vozes de meninos na sala atrás dele.

"Adalyn", responde. Meu nome parece música em sua voz. Um intenso barítono.

Tenho que ir direto ao ponto – estou empolgada demais para me conter. "Terminei, Luc. Voltei para pegar mais."

"Excelente", diz ele. "Entra, acabamos de fazer uma leva nova semana passada."

Luc dá um passo de lado para que eu possa passar. Está mais cheio do que da última vez que estive aqui, por causa da presença de dois garotos que ainda não conheço. Um é alto, esguio, de cabelo encaracolado, um dente-de-leão humano. O outro é baixo e tem cara de neném. Estão sentados em volta de uma mesa com Arnaud – ou pelo menos estavam, pois assim que entro na sala, Arnaud salta da poltrona.

"Adalyn! Eu estava com medo de ter te assustado da última vez que falamos."

"Consegui não ser presa ainda", brinco.

Luc aponta para o garoto desengonçado de cabelos cacheados e diz: "Este é o Pierre-Henri". Pierre-Henri imita uma saudação militar e nós dois damos uma risadinha – a empolgação embriagante sem dúvida voltou. Então Luc indica o garoto baixo, que já está sorrindo e acenando. "Esse é o Marcel", diz ele. "Nós quatro estudamos juntos. Começamos a nos encontrar em setembro para falar da guerra, compartilhar as transmissões e os panfletos que encontrávamos, fazer planos para resistir como pudermos... esse tipo de coisa."

"Basicamente estamos tentando não enlouquecer", Arnaud entra na conversa.

Luc sorri. "Exatamente", diz. "E o pai do Marcel tem um mimeógrafo que escondeu na surdina antes de os alemães fecharem a gráfica dele, então conseguimos fazer nossos próprios folhetos, como você sabe."

Assinto, estou tentando absorver tudo. Meu cérebro está zumbindo de tanta informação.

"Meninos, esta é a Adalyn", continua Luc. Ele parece um capitão se dirigindo a seus tenentes. "Arnaud a encontrou arrancando pôsteres do Führer..."

"Na verdade, *ela me* encontrou", diz Arnaud, erguendo o indicador. Ele e eu trocamos um sorriso de reconhecimento.

"Adalyn tem ajudado a espalhar nossos papéis pela cidade, ela é excelente em evitar ser descoberta", diz Luc. "Ela é uma infiltrada."

Uma infiltrada, foi do que ele me chamou. Olho para as minhas mãos. Imagino que eu seja mesmo um trunfo, já que os alemães nunca suspeitam de mim...

"Bem-vinda à equipe!", gorjeia Marcel.

"Obrigada", digo a ele. "É um prazer enorme conhecer vocês."

"Estamos felizes por você estar aqui", diz Pierre-Henri. "Sei que nossos panfletos não parecem muito, mas acredite, é bom poder fazer alguma coisa."

"Sei exatamente o que você quer dizer."

Meu coração infla. Marcel e Pierre-Henri mal sabem quem eu sou, mas me acolheram imediatamente. Está claro que Luc, o mais sério do bando, é o líder não oficial. Eles devem confiar no seu processo de verificação.

"Nós nos encontramos aqui todas as segundas", diz Luc. "Você deve se juntar a nós sempre que puder."

"Estarei aqui", respondo imediatamente, embora ainda não tenha descoberto como fazer isso. Vir até aqui todas as segundas, além de sair de fininho para espalhar folhetos? É muito tempo fora do apartamento, e é especialmente suspeito hoje em dia, com a cidade deixando todo mundo tão enclausurado. As pessoas só saem em caso de necessidade.

Luc puxa uma cadeira para mim, e eu me sento com eles. Só agora percebo a seleção aleatória de livros espalhados na mesa.

"São um disfarce", explica Luc sem que eu tenha que perguntar. Ele devia estar estudando meu rosto. "Se qualquer um nos encontrar aqui e fizer perguntas, podemos dizer que somos um clube de leitura."

"Foi ideia minha", diz Marcel orgulhoso.

O grupo começa a conversar naturalmente, e eu absorvo tudo. Estive com sede disso por tanto tempo, de bico calado por perto de Chloe para que ela não se sentisse incentivada; por perto do Papa para que ele não ficasse nervoso; por perto da Maman porque ela confia em Pétain e quer pensar positivo.

Os garotos falam da possibilidade de levar seus folhetos para além da linha de demarcação, das Zonas Ocupadas para as Não Ocupadas.

"Eles precisam mais deles lá do que aqui", diz Pierre-Henri.

"E por quê?", pergunta Marcel.

"Porque suas ruas não estão lotadas de *les boches*. Aqui, os alemães fazem metade do trabalho de propaganda por nós."

O relógio de pulso de Arnaud chama a minha atenção; já estou fora há quase duas horas. "Preciso voltar para casa", sussurro para Luc, para não interromper a conversa dos outros. "Não quero que meus pais façam perguntas."

Luc assente. Ele se levanta, vai até as caixas e volta com outro envelope. Minha próxima leva de entregas.

"Obrigada."

"Eu é que agradeço."

A intensidade do seu olhar faz com que seja difícil desviar os olhos, mas enfio os folhetos em minha pasta de livros, me despeço dos outros e saio pela porta dos fundos para a noite escura e congelante.

Nosso velho zelador é como um gato, pois cochila a maior parte do dia. Quando entro no prédio, o barulho na porta da frente o acorda; ele pisca, olha para a esquerda e para a direita, e finalmente localiza a origem do barulho.

"Senhorita Bonhomme", diz ele sonolento, "uma carta para você."

"Obrigada, Gilles."

Quando ele me entrega o envelope, reconheço imediatamente a letra cursiva inclinada da minha professora de piano, Mathilde, que mora desde maio com uma tia na Zona Livre. Na verdade, eu não senti muita falta das nossas aulas duas vezes por semana; ela é muito rígida, bate nos meus pulsos com uma régua quando não os ergo o suficiente, o que tira a alegria de tocar. É por isso que prefiro praticar sozinha. Enquanto subo as escadas, abro o envelope e leio a mensagem de Mathilde.

> *Querida Adalyn,*
>
> *Espero que você e sua família estejam bem. Escrevo para informá-los da minha decisão de permanecer com a minha tia aqui em Avignon no futuro próximo. Ela não está bem e precisa de cuidados, e, de qualquer modo, não é fácil conseguir um visto Ausweis para viajar. Lamento que nossas aulas cheguem ao fim, mas acredito que irá encontrar tempo para seguir com elas por conta própria.*
>
> *Cordialmente,*
> *Mathilde*

O apartamento cheira a carne assada e Maman está colocando a mesa para o jantar quando entro em casa com a carta na mão. Eu paro sob o arco da sala de jantar e digo oi normalmente. Como se não tivesse acabado de sair de uma reunião secreta no Quartier Latin.

"Como foi o estudo, querida?"

"Ajudou bastante. Obrigada, Maman."

Ela me olha com adoração e me sinto bastante culpada por mentir para ela.

"Alguém te mandou uma carta?", pergunta Maman, percebendo o pedaço de papel.

"Mathilde", respondo.

"Ah! Ela falou quando volta?"

"Parece que ela não vai voltar para Paris", digo. "Ela disse que vai ficar no sul para cuidar da tia."

Maman para de dispor os talheres e coloca a mão na cintura. "Eu temia que isso pudesse acontecer", diz ela suspirando. "O que vamos fazer com as suas aulas? Precisamos dar um jeito de encontrar outra pessoa, sem dúvida..."

E então o plano se desenha para mim, completo e perfeito. Uma ideia simples que pode tornar toda a minha nova vida possível. Antes que eu diga qualquer coisa, coloco a carta no bolso para que Maman não pense em dar uma olhada nela.

"Na verdade, a Mathilde me indicou uma nova professora", minto. "É uma viúva rica que dá aulas de graça – só fica feliz de ter alguém com quem tocar piano. Ela pode me dar aulas às segundas e quartas, igual a antes. A Mathilde já deixou tudo acertado."

Maman parece surpresa. "É muita gentileza da parte dela."

"Não é? Ela falou que é importante que eu continue com as minhas aulas."

Maman dá a volta na mesa, e fico em pânico porque os talheres acabaram. Ela vai pedir para ver a carta e verá que Mathilde não fez arranjo algum. Mas, em vez disso, ela encosta a mão fria na minha bochecha.

"Concordo com Mathilde", afirma com um sorriso. "Você tem talento de verdade, querida."

"Obrigada, Maman. Não vejo a hora de ir."

"Que bom", diz ela alisando o meu cabelo. "Agora vai lavar as mãos pro jantar. Paguei uma nota por esse frango que vamos comer."

Mais tarde naquela noite, quando todos já estão dormindo, vou sorrateiramente para a cozinha com o bilhete de Mathilde enfiado na camisola. Fazendo o mínimo de barulho possível, abro a porta do forno, cutuco os pedaços de carvão incandescentes até que fiquem vermelhos e coloco um pouco de carvão novo em cima delas.

Ajoelhada no chão, torcendo para que ninguém entre, consigo fazer nascer uma pequena chama brilhante. Ao lado dela, coloco a carta, a única prova de que minha professora de piano, na verdade, não arranjou novas aulas para mim.

Logo, as chamas começam a arder. Impacientemente, espero que voltem a diminuir, meu coração batendo implacável. Quando por fim isso acontece, me inclino para a frente e espio pela grade.

A carta de Mathilde virou cinzas.

5 *Alice*

A "Operação Descubra sobre a Infância Secreta da Vovó" está a todo vapor, e preciso encontrar um lugar onde possa me acomodar com o meu laptop e avançar mais no diário de Adalyn. Talvez eu dê uma olhada no Quartier Latin, do outro lado do rio. A Camila e a família dela ficaram lá no feriado de primavera, e me lembro de ela falar que era cheio de cafés bonitinhos. Ela também disse que era cheio de garotos bonitos, e nessa hora o namorado dela, o Peter, derrubou água de sua garrafa na cabeça da Camila.

A tarde está nublada e sombria, mas não estou prestando atenção no mau tempo. Eu fiquei até às duas da manhã dando duro em outro pedaço do diário, e agora as frases perfeitas em letra cursiva da minha tia-avó rodam na minha cabeça enquanto perambulo por sobre um Sena muito cinzento. É incrível ler histórias sobre a vovó que eu nunca tinha imaginado. Como aquela em que a Adalyn e ela tocavam músicas para os pais na sala de estar – eu nem sabia que a vovó cantava! Eu sei que parece estranho, mas é quase como se me fizesse sentir que a vovó ainda está viva, esperando para ser descoberta. Como se ela não tivesse ido embora.

Zum! Um cara em uma Vespa quase me atropela assim que boto o pé na margem esquerda. Eu devia ter prestado mais atenção ao meu redor, porque as ruas aqui estão lotadas de gente. Sigo entre grupos de turistas, me perguntando por que a Camila me mandou para cá. Tudo que vejo são lojas de lembrancinhas e restaurantes prometendo "cozinha francesa autêntica" em letras grandes e chamativas. Os garçons tentam me convencer a entrar, gritando "*Mademoiselle! Mademoiselle!*", quando passo na frente.

Desviando do tráfego no boulevard Saint-Germain, considero dar meia-volta e ir ao mesmo café de ontem, mas então o bairro já é outro. A multidão fica mais esparsa, e há consideravelmente menos turistas com câmeras penduradas no pescoço. Consegui chegar a uma região mais tranquila do Quartier Latin, onde as ruas são como um labirinto no qual você *quer* se perder – estreito e sinuoso e cheio de surpresas, com cafés minúsculos com espaço só para uma ou duas mesas do lado de fora, onde pessoas da minha idade leem romances e mexem o açúcar em pequenas xícaras de café *espresso*. Todo mundo aqui parece tão, hum, *francês*. Como se tivessem colocado a primeira coisa que acharam no guarda-roupa e ainda assim continuassem mais bem vestidos do que qualquer um que já vi na minha escola.

Tudo bem, Camila. Você tinha razão. Esta área é bem legal.

E também, foi mal, sinto dizer, Peter, mas a Camila estava totalmente certa sobre os garotos bonitos – eles estão por toda parte. Tem um mandando ver em um *croque monsieur* em uma mesa do lado de fora, outro empurrando a bicicleta em uma rua de paralelepípedos acidentada. Os caras da escola estão sempre fazendo as coisas mais idiotas para chamar a atenção das garotas, como jogar borrachas na cabeça delas ou cutucá-las com a régua, mas esses garotos parisienses são muito descolados sem fazer esforço. Eles saberiam que não se deve tentar sugar a cara de uma garota durante uma música lenta da Adele. Dito isso, eles provavelmente nunca se interessariam por mim, Alice Prewitt, quando podem sair com uma francesa atraente e também descolada.

Começa a garoar, e eu sei que provavelmente deveria escolher um lugar para sentar, mas tem cafés demais para escolher. Eu perambulo um pouco mais pelas ruas, esperando que o lugar perfeito chame a minha atenção. Mas agora a chuva está apertando, então pego meu celular e procuro no Google um lugar com Wi-Fi grátis.

Um raio aparece no céu e a chuva começa a cair em pingos grossos, dez vezes mais forte do que antes. É melhor eu entrar em algum lugar logo, senão minhas roupas vão ficar ensopadas o resto do dia. Espera, esquece as roupas. Acabei de me lembrar que estou carregando um laptop muito caro em uma mochila nada impermeável. Passo apressada pela porta do primeiro lugar que está à minha direita.

Uma sineta tilinta alegremente sobre a minha cabeça. O cheiro acolhedor e agradável de pão recém-saído do forno me arrebata como uma onda. Parece que topei com a padariazinha mais linda – e bem a tempo, porque assim que a porta se fecha, uma tempestade violenta atinge a vitrine com tanta força que dá para ouvir o vidro balançando na moldura.

"*Bienvenue!*"

Uma voz me cumprimenta cantarolando de algum lugar mais adiante. Não consigo ver de onde ela vem até que uma moça que parece uma fada se ergue detrás do balcão como um boneco numa caixa de surpresas. Tem manchas de farinha espalhadas em seu avental e nas suas bochechas.

"*Bonjour... avez-vous le Wi-Fi?*"

"*Oui!*" Ela aponta para uma folha de papel afixada na parede. O nome da rede e a senha estão escritos nela.

"*Merci beaucoup*", digo com um sorriso. Tive sorte. Este lugar é perfeito.

Vou colocar as minhas coisas na mesa. A *boulangerie* só tem lugar para uma única mesa compartilhada e no momento tem apenas uma pessoa sentada lá. É um cara jovem com um tufo de cabelo castanho avermelhado; ele está inclinado sobre um caderninho e tem uma esferográfica na mão. Ele olha brevemente para cima quando abro minha mochila, tempo suficiente para eu vislumbrar seus olhos verde-oliva atrás dos óculos de aro tartaruga como os meus. Ele é muito bonito. Na verdade, ele provavelmente é o cara mais bonito que eu vi o dia inteiro, o que diz muito.

Volto ao balcão com a intenção de explicar de uma vez por todas que quero uma xícara do tamanho normal de café preto, mas quando chego lá, travo. Se o Cara do Caderninho estiver me olhando agora, vou mesmo querer pagar de turista escandalosa que não sabe o que está fazendo? Não. Quero ser a moça sofisticada que pede o café na xícara microscópica como todas as outras pessoas em Paris.

Não que eu ache que o Cara do Caderninho esteja interessado em mim de qualquer forma. Mas, por incrível que pareça, quando volto para a mesa armada com o meu tapa na cara cafeinado e meu croissant, o Cara do Caderninho olha de novo. Desta vez eu presto atenção na boca dele, especificamente como o lábio superior é mais arqueado no meio, como se alguém tivesse pressionado o polegar sobre ele.

Ele sorri.

Eu tomo um gole do café e tento não estremecer.

Ele volta a desenhar e eu abro meu computador, onde as traduções de ontem à noite estão abertas na tela. Parei no outono de 1940, quando a vovó e a família dela estavam se acostumando com a nova vida na época da Ocupação nazista.

A cidade está claustrofóbica. Quando Chloe e eu íamos a pé para o açougue no sábado de manhã com nossos cupons de racionamento, notamos pela centésima vez como nossas ruas conhecidas pareciam estrangeiras. Soldados alemães lendo placas em alemão, os postos de controle aleatórios e as ruas interditadas, as janelas fechadas com tábuas nos apartamentos abandonados pelos donos que fugiram... Faz parecer que você está presa em um pesadelo.

De qualquer modo, não tem quase nada para fazer esses dias para se distrair. Charlotte continua na América do Sul, Simone em Marselha. E os alemães proibiram o cinema Grand Rex para os parisienses! Nem é preciso dizer que mal posso imaginar o que faria sem a Chloe. Neste mundo de ponta-cabeça, nós nos ancoramos. Ontem à noite, depois que fui para a cama, ela foi sorrateira para o meu quarto e entrou debaixo das cobertas comigo. Disse que não conseguia dormir.

Perguntei por que não.

Chloe disse que uma colega tinha dito a ela que os alemães podiam ficar na França até muito depois de nosso tempo de vida, e ela não conseguia parar de pensar nisso.

Eu a puxei para perto e garanti que não era verdade, que Charles de Gaulle estava cuidando disso. Para ajudar a tirar esse pensamento da cabeça dela – e da minha também! –, fizemos nossa brincadeira de costume. Nos revezamos até a voz de Chloe sumir, e espero que ela tenha sonhado com uma fatia de bolo de chocolate indecente.

E aqui vai mais uma:

Hoje Maman e eu passamos por madame Blanchard no saguão do nosso prédio, e ela parecia desanimada e terrivelmente pálida. Ela está como um fantasma desde a última vez que a vimos. Perguntamos se havia algum problema e ela disse que tinham matado o seu filho. Que os alemães tinham atirado nele por causa de algum tipo de infração. Eu não conhecia ele, mas estou arrasada por causa da sua família. Ele tinha esposa e filhos. Não é justo. Eu odeio, odeio, ODEIO os alemães.

Maman disse que eu não podia falar do filho da madame Blanchard na frente do Papa. Foi muito frustrante. Meu tio Mathieu também levou um tiro e morreu. Eu amo tanto os meus pais e entendo por que a gente deve ser forte pelo Papa, mas vou dizer aqui, em particular, que está cada vez mais difícil ficar de bico calado perto deles – ouvir Maman falar sobre Pétain e assentir com a cabeça como se concordasse com ela. Não importa o que o Velho Marechal fez na Grande Guerra... NESTA guerra, ele obrigou a França a desistir sem lutar! Eu odeio ele também. Mas não tanto quanto eu odeio os alemães.

No jantar, conversamos educadamente sobre a sorte que tivemos hoje de encontrar manteiga no mercado. A gente também viu uma mãe implorando por remédios para o seu bebê doente, mas não falamos sobre isso. Durante todo o jantar, achei que fosse explodir de tristeza.

A Chloe deve ter percebido. Depois do jantar, ela me levou para o quarto dela e, assim que ficamos sozinhas, não aguentei e comecei a chorar. Por causa da coitada da madame Blanchard e da mãe desesperada do mercado. Eu não conseguia parar de pensar nos rostos delas.

Chloe me abraçou nem sei por quanto tempo – muito tempo. Nós duas dissemos como estávamos agradecidas por nos sentir da mesma forma em relação a tudo o que está acontecendo. Eu não sei o que faria sem ela.

O finalzinho aquece meu coração, mesmo que seja triste. Ele me deixa orgulhosa de ser a neta da Chloe e também me faz querer ter uma irmã, de certa forma. Eu amo o quanto as duas se amam.

Enquanto encaro outro gole de café, a ideia me atormenta de novo, como na noite passada.

A ideia de que eu deveria tentar encontrar Adalyn.

Descanso a xícara na mesa e mexo aquela lama marrom no fundo. Por um lado, tenho um bom motivo para não fazer isso: a foto. *Deve ser* por isso que a vovó nunca falou sobre ela.

Por outro lado, a vovó e a Adalyn costumavam ser tão, tão próximas. E a vovó não teria me deixado o apartamento se não quisesse que eu descobrisse sobre a Adalyn... certo? Quer dizer, talvez ela realmente *quisesse* que eu a encontrasse.

Eu quase desejo nunca ter aberto aquela droga de gaveta, porque se eu não tivesse encontrado a foto – se eu só soubesse que a Adalyn era a pessoa que escreveu este diário –, isso nem estaria em questão. Eu estaria com tudo no modo "em busca da tia-avó".

Mas essa é uma hipótese impossível, porque *eu abri* a gaveta.

Mas – mas! –, de acordo com o diário, a Adalyn *nem sempre* apoiou os nazistas. E ela poderia me falar sobre a vovó. Ela poderia me ajudar a entender tudo.

Não pode ser ruim apenas dar uma bisbilhotada, não é?

Parto do óbvio. Dou um Google em "Adalyn Bonhomme". Os resultados são um painel do Pinterest para a festa de aniversário de um neném e uma lista de perfis do Twitter que não têm nada a ver com minha busca. Eu tento "Adalyn Bonhomme France" e "Adalyn Bonhomme Paris" para restringir os resultados, mas eles também são inúteis. Tento "Adalyn Bonhomme nazistas" só para ver o que acontece, mas tudo que consigo é um ensaio sobre filmes de zumbis nazistas de um professor de cinema com o sobrenome Bonhomme.

Uau, tem uma quantidade bizarra de filmes de zumbis nazistas por aí.

Depois, abro o Facebook. Meu coração dispara quando procuro o nome dela e chego a um resultado, mas despenca de novo quando me dou conta de que essa Adalyn Bonhomme em particular é uma garota de treze anos de Cardiff, País de Gales. Tento o Instagram também, mas nada. Afinal, quantas pessoas de 93 anos usam as redes sociais? A maior conquista tecnológica da vovó foi aprender a colocar espaços entre as palavras nas mensagens de texto que ela mandava.

Tento as páginas amarelas. Procuro obituários. Faço tudo que consigo imaginar, em vão. As pessoas mais velhas simplesmente não deixam rastros digitais como a gente. Minhas amigas e eu conseguimos enxergar uma pessoa aleatória no fundo de uma foto do Instagram e descobrir o nome dela, a idade, a escola e se ela está ou não namorando alguém em questão de minutos.

Não vou encontrar a Adalyn na internet de jeito nenhum. Se eu quisesse encontrá-la, eu ia precisar de algum tipo de pista, mas por onde eu começaria? Queria saber mais sobre aquela época. Assim, eu poderia me colocar no lugar da Adalyn e descobrir onde ela poderia ter ido parar no fim da guerra. Dei um Google em "Paris durante a Segunda Guerra Mundial" e encontrei uma página da Wikipédia com dez mil palavras. Não chega a ser um plano, mas por um lado vai me ajudar a entender mais referências que a Adalyn faz no seu diário. De qualquer jeito, preciso de um curso intensivo sobre a França sob a Ocupação nazista. Começo lendo sobre como a Alemanha invadiu a França na primavera de 1940 – a mesma época em que Adalyn começou a escrever.

Depois de uma hora pesquisando, começo a ficar desatenta. Percebo que li a mesma frase sobre o governo francês se recolhendo para o balneário de Vichy três vezes seguidas. Preciso de uma distração, então dou uma espiada no Cara do Caderninho, que não parou de desenhar esse tempo todo. Não sei se é porque ele me viu olhar, mas pela primeira vez desde que cheguei, ele descansa a caneta e se recosta na cadeira para admirar seu trabalho.

Uau.

É o desenho mais fascinante que já vi. Não sei para onde olhar primeiro – um milhão de minúsculas formas abstratas se encaixam em padrões intrincados, como o quebra-cabeça mais complicado do mundo. E ele fez tudo só com uma caneta esferográfica, até o sombreado. Eu não consigo parar de olhar para o desenho e, é óbvio, ele me pega no ato. Ele sorri e eu sorrio de volta. Meu peito palpita. Então ele olha para a mesa, a vermelhidão subindo pela gola da camiseta branca dele.

Então não consigo acreditar no que acontece em seguida. A garota que parece uma fada sai do balcão e coloca um café na frente dele – não uma xícara minúscula de lama, mas uma caneca normal de café com fumacinha saindo do alto.

Eu tenho que perguntar para ele. Espero que ele não me ache esquisita demais.

"*Excusez-moi... parlez-vous anglais?*"

"Falo sim", o Cara do Caderninho responde com sotaque francês.

"Como é que se chama esse tipo de café?"

"*Un café américain.*"

Café americano. Excelente. Agora eu *sem dúvida* pareço uma turista idiota, mas pelo menos ele finalmente me desvendou esse mistério.

"Muito obrigada", digo. "Tentei pedir isso a semana inteira, mas não estava dando certo."

"Imagina, de nada", diz ele com uma risada. Em seguida, ele aponta para a xícara de café minúscula do lado do meu computador. "Você não parecia estar gostando deste *café noir*. Não se preocupa – é forte demais pro meu gosto também, e eu sou francês."

Trocamos um sorriso e voltamos cada um para o seu trabalho. Por fim, a chuva diminui e ele arruma suas coisas para ir embora. Ele me dá um tchauzinho antes de se levantar da mesa.

É só quando estou voltando a pé para casa para jantar, com a cabeça chafurdando nos detalhes sobre o armistício assinado entre a França e a Alemanha, que paro e penso na minha conversa com o Cara do Caderninho. O sotaque dele era incrível demais. A Camila vai pirar quando eu contar para ela. E tem uma hora no final que não consigo tirar da cabeça – a hora em que eu agradeci e ele disse... o que foi mesmo?

Que parecia que eu não estava gostando do meu café.

Isso não quer dizer que o Cara do Caderninho estava de olho em mim também? Quanto mais penso nisso, mais sinto meu peito palpitar.

No dia seguinte o céu está lindo e azul e, mesmo que eu saiba que estou sendo ridícula, estou um pouco decepcionada. Eu queria voltar para a *boulangerie* para ver se encontrava o Cara do Caderninho de novo, mas agora imagino que não existe nenhuma chance de vê-lo lá – não quando todo mundo em Paris está pelas ruas aproveitando o sol.

Eu só decido voltar porque ouvi ele se dirigir à garota que nos atendeu pelo nome, e ela não estava usando um crachá no avental. Eu conferi quando estava saindo. Se ele é tão próximo da equipe, significa que vai lá com frequência, certo?

Mas quando chego na *boulangerie* no começo da tarde, ele não está lá. Obviamente.

Os únicos na grande mesa quadrada são um casal que parece desesperado com duas crianças birrentas, ambas com manchas de chocolate nas bochechas. Uma delas solta um grito pavoroso. Eu perco o chão. Estou envergonhada por pensar que poderia encontrá-lo de novo tão facilmente. Eu meio que quero ir embora, só que a mulher do balcão já anotou meu pedido e não quero ofender essa família já estressada, então peço um *café américain* e repouso minha mochila melancolicamente sobre a mesa.

Depois de meia hora, já estou pronta para juntar minhas coisas e ir para outro lugar. Estou tentando me concentrar no sistema de racionamento que os alemães impuseram aos franceses, mas não paro de me distrair com o barulho dos brinquedos das crianças caindo no chão. Sim, sem dúvida é hora de ir embora. Estou terminando os últimos goles do meu delicioso café americano – a única parte boa de toda essa experiência – quando a sineta da porta toca.

Quase deixo a caneca cair.

É o Cara do Caderninho.

Assim que ele entra, a Criança Número 1 solta outro grito agudo. A Criança Número 2 soca o Tupperware na mesa e acontece uma explosão de cereais, como se fosse um gêiser. O Cara do Caderninho mexe impaciente na alça de sua bolsa carteiro e se volta para a saída.

"Espera!", eu grito. Ah, meu Deus, saiu mais alto do que eu pretendia – e nem foi em francês. Mas devo ter chamado a atenção dele, porque ele para e solta a porta.

"*Un moment*", eu digo, empurrando a minha bolsa para o lado tão rápido que ela quase cai no chão. Normalmente eu não daria um showzinho público como este, mas acho que vou ter que continuar com ele. Tiro as minhas coisas de uma parte da mesa que não está coberta de cereais, espaço suficiente para ele abrir seu caderninho e fazer outro de seus desenhos surreais.

    Nós nos olhamos fixamente por trás de nossos óculos idênticos, e um sorriso familiar aparece no rosto dele. O Cara do Caderninho lembra de mim. Ele vem andando até o meu canto da mesa – nosso canto agora – e joga a bolsa no espaldar de uma cadeira.

    "Obrigado", diz ele.

    "*De rien*", respondo.

    "Conseguiu o café certo desta vez."

    "Graças a você."

    Ele vai até o balcão e volta com seu próprio *café americain*. Finjo voltar para a minha leitura, mas, em vez disso, espio por sobre meu laptop e vejo ele abrir o bloco em uma página nova e destampar a caneta. Ele escolhe um ponto próximo ao meio e começa a desenhar espirais pequenas, depois um grupo de esferas perfeitas e, em seguida, um padrão xadrez. É hipnotizante. Às vezes, a caneta dele para por um momento, e não tenho certeza, mas acho que ele está espiando as anotações que eu estava fazendo à mão enquanto lia.

    O que *eu sei* é que os gritos das crianças ficaram muito mais suportáveis desde que o Cara do Caderninho chegou, porque agora, sempre que um deles grita como um demônio, ele olha para mim e contrai o rosto dramaticamente, e eu tenho que me segurar para não rir. Seguimos assim no nosso segredo – nossa própria piada interna – até que a família por fim recolhe suas coisas e sai da *boulangerie* como um circo itinerante.

    "Finalmente a gente vai conseguir se concentrar", ele me diz.

    "Pois é, finalmente", respondo.

    Mas alguns segundos passam e nenhum de nós volta a trabalhar. A gente só continua se olhando. Tenho certeza absoluta de que deve ser estranho ficar olhando para um desconhecido assim, mas não é – de jeito nenhum. O olhar dele me deixa confortável. É como se dissesse: *Fique à vontade*.

    "Meu nome é Alice."

"Paul", ele diz.

Quando trocamos um aperto de mãos, uma sensação de formigamento sobe dançando pelo meu braço.

"Sua arte é incrível."

Ele parece genuinamente surpreso.

"Isso aqui?" Ele dá uma olhada na sua última criação como se a visse pela primeira vez. "É só um desenho aleatório. Eu realmente não estava prestando atenção nele."

"Bem, é um desenho aleatório *muito bom*."

"Obrigado", ele diz, com a vermelhidão mais uma vez subindo pelo pescoço.

De canto de olho, vejo a garota atrás do balcão bater a farinha das mãos. Então, do nada, ela vem até a mesa e cumprimenta o Paul com um beijo na bochecha.

Ela podia muito bem ter virado um balde de água gelada na minha cabeça.

Os dois começam a conversar em francês rápido demais para que eu consiga acompanhar. A moça continua dizendo coisas que fazem Paul rir, e eu não deixo passar despercebido que ela é incrivelmente bonita. Bom, agora eu sei por que o Paul foi à mesma *boulangerie* dois dias seguidos. Volto para a minha leitura, de verdade desta vez, me sentindo murcha.

"Gostaria de comer alguma coisa?"

Silêncio.

Ergo o olhar para ver o que está acontecendo e descubro que a garota está se dirigindo a mim. Paul também está me encarando.

"Você deveria pedir alguma coisa", diz ele. "A Vivienne, minha irmã, é a melhor confeiteira de Paris."

Ela é irmã dele! Mesmo que o Paul e eu mal nos conheçamos, não vou fingir que não estou aliviada. Agora que estou vendo os dois lado a lado, eles claramente têm o mesmo cabelo castanho-avermelhado e os mesmos olhos verdes. Eles têm até a mesma faixa de sardas pontilhando o nariz.

Aperto os olhos na direção do balcão. O croissant que comi ontem estava incrível, mas tem pelo menos uma dúzia de outros folheados brilhantes que parecem tão bons quanto ele.

"Acho que é impossível decidir", digo a eles.

"Entre quais você está dividida?", pergunta Paul.

"Acho que o *pain au chocolat* e a *tarte tatin*."

Ele tira um dinheiro do bolso e o entrega para a irmã.

"*Les deux, s'il vous plaît. Merci, Vivi.*"

Vivienne dá uma piscadela e vai até o balcão, e antes que eu me dê conta do que aconteceu, ela está de volta com os dois folheados: o *pain au chocolat* e a *tarte tatin*. Eu sinto que estou corando.

"*Merci beaucoup*. Não precisava fazer isso."

"Bem, eu não queria que você perdesse a oportunidade."

"Acho que você vai ter que me ajudar com eles."

Eu nunca puxei conversa com uma pessoa aleatória em público antes – e *sem dúvida* não com um garoto tão bonito –, mas no fim das contas é fácil conversar, mesmo com a barreira do idioma. Paul fala inglês bem o suficiente para que eu só precise desenterrar uma ou outra palavra do vocabulário que aprendi na aula de francês para ajudar. Ele é de Lyon, mas se mudou para Paris no ano passado para estudar. Ele acabou de terminar o primeiro ano da universidade – e não do *collège*, como eu digo por engano, que fico sabendo ser a palavra francesa para ensino fundamental II.

"Está cursando artes?", pergunto, apontando com a cabeça para o caderninho.

"Não", diz ele. "Design gráfico." Ele abre um sorriso melancólico e olha para a janela. "Fui aceito no curso de artes, mas meus pais falaram que queriam que eu conseguisse emprego depois da universidade."

"O que os seus pais fazem?"

"Os dois são cirurgiões cardiologistas."

"Uau."

Paul ri. "Pois é. Às vezes, acho que eu e a Vivi fomos trocados por outros bebês na maternidade."

Ele muda de assunto, me perguntando um monte de coisas sobre a minha vida em Nova Jersey. E claro, ele também quer saber o que eu estou fazendo em Paris no verão, então conto tudo sobre o apartamento completamente preservado da vovó e do mistério de ele ter acabado assim. Falo que estou tentando descobrir o que posso com o diário da Adalyn, mas deixo de fora a parte sobre a foto que encontrei na penteadeira da mãe dela. É constrangedor demais.

"Se eu fosse você, ia querer saber demais o que aconteceu com minha família", diz Paul, deslizando a lateral do garfo no último pedaço de *tarte tatin* para dividi-lo ao meio. Cada um de nós fica com um pedaço.

"É por isso que estou fazendo toda essa pesquisa", respondo com a boca cheia de maçã assada.

"Já encontrou alguma coisa útil?"

"O começo não foi nada mal", respondo. "Sei que a minha avó e a família dela fugiram da cidade com milhares de outras pessoas pouco depois que os alemães invadiram a França. Sei que eles acamparam em uma cidade chamada Jonzac enquanto esperavam para ver o que o governo ia fazer. E sei que aquele velho herói militar chamado Pétain que se tornou primeiro-ministro de repente assinou um armistício com a Alemanha e que, depois disso, a França foi dividida em duas zonas: Ocupada e Não Ocupada. Pétain ainda estava comandando um governo francês desde Vichy, mas basicamente fazia tudo o que os alemães queriam que ele fizesse. A minha avó e a família dela acabaram voltando para Paris depois do armistício. Foi até aí que eu consegui chegar."

"Eu me pergunto... será que a família da sua avó se encrencou com os nazistas? Muita gente foi presa e deportada nessa época, e elas simplesmente desapareciam."

Fixo um ponto na mesa, me lembrando da foto da Adalyn.

"Não sei. Pode ser."

Paul pigarreia e, quando fala de novo, a voz dele vacila.

"Só para você saber... eu estou trabalhando agora no verão em uma livraria pequenininha perto daqui", diz ele. "Tem uma boa seção de história e um monte de livros sobre essa época específica na França... se você quiser aparecer e dar uma olhada neles..."

Ai, meu Deus. Acho que o Paul acabou de me chamar pra gente se ver de novo.

Meu medo de que ele descubra sobre a Adalyn é completamente soterrado pela empolgação nervosa. A palma das minhas mãos começam a suar. Acho que vou ter um ataque do coração. Não dá pinta, Alice. Mas eu não faço ideia de como não dar pinta! Então deixo escapar a primeira coisa que passa pela minha cabeça: "Mas eles não são todos em francês?".

De onde eu tirei isso? Ah, meu Deus, por que eu falei isso? O lindo rosto de Paul derrete. Ele parece sem graça. Começa a empilhar nossos pratos vazios e os talheres usados.

"Desculpa", ele murmura. "Você mal me conhece..."

"Não!" Preciso virar esse jogo, e rápido. Quero encontrar com ele de novo mais do que qualquer coisa. "Só estou perguntando porque provavelmente vou precisar que você me ajude a traduzir."

Paul me olha. As coisas ficam suspensas por um momento e então ele sorri.

"Posso sem dúvida fazer isso. Tem alguns em inglês também."

Eu sorrio de volta.

"Não vejo a hora."

6 *Adalyn*

O Luc me disse uma vez que o segredo não é tentar se esconder deles – é *não* tentar.

Foi difícil seguir esse conselho durante quase todo o primeiro ano, e mesmo agora não é fácil. Tente andar pela rua com uma leva de panfletos ilegais impressos em um mimeógrafo escondido no sótão do seu amigo, e tudo que você vai querer fazer quando *les boches* aparecerem é se enfiar nas sombras. É do instinto humano querer se esconder; os alemães executaram dezenas de membros da Resistência desde que a Ocupação começou. Eles estampam o rostos deles em pôsteres e pregam pela cidade como ameaça. Dizem que um deles, um comunista chamado Guy Môquet, tinha só dezessete anos quando morreu.

Eu consigo ouvir as palavras do Luc enquanto minha bicicleta chega no alto da ladeira e avisto um posto de controle mais adiante. Meu peito fica apertado. Tem dois soldados parados no meio da rua, examinando os documentos das pessoas e inspecionando seus pertences antes de deixá-las passar. Não posso dar meia-volta agora. Sem dúvida eles já me viram, e se parecer que eu estou tentando fugir deles, vou dar mais motivos para ficarem desconfiados.

Minhas mãos quase escorregam do guidão enquanto as rodas da minha bicicleta arranham ao parar sobre o cascalho. Fique calma. Dou uma olhadela na cesta dianteira da minha bicicleta, onde, embaixo de um pano xadrez e de alguns livros, jazem duas coisas: um carretel de linha e um envelope cheio dos panfletos que imprimimos na casa do Marcel na segunda-feira. Eles não vão saber o que pensar do carretel, mas se encontrarem os folhetos, não vou ter como me safar com uma explicação. Todos ou têm a cruz de De Gaulle ou um grande V de vitória impressos, dois símbolos que sempre se vê rabiscados sobre os pôsteres alemães em Paris.

Preciso pensar rápido.

Não posso deixar transparecer que estou com medo.

Mas eu estou com medo.

Tem outro conselho que o Luc me deu: desempenhar sempre o papel da pessoa que eu sou nas revistas de moda. Ser a jovem e bela socialite que vai a festas – que tem dinheiro –, que não se preocupa com essa tolice de Ocupação.

"Ninguém nunca vai suspeitar dessa garota", disse ele.

O primeiro soldado acena para que eu siga em frente. Ele é um jovem com a pele lisa e barba loira meio falha que não se liga ao bigode. O segundo – o mais bonito dos dois – não parece ser muito mais velho. Enquanto mostro minha identidade para o primeiro soldado, não posso deixar de notar que o colega está me olhando com avidez, desde minha saia para andar de bicicleta até os meus lábios vermelhos e o meu cabelo preso em um coque baixo na nuca. Por fim, tenho uma ideia.

"Aonde está indo hoje?", pergunta o primeiro soldado.

Eu abro o que espero que pareça um sorriso de flerte.

"Encontrar um bom lugar na grama para ler meus livros." Eu passo os dedos pelo meu colo exposto. "Por quê? Está querendo se juntar a mim?"

O segundo ri. Ele se aproxima da minha bicicleta, o peito estufado como o de um galo, e dá uma espiada dentro da cesta. Ele olha mais de perto o que estou lendo e cacareja em aprovação. Nenhum livro proibido à vista.

"Goethe e Miegel", diz ele, erguendo as sobrancelhas. "Dois autores alemães excelentes."

"Eu devo ter bom gosto", respondo.

O soldado sorri malicioso. Ele parece estar gostando deste joguinho que a gente começou. Ele lança o rifle no ombro, enfia os polegares no cós da calça e projeta o quadril para a frente.

O primeiro soldado, corando, pigarreia.

"É uma cesta grande, *mademoiselle*", diz. "O que mais você está levando aí?"

Meu coração bate acelerado. Mas está claro que o segundo soldado ainda não desgrudou os olhos de mim. Então eu falo, com a voz mais espirituosa que consigo: "Ah, coisas terríveis. Muita propaganda bastante ilegal".

Silêncio. Agora pronto. Vou ser o próximo membro da Resistência condenado e com o rosto estampado em um pôster alemão. Mas então, milagrosamente, os dois soldados explodem de dar risadas. O primeiro me devolve a identidade e o segundo me dá um tapinha na parte baixa das minhas costas.

"Vou dizer a todos os homens na Wehrmacht para tomarem cuidado com você", diz ele.

"É bom notificar o próprio Führer!", grita o outro.

Estou tão aliviada que rio junto com eles.

"Tenham um dia maravilhoso, senhores", digo a eles, que se afastam e me deixam passar. Eu saio pedalando atordoada, boquiaberta por ter raciocinado rápido – e com a sorte que tive. Mal posso esperar pela minha "aula de piano" de segunda-feira à noite para contar para o grupo o que acabou de acontecer. É capaz de o Arnaud fazer uma encenação de tudo, com a ajuda de Marcel e Pierre-Henri. Luc, com seu jeitão sério, decerto vai dizer para eles pararem, já que eu poderia ter morrido.

Luc. Já tem um ano e meio que eu tenho conseguido escapar para as minhas "aulas de piano", e cada um de nossos encontros ainda reluz em minha mente como um sonho que a gente lembra quando acorda de manhã. Sua intensidade sem fim – sua determinação de fazer tudo que é possível – mantém o fogo aceso no meu peito, mesmo enquanto os alemães fecham o cerco contra os membros da Resistência. E ele aumentou o escopo do nosso trabalho, então a gente não está mais só divulgando folhetos.

Estamos enviando mensagens secretas.

Mais ou menos seis meses atrás, na festa de aniversário do primo dele, uma tia em que o Luc confia chamou ele de lado para uma conversa particular no escritório. Já sabendo bem como ele se sentia em relação aos alemães, ela disse que poderia apresentá-lo para um homem responsável por uma rede de inteligência em Paris, se ele estivesse interessado. Sussurrando para que os outros convidados não ouvissem, ela explicou que o objetivo da rede era trocar informações entre grupos de resistência em toda a França e também chegar até Londres, onde Charles de Gaulle estava liderando as Forças Francesas Livres. A tia de Luc não estava envolvida pessoalmente, já que era um risco muito grande para uma mãe de quatro filhos com um marido preso na Alemanha, mas o homem responsável pela rede era seu amigo pessoal. O codinome dele era "Geronte".

Desde então, a gente tem muito mais coisas para fazer. Por meio de Geronte, Luc nos traz mensagens para entregar, cada uma disfarçada de forma mais inteligente que a outra.

"Preciso que você entregue este lápis", Luc me disse em uma das nossas últimas reuniões. "Ele vai estar de boina marrom em um banco junto do rio, logo a leste da Pont Neuf, sob os choupos."

Eu encarei o lápis que ele me entregou, intrigada com qual seria o seu propósito. Os outros também ficaram olhando, igualmente confusos.

"Olha só isso", disse Luc.

Nossas mãos se tocaram, e ele desrosqueou a peça de metal que prendia a borracha até ela se soltar. O lápis revelou-se um cilindro oco com uma mensagem bem enroladinha dentro. Arnaud estava tão boquiaberto que poderia distender a mandíbula.

Percebo que o novo trabalho de resistência está afetando o Luc, mesmo que ele não admita. Na última quarta-feira, quando parei na loja de sapatos para pegar outra mensagem para entregar, percebi vários vincos na testa dele que não estavam lá antes – rugas de preocupação destacadas pela lâmpada que pendia do teto. Todos nós temos estado mais ocupados do que nunca e, naquela hora, isso ficou bem claro.

"Você parece exausto", observei.

"Eu estou bem", ele respondeu com um sorriso frouxo. "Só não tenho dormido muito."

"Por que não?"

"Não consigo parar de pensar. Eu repasso todas as entregas que todo mundo do grupo tem que fazer no dia seguinte e fico obcecado com cada detalhe."

Ele suspirou. Então acrescentou: "É isso, e o fato de que estou o tempo todo morrendo de fome".

"Minha irmã e eu temos uma brincadeira em que a gente fantasia sobre tudo que a gente vai comer quando a guerra acabar."

Ele me olhou curioso. "Como é? Você só lista as comidas de que está com mais vontade?"

"Você faz um plano sobre ela", explico. "Tipo, 'Vou comer uma baguete morninha com manteiga e um queijo brie enorme'. Ou, 'Vou tomar café *de verdade*, não um líquido quente com gosto de terra'."

Luc sorri de novo, só que abre um sorriso maior desta vez. "Eu adorei isso", diz ele. Então coçou o queixo. "Vejamos... Vou fazer a receita de pato à *l'orange* da minha avó. Você pode comer um pouco também, se quiser."

"Quanta gentileza!"

Senti algo no meu peito, talvez porque ele tivesse baixado a guarda pela primeira vez, ou talvez porque nós dois estivéssemos lá sozinhos, o que era raro. Mas eu coloquei os sentimentos de lado e me pus a trabalhar.

"Então, o que você tem para mim hoje?", perguntei a ele.

Desta vez, Luc sacou um carretel de madeira do bolso. Já tínhamos usado eles antes; a mensagem era enrolada e ficava bem rente ao redor do centro, depois era escondida sob camadas e mais camadas de linha passada em torno dela. Só tinha como saber que o papel estava lá se você desenrolasse tudo. As mensagens eram sempre escritas em códigos que eu não entendia. Ao que parecia, quanto menos gente pudesse fornecer informações essenciais caso fossem capturadas e torturadas pela Gestapo, melhor.

"Sei que segundas e quartas são melhores para você, mas precisamos fazer com que isso chegue a um dos contatos do Geronte em Créteil no sábado. Deve levar mais ou menos uma hora de ida e uma hora de volta de bicicleta, e a entrega em si vai ser rápida. Acha que consegue dar um jeito?"

"Deixa comigo", respondi. Eu ia ter que inventar uma mentira sobre ir atrás de comida e rezar para que Chloe não tentasse ir comigo. (O que não era muito provável, uma vez que Chloe odiava ficar na fila da comida.)

Ele colocou o carretel na palma da minha mão, então fechou os meus dedos em torno dele. Por um momento, ele embalou a minha mão, como se hesitasse em se separar dela – ou talvez ele apenas quisesse que eu mantivesse o carretel seguro. Nenhum de nós deu sinal de reconhecer o contato físico e alguns segundos depois ele me soltou, enfiou a mão no bolso e tirou algo inesperado: a metade de uma passagem de trem.

"Leve isto também", ele disse rápido. "Geronte disse que o seu contato está com a outra metade. Segure seu bilhete junto do dela e, se os números baterem, pode prosseguir com a entrega. "

"Parece bem fácil."

Abri minha pasta e guardei o carretel, a passagem de trem e outro envelope com folhetos. Mal tinha começado e a reunião já terminara; no que parecia um piscar de olhos, Luc estava me indicando a porta. Eu não queria deixá-lo – não com as rugas de preocupação se afundando na testa dele de novo. Ele parecia um adolescente com o peso do mundo nas costas.

"Estou legal, Adalyn", disse ele, como se soubesse o que eu estava pensando. "Quero que você se preocupe consigo mesma. É você que vai pedalar para longe da cidade por uma hora no sábado. "

"Vou ficar bem", insisti.

"Eu sei."

Ainda não consigo acreditar que passei pelo posto de controle. Como aqueles alemães me subestimaram! Pedalo mais rápido ao longo da estrada rural, feliz com o sol e o ar fresco da primavera batendo no meu rosto. Foi mais um inverno extremamente frio, com carvão que mal dava para todo mundo. As lojas ficaram sem roupas quentes de inverno: ainda bem que os nossos casacos do ano passado ainda serviam em Chloe e em mim. Nós tivemos sorte; vi muitas mulheres forrando casacos velhos com jornal para se aquecer. Arnaud disse que ele e os irmãos mais novos dormiam todos juntos na mesma cama. É esse o tipo de adaptação que tem de ser feita hoje em dia; na loja, os pais do Luc estão vendendo tamancos com sola de madeira desajeitados, porque é impossível encontrar borracha.

Sigo a estrada até chegar à placa que indica que estou em Créteil. Logo que saio da rua principal, vejo o café com o toldo verde – aquele sobre o qual Luc me falou. Era para o meu contato estar me esperando em uma mesa perto da porta. Encosto minha bicicleta em um poste, tiro a cesta e entro.

Tem um punhado de mesas que podem ser consideradas "perto da porta", cada uma com um freguês tomando uma espécie de beberagem aquosa tentando imitar café. Mas apenas uma delas é uma mulher de meia-idade com um casaco azul-claro e gorro combinando. Ela está conferindo o batom em um espelhinho, exatamente como Luc disse que ela estaria.

Eu me aproximo da mesa.

"Que surpresa ver você."

A mulher sorri educadamente.

"Por que você não se senta um pouco?"

Até agora, tudo bem. Eu me abaixo para sentar na cadeira e coloco a cesta sob a mesa, ao lado da maleta dela.

Então a mulher pergunta: "Você recebeu meu cartão?".

Enfio a mão no bolso e procuro o pequeno fragmento de papel que Luc me deu na quarta-feira, enquanto a mulher tira o dela de debaixo do pó de arroz dentro do estojo. Aproximamos as duas metades da passagem de trem deslizando-as na superfície da mesa, nossas mãos disfarçadas pela xícara. Elas se complementam.

A mulher se inclina e pousa a mão sobre a minha, do jeito que amigos próximos fazem ao contar um segredo. "Vá até o balcão e peça um café com leite", diz ela em tom comedido. "O dono é um de nós. Ele vai até o salão dos fundos e, quando voltar, vai dizer que os dois acabaram. Então você pode voltar para a mesa, apanhar sua cesta e ir embora."

Faço exatamente o que a mulher manda. Eu tamborilo os dedos no balcão, esperando pelo café que sei que não vai vir e, com o rabo do olho, eu a vejo alcançar a cesta por baixo da mesa. Não consigo entender exatamente como a mulher o apanha, mas quando pego minha cesta e me despeço dela, não sinto o carretel rolando dentro dela.

Quando chego em casa uma hora depois, Papa ergue os olhos, de sua poltrona na sala de estar. Ele está segurando um exemplar do *Les Nouveaux Temps*, o jornal francês preferido dos apoiadores de Pétain. Às vezes, quando estamos todos juntos na sala de estar, eu o flagro olhando fixamente para uma página sem mover os olhos, sua mente claramente em outro lugar.

"Teve sorte?", pergunta ele.

Fico pasma com a pergunta dele, até que me dou conta de que ele não está perguntando sobre a entrega. "Infelizmente não", respondo, me lembrando da história que inventei para poder sair de casa. "Esgotou tudo no padeiro pouco antes de eu chegar ao balcão. Desculpe não ter conseguido pão para o seu aniversário."

Papa suspira e sinto uma pontada de culpa. Além dos seus terríveis problemas nervosos, ele tem uma filha que mente para ele. Sei que tem que ser assim, mas isso não torna as coisas mais suportáveis. Mentir para dois soldados alemães é, de certa forma, mais fácil do que mentir para a própria família.

"Não tem problema. Agradeço por você ter tentado", ele diz vagamente. Quando Papa não está tendo uma crise dos nervos, ele parece se desligar do que o cerca como se fosse uma autoproteção; imagino que quanto menos ciente do que está acontecendo, menos sua mente (e seu corpo) pode reagir. "E, além do mais, parece que a sua mãe está preparando alguma coisa interessante", acrescenta ele, apontando para a cozinha antes de voltar a encarar o jornal.

Encontro Maman na bancada, preparando um bolo de maçã para a sobremesa desta noite. Ela está moendo uma pilha desigual de maçãs para usar como adoçante, embora nunca tenha problemas para encontrar açúcar com seus diversos contatos envolvidos no mercado negro.

"Eu vi a receita em uma das colunas da Suzette", diz ela, referindo-se à sua redatora favorita do *Les Nouveaux Temps*. "Acho que vai ficar com um gosto horrível no fim das contas, mas achei que seria divertido experimentar a receita."

Considero apontar que, para a maioria dos parisienses, essas receitas improvisadas são questão de necessidade, não *de diversão*, mas não quero magoar a Maman quando ela está tentando fazer uma coisa legal para o aniversário do Papa. A Maman consegue fechar os olhos para a realidade quando quer, mesmo que suas intenções sejam puras. Enquanto mistura a massa, sua nova pulseira de prata balança em seu pulso. Eu estava junto quando ela disse ao joalheiro que queria algo para comemorar a luta que todos estávamos enfrentando – algo para mostrar sua solidariedade para com as outras donas de casa na fila do pão. Os pingentes têm o formato de minúsculas cestinhas, uma para cada item que os alemães racionaram.

"Vou dizer que está delicioso de qualquer jeito", prometo a ela.

Maman me dá um beijo na bochecha.

"Claro que vai. Já a sua irmã sem dúvida vai me dizer *exatamente* o que acha da receita."

Na escola, aprendi que toda ação tem uma reação equivalente e oposta, e é bem assim que eu descreveria o relacionamento da Maman e da Chloe. Quanto mais a Maman tenta tirar o melhor proveito da Ocupação, mais a Chloe revela como está desesperada para resistir a ela. Recentemente, minha irmã começou a ir para o Café Pam Pam com um novo grupo de amigos – *zazous*, eles se chamam. Comecei a vê-los por aí, as meninas com saias curtas e batom forte; os garotos com paletós grandalhões e desajeitados e os cabelos compridos penteados para trás com óleo vegetal. Chloe diz que eles estão protestando contra a ideia do governo de Vichy de como os jovens devem se vestir e se comportar. A ideia toda, ela me explicou com orgulho quando voltou para casa outra noite, "é mostrar àquela caveira velha do Pétain que a gente não vai seguir as regras dele".

Eu ri quando ela disse "caveira velha", porque é a descrição perfeita para o antigo marechal. Um saco de ossos sem cérebro e sem coração.

"Só toma cuidado para não se meter em problemas", aconselhei. "Quando você estiver toda arrumada assim, fica longe dos *haricots verts*." (Esse era outro termo que a gente começou a usar para chamar os alemães, porque eles pareciam umas vagens com aqueles uniformes verde-acinzentados.)

"Pode deixar", minha irmã disse despreocupada. Então ela me abriu um sorrisão vermelho brilhante. "Mas pode admitir que você gostou do batom."

"Eu *gostei* do batom."

Chloe deu uma risadinha. "Sabia. Peguei emprestado no seu quarto."

Quando terminamos o jantar, Maman coloca o bolo na mesa. Papa é o primeiro a cortar uma fatia, já que é aniversário dele. Quando ele engole sua primeira garfada, não diz nada – só franze a testa e apanha seu copo d'água. Eu mesma experimento um pedaço e imediatamente fica claro por que Papa não fez comentário algum. O bolo está seco e com um gosto estranho de sabão.

"Está gostoso", digo para Maman.

Então chega a vez de Chloe. Esta noite ela está com seu cabelo loiro preso em um grande coque alto que deve ter uns quinze centímetros de altura, e seus lábios estão pintados de um rosa berrante. Eu os observo enquanto ela mastiga o bolo de gosto esquisito, me preparando para a bomba que está prestes a explodir.

"Experimentei uma das Receitas de Racionamento da Suzette por diversão", Maman anuncia à mesa. "Não tem nada de açúcar!"

Ah, não. Não demorou muito. Chloe para de mastigar, pousa os talheres e engole o bolo no que parece ser um processo longo e doloroso. Depois de mandar tudo para dentro com um gole de água, ela se vira para Maman.

"Isso é falta de vergonha", ela retruca.

Papa parece estupefato. Maman está lívida.

"Como é que você tem..."

Chloe a corta.

"Como é que *você* tem coragem de simplesmente deixar o açúcar de lado quando tem um saco em perfeito estado no armário? Você sabe o que alguns dos meus amigos e a família deles dariam por..."

"Seus amigos também não são pobres", Maman retruca. "Eles só estão gastando o dinheiro deles em fantasias ridículas. Não é diferente de..."

"É diferente. A gente está protestando. Você só está procurando maneiras de tornar a Ocupação *divertida*."

O lábio de Maman treme por uma fração de segundo. Ela só queria que Papa aproveitasse a noite do aniversário. Chloe poderia dar um jeito de fechar um pouco os olhos para a realidade também; ela se esquece de que nossos pais também estão tentando sobreviver a esta guerra, à maneira deles. Ela e Maman têm alguma versão desse embate pelo menos uma vez por semana, e sempre termina do mesmo jeito.

"Lave seus pratos e vá para o quarto", ordena Maman.

Minha irmã está prestes a protestar quando o barulho do lado de fora faz com que todos parem o que estão fazendo. É o barulho de um carro estacionando.

O que os alemães podem estar fazendo na nossa rua, a esta hora da noite?

Ah, meu Deus. Menti para passar por um posto de controle e contrabandeei uma mensagem clandestina para Créteil.

E se ele estiverem aqui atrás *de mim*?

A discussão sobre o bolo de maçã foi esquecida. "Odette...", Papa murmura, e Maman pula da cadeira para atendê-lo. Quando suas mãos começam a tremer, ela o ajuda a se levantar e o guia pelo corredor, provavelmente rumo ao silêncio do quarto deles, que é voltado para o pátio. Eu corro para apagar todas as luzes, e Chloe e eu vamos apressadas para a janela espiar por detrás das cortinas. Tem um automóvel preto de aparência sinistra na rua. As portas da frente se abrem e dois homens com os inconfundíveis uniformes verde-acinzentados saem. Mas eles não se voltam em nossa direção. Eles irrompem pela porta da frente do prédio do outro lado da rua. Estou segura. Sinto uma onda de alívio, que é quase imediatamente seguida por outra de terror ao pensar em nossos vizinhos.

Alguns minutos se passam em silêncio. Eu me pergunto quantos outros estão assistindo de suas janelas como nós. Tudo está estranhamente quieto na rua escura. E então...

"VOCÊ NÃO PODE LEVÁ-LO!"

As portas do prédio se abrem de supetão e quatro pessoas jorram para a calçada. Dois são os alemães corpulentos com suas grandes botas pretas. Um é o velho de pijama que os alemães estão empurrando – violentamente – em direção ao carro. A quarta é a esposa do velho, tentando alcançá-lo com as mãos e gritando a plenos pulmões. O maior dos dois alemães a empurra contra a parede, enquanto o outro enfia o marido no banco de trás. A mulher continua a gritar.

"QUE CRIME ELE COMETEU?! ME DIGA QUE CRIME ELE COMETEU!"

"Ele é judeu", retruca o homem que a empurrou. "Agora vá para dentro antes que a gente prenda você também."

Eu quero ir lá embaixo e matar os alemães com as minhas próprias mãos. Eu quero que eles morram. Agora mesmo. A Chloe deve sentir a mesma coisa. Ela roeu as unhas até o sabugo. Sua respiração está ofegante. Posso sentir nossos corpos tremendo encostados um contra o outro. E então, em um movimento impulsivo, ela abre a janela, bota a cabeça para fora e grita na noite:

"DEIXEM ELE EM PAZ, SEUS MONSTROS!"

Chloe. Não. Não sei por que não estava prestando atenção. Eu deveria ter pensado em puxá-la antes que ela fizesse algo imprudente. Eu fico sem chão, e tudo que posso ver é minha irmã, exposta. Alguém vai vê-la e reconhecer seu grande coque alto. Meu coração martela no meu peito, eu a agarro pela cintura e a arrasto para o chão antes que alguém possa perceber de onde veio o grito. Nós caímos com um estrondo, e a testa de Chloe bate em uma das pernas de madeira da mesa.

"Mas o que há de errado com você, Adalyn?" Ela se desvencilha de mim e fica de pé. Há um filete fino de sangue no seu supercílio, que ela limpa com as costas da mão. "Você está agindo como a Maman", ela cospe. "É como se tudo isso estivesse perfeito para você!"

Se ela soubesse. *Se ela pelo menos soubesse*.

"Eu não estou bem com tudo isso. Eu só estou tentando evitar que nós duas sejamos mortas", eu sibilo de volta.

Chloe dá meia-volta e vai para o quarto. O carro do lado de fora parte. Estou chocada demais para chorar, com medo demais de me mover. Eu me sento no chão com os joelhos encolhidos junto do peito até que a Maman venha pé ante pé ver se estou bem.

Chloe e eu nunca conseguimos ficar com raiva uma da outra por muito tempo. No dia seguinte, depois de me ignorar no caminho da escola, na ida e na volta, ela finalmente muda de ideia e bate na porta do meu quarto antes do jantar.

"Entra!", digo imediatamente, reconhecendo o som dos passos dela. Larguei o romance que estava lendo e me recostei na cama, ansiosa para voltar a falar com ela.

Assim que a Chloe entra no quarto, um pedido de desculpas explode de seus lábios. "Me desculpa, Adalyn. A gente pode, por favor, voltar a se falar? Eu odeio essa situação."

"Claro que pode. Eu também odeio isso."

A tensão entre nós se dissolve. Graças a Deus. Dou um tapinha na colcha e a minha irmã vem se juntar a mim na cama. Ela cruza as pernas com cuidado e olha para as mãos.

"Eu estava com tanta raiva que não consegui me segurar", ela confessa. "Eu entendo por que você me tirou da janela com tanta força."

"Eu só estava preocupada com você, só isso."

"Eu sei. Era o que tinha que ser feito."

"Desculpe por ter feito você bater a cabeça."

"Tudo bem. Foi melhor do que me pegarem."

É bom estar de volta ao normal – tão bom que deslizo minha cabeça e a pouso em seu ombro. O cabelo dela se mistura ao meu, loiro e castanho entrelaçados como um só.

"Chloe?", chamo.

"Oi."

"Eu também estava com raiva."

Por semanas, não consigo tirar da minha cabeça a visão do que aconteceu naquela noite. Penso sobre isso o dia inteiro na escola, enquanto as outras garotas falam animadas sobre a nossa formatura, que está chegando. Eu tenho até pesadelos, meu cérebro me apresenta versões aterrorizantes de onde o homem que foi detido pode estar agora. Será que ele está na prisão? Será que ele ainda está *vivo*? Isso me assombra principalmente quando estou com Arnaud, porque se isso pode acontecer com nosso vizinho inocente, quem sabe se não pode acontecer com o meu amigo?

Acho que o Arnaud também está preocupado, mesmo que tente não deixar transparecer. Além de prender judeus sem motivo, os nazistas estão promulgando uma lei repugnante depois da outra. No próximo outono, quando Luc, Pierre-Henri e Marcel começarem a estudar para entrar na faculdade, Arnaud não vai poder se juntar a eles, já que agora é proibido para os judeus matricularem-se em universidades.

"Isso é absurdo", protesta Marcel em uma noite quente de segunda-feira em junho, quando ficou sabendo da notícia.

"Eu sei, mas agora é lei", diz Arnaud. "Igual à que não permite que meu pai trabalhe no hospital. E como a que me obriga a andar no último vagão do metrô."

"É maligno, isso sim", disse Pierre-Henri sombriamente. Luc e eu assentimos, concordando.

"Escuta, tudo bem", insiste Arnaud. "Vou ter mais tempo para me dedicar a tudo o que a gente está fazendo aqui. Prefiro ser da resistência aos nazistas do que tentar chegar ao fim do primeiro ano da faculdade de medicina de qualquer modo. Podem acreditar, já ouvi histórias."

Cada um de nós dá o melhor de si para conseguir rir e animar o Arnaud, e o clima de fato melhora quando Pierre-Henri nos mostra a nova câmera que o avô dele lhe deu de presente de formatura. Arnaud pergunta se pode ver e tira uma foto de si com a língua de fora. Desta vez, todo mundo ri de verdade.

Ainda assim, quando me despeço do Arnaud mais tarde, ele faz uma coisa que nunca fez antes: me abraça.

"Te vejo semana que vem?", pergunta.

E mesmo que ele não devesse ficar na dúvida, já que o vi quase todas as segundas-feiras desde o outono de 1940, sinto que talvez ele esteja precisando de um pouco de garantia.

"Claro que sim", digo.

Toc-toc-toc-toc-toc. Uma semana depois, apareço nos fundos da loja e bato nosso código secreto na porta. Ela se abre e revela o rosto de Arnaud atrás dos óculos, com uma expressão estranhamente desorientada – não, pior do que isso. É como se alguém tivesse apagado a luz brilhante que geralmente banha seus olhos. A primeira coisa que me ocorre é que aconteceu algo com o Luc ou com o Marcel ou com o Pierre-Henri, mas não... Consigo ver todos os três no cômodo seguinte.

"Arnaud, o que...?"

Mas então eu bato o olho nela. Está costurada na camisa dele, bem sobre o coração. Uma estrela amarela de seis pontas com a palavra "*Juif*" no meio. Toco com cuidado o tecido com a ponta dos dedos, como se fosse uma ferida.

"Por quê...?"

"Outra nova lei", diz ele categoricamente, se afastando para me deixar entrar. Nós quatro assistimos em silêncio a ele se arrastar até uma cadeira e se sentar, com o rosto nas mãos. Eu sei o quanto Arnaud tenta se manter otimista, como ele não quer dificultar as coisas para os pais dele ou seus dois irmãos mais novos. Tento imaginar como ele deve estar se sentindo agora. Posso passar de um disfarce a outro para atender às minhas necessidades; Arnaud está preso a um rótulo perigoso do qual ele não pode se livrar.

Luc puxa mais algumas cadeiras e todos nós nos sentamos em um semicírculo em volta do nosso amigo. Eu esfrego as costas dele e Luc dá um tapinha no seu joelho. Arnaud alcança a estrela amarela e a arranca do bolso da camisa. Ele encara essa coisa terrível no seu colo com uma mistura de tristeza e desprezo.

"Sabe, pensei em me recusar a usá-la", disse Arnaud em voz baixa. "Mas aí vi meus pais saindo para a rua de cabeça erguida e pensei: não vou ser covarde. Vou usar esta estrela e vou ser corajoso. O que eu tenho para esconder? Eu tenho orgulho de ser judeu."

"E a gente tem orgulho de ser seu amigo", sussurro.

"Obrigado, Adalyn." Ele suspira, torcendo o tecido amarelo para um lado e para o outro. "As coisas estão ficando feias de verdade. Parece que a gente está sendo... caçado."

Desta vez, Marcel entra na conversa. Embora seu coração seja bom, e ele seja de longe o melhor em operar o mimeógrafo, não é o mais inteligente do grupo.

"Tenho certeza de que você vai ficar bem", diz ele. "Você nasceu na França, certo?"

"*Eu* nasci", diz Arnaud, "mas meus pais são da Polônia. Além do mais, não importa quem é francês e quem não é. No fim das contas, somos todos judeus e eles queriam que a gente não existisse. Você não se lembra da exposição?"

Todo mundo estremece. No inverno passado, todos nós testemunhamos os anúncios grotescos da *Le Juif et la France*, uma exposição revoltante no Palais Berlitz sobre a suposta sede dos judeus por dominar o mundo – organizada pelos alemães, é claro. O anúncio de cinco andares colado na fachada do prédio apresentava um velho com nariz adunco e uma mão que mais parecia uma garra segurando um globo. Era grotescamente descolado da realidade e tinha o intuito de ser assustador. Entre isso, as novas leis e as prisões insensatas que não param de acontecer, não resta dúvida de que Arnaud está certo. Olho para ele com uma expressão corajosa, mesmo com o desespero tomando conta de mim.

"Bem, eu vou matar qualquer nazista maldito que chegar perto da minha família", diz Pierre-Henri, que está com fixação na ideia de matar nazistas. Arnaud ri frouxo, mas me parece que ele está perigosamente a ponto de chorar. Eu me sinto tão impotente, assustada e *irada* que não importa quantos folhetos espalhe, nem quantas mensagens secretas passe para a frente, não há nada que eu possa fazer para aliviar a dor de Arnaud. Foi ele quem me trouxe para todo este mundo. Eu trocaria de posição com ele se pudesse.

Então, dentre todas as pessoas, Luc bate palmas entusiasmado.

"Tá bom, chega disso por enquanto", ele declara. "Está fazendo um dia lindo. A gente não deveria ficar enfurnado aqui. Quem quer dar um passeio no parque? Eu é que quero."

Nunca o ouvi soar tão otimista, mas é exatamente o que a gente precisava. Todos embarcam na ideia, incluindo Arnaud, que derrama uma única lágrima ao prender a estrela de volta na camisa. Ele a enxuga muito rápido com as costas da mão.

Saímos para o sol do fim da tarde. "Boa luz", observa Pierre-Henri, que está com a câmera pendurada no pescoço.

Não acho que vou ser vista, já que ninguém do meu convívio mora deste lado do rio, mas eu mantenho a cabeça baixa, só por garantia. Nós atravessamos o boulevard Saint-Michel até o Jardim de Luxemburgo, onde nos jogamos na grama debaixo de uma castanheira. A água da fonte cintila ao sol. Luc desaparece por alguns minutos e, quando volta, traz limonadas para o grupo. É surreal estar aqui, parece um sonho.

"Acabei de me dar conta de uma coisa", digo a Luc enquanto apanho minha bebida.

"O quê?"

"Com exceção dos primeiros dez segundos que nos vimos... Eu já te conheço há um ano e meio e acho que nunca te vi na luz do dia."

Luc quase engasga com a limonada quando começa a rir, o que só faz a gente rir ainda mais. A quebra de nossa rotina de costume torna a guerra quase absurda.

"Você achou que eu era um vampiro?"

"Eu estava começando a ficar preocupada."

Ele se senta do meu lado na grama e tenta cruzar as pernas. Parece desconfortável. "Eu não me dobro muito bem", Luc confessa, antes de desistir e reclinar-se sobre os cotovelos. Eu me flagro observando como os músculos do ombro dele se tensionam sob a camisa.

"Você vem sempre aqui?", pergunto.

Na mesma hora, desejo ter pensado em uma pergunta mais original.

"Vinha quando era mais novo, com meus pais", diz Luc. "Às vezes, nos fins de semana, eles fechavam a loja na hora do almoço e vínhamos fazer um piquenique."

Ele olha para o próprio peito e sorri sozinho.

"O que foi?"

"Acabei de me lembrar: meu pai me dizia que eu devia trazer uma garota aqui um dia." Ele ergue o olhar e estuda meu rosto, que de repente ficou quente, e não por causa do sol. "Nunca tive tempo pra isso... até agora", diz Luc. "Ele estava certo. É legal."

Nós trocamos um sorriso.

Eu não me arrependo mais da minha pergunta boba.

"Luc!", grita Marcel. "Conta pro Arnaud do Jacques jogando aviõezinhos de papel no Stéphane enquanto ele lia em latim. O Arnaud não acredita que eu interceptei o avião e joguei de volta na cabeça do Jacques."

Antes de responder, Luc sustenta o meu olhar por mais um segundo. Então ele se volta para os seus amigos. "Posso confirmar que é verdade!", diz ele. "Foi uma das melhores operações que já testemunhei. Uma obra de arte, se preferir. Jacques parecia não saber o que estava acontecendo."

Marcel sorri.

"Eu me lembro de outra operação das boas: quando você escreveu as respostas erradas naquela prova porque sabia que o Jacques estava te copiando."

"Um clássico!", grita Pierre-Henri.

Fico boquiaberta olhando para Luc, sem acreditar. "Você foi mal na prova de propósito, só para dar uma lição nessa pessoa que estava colando?"

"Claro que não", responde Luc. "Eu corrigi a minha prova assim que o Jacques entregou a dele. Ele ficou uma fera!"

Não acontece imediatamente, mas, depois de mais ou menos meia hora, a gente consegue fazer o Arnaud rir de novo, como antes. Luc e Marcel se revezam contando histórias sobre as pegadinhas que aprontaram na escola, cada uma mais ridícula do que a outra.

Pierre-Henri, que agora está determinado a virar fotógrafo profissional, perambula tirando fotos da gente. De vez em quando, diz para fazermos umas poses.

"Luc, sorria. Mais", diz ele. "Arnaud, cutuca a cara do Luc até ele sorrir. Isso, perfeito." *Clique.*

Luc se esquiva quando Arnaud tenta cutucá-lo de novo, e de alguma forma os dois acabam se embolando de brincadeira como filhotes de leão. Arnaud leva isso ao extremo teatral, berrando gritos de guerra ao lançar cada ofensiva, de modo que, quando os dois finalmente chegam a uma trégua, estou me dobrando de tanto rir, sem fôlego.

Pierre-Henri continua tirando fotos nossas. Aqui e ali, borboletas volteiam no ar, e o rosto de Arnaud se ilumina quando uma delas pousa em seu dedo. *Clique.* Luc se inclina para observá-la e, quando faz isso, pousa a mão na minha perna. Por três segundos mágicos, é como se todo o universo existisse naquele ponto abaixo do meu joelho. *Clique.* Sua mão está de novo na grama, apenas a alguns centímetros da minha. *Clique.* Mais uma vez aquela agitação dentro de mim. Luc está mesmo muito bonito, sobretudo com o sol dourado batendo no rosto dele.

Nesse momento, eu queria que o mundo não existisse além dos limites do parque. Porque se não fosse pela guerra – se não fosse pelos horrores pelos quais já passamos e pelos que ainda podem estar por vir –, esta teria sido uma tarde absolutamente perfeita.

7 *Alice*

O humor da minha mãe não está melhorando. Tenho tentado de tudo para animá-la, mas está claro que a morte da vovó ainda está pesando para ela. Já tem duas semanas que estamos em Paris e ela passou a maior parte do tempo no Airbnb, sem fazer nada. Ela está com uma expressão triste e vazia no rosto que não vai embora de jeito nenhum, nem quando eu lhe conto que fiz um novo amigo.

"Ele está trabalhando numa livraria durante o verão. Está me deixando ler tudo sobre a história da França e tem me ajudado a descobrir o que aconteceu com a vovó e a família dela."

Minha mãe toma um golinho de chá. Ela está encolhida no canto do sofá com os joelhos junto do peito, olhando para um ponto na parede da sala onde a tinta está descascando. Fico esperando uma reação dela ao que estou contando sobre Paul, mas ela não se move. É como se a minha mãe estivesse presa dentro de uma redoma de vidro espesso que abafa o mundo exterior, e eu não consigo entrar nela, não importa o quanto eu tente.

Estou começando a ficar preocupada, porque é exatamente assim que a minha mãe fica quando está entrando em uma de suas fases sombrias. Elas acontecem muito de vez em quando, uma vez a cada poucos anos mais ou menos, mas são insuportáveis quando acontecem. É como se alguém apertasse um interruptor na cabeça dela e a desligasse totalmente.

A *pior* fase sombria aconteceu quando eu estava no primeiro ano. Nunca falamos disso desde então, mas eu me lembro da minha mãe animada e amorosa de repente ficar apática por meses. Os outros episódios foram mais curtos e menos intensos, mas mesmo assim horríveis. Durante algumas semanas, ela fica sem querer sair nem de casa nem da cama. E o pior de tudo é que não tem nada que o meu pai ou eu possamos fazer para voltar a ligar o interruptor. A gente só pode tentar ser positivo e esperar que a minha mãe, aos poucos, recupere a energia.

Talvez seja exagero meu. Eu duvido que a minha mãe esteja de fato em uma fase sombria agora. Quer dizer, a gente *sabe* o que a está incomodando. É a morte da vovó e a descoberta de todos esses segredos que ela guardou. Além disso – e a minha mãe é legal demais e avessa demais a conflitos para dizer isso em voz alta –, desconfio que ela também está magoada porque a vovó deixou o apartamento para mim e não para ela. Ainda me sinto culpada quando me lembro da expressão no seu rosto quando a gente leu o testamento.

Quero ajudá-la a desanuviar, e o primeiro passo é fazer com que ela fale comigo.

"O Paul é muito meigo e inteligente", continuo. "E ele é um artista e tanto. Você tem que ver os desenhos dele."

Ainda mais silêncio.

"Diane, você está ouvindo a Alice?" O meu pai espia da cozinha, onde está desde cedo cuidando da documentação do apartamento da vovó, totalmente atolado até o pescoço com a papelada; ela está toda espalhada pela mesa como uma colcha de retalhos. "Parece que ela tem novidades de verdade para contar."

A minha mãe pisca. Ela olha para mim confusa.

"Desculpa... o que é que você acabou de dizer?"

"Eu conheci um garoto chamado Paul. A gente está se vendo já tem uma semana."

"Que bom."

O olhar dela se volta de novo para a parede; ela está trancada dentro da redoma de vidro mais uma vez.

Odeio que uma parte de mim se sinta assim, mas fico meio que aliviada quando vai se aproximando do meio-dia e é hora de ver o Paul de novo.

Uma coisa de que eu gosto no Paul é que é fácil estar com ele. Não tenho que ficar pensando no que vou dizer; não tenho que ficar tentando adivinhar como está o humor dele e planejando o meu comportamento de acordo com ele. Na verdade, a única coisa complicada no meu relacionamento com o Paul é descobrir *o que*, exatamente, é o nosso relacionamento.

Já fui ver o Paul na livraria duas vezes. Mesmo que a gente se divirta quando está junto – e mesmo que eu tenha quase certeza de que *talvez* ele tenha flertado comigo –, até agora... nada aconteceu. Ficamos duas vezes sozinhos na livraria por um bom tempo, sentados lado a lado atrás da mesa, mas ele não deu o primeiro passo. Para ser justa, eu também não, mas sou eu a que tem praticamente zero experiência. O Paul com certeza já ficou com um montão de garotas, então fico esperando que ele tome a iniciativa. Não dá para entender se ele é tímido ou se está com medo de não ser profissional no trabalho... ou se ele só não gosta de mim nesse sentido. Talvez ele queira só ser meu amigo e pronto. A única coisa que eu sei com certeza é que a minha barriga parece o Polo Norte sempre que estou com ele. Eu sinto ela gelar até quando o nome dele aparece no meu celular.

Mandei uma mensagem para a Hannah e para a Camila ontem à noite falando sobre como eu estou confusa, só não dei detalhes para o caso de as coisas não chegarem a lugar algum. E essa é a perspectiva mais provável, dada a minha vida amorosa até agora – a saber, o Incidente Pomorski. Eu mandei uma mensagem de texto para elas: "Quando duas pessoas se gostam, quanto tempo costuma levar para alguém dar o primeiro passo? É para acontecer de cara?".

A Camila foi a primeira a responder. "Por quê??? Vc conheceu alguém???"

Isso é clássico da Camila. Ela *ama* o amor.

"Não importa agora", escrevi de volta. "Só estou precisando da sua sabedoria." Observei ansiosa enquanto ela digitava. De nós três, a Camila é a que mais entende de relacionamentos. Ela e o Peter acabaram de comemorar sete meses juntos.

"Algumas pessoas não dão um passo logo de cara", disse ela, e meu ânimo melhorou na hora. "Lembra como o Peter só me beijou depois do nosso encontro no minigolfe?"

"Sim!", digitei de volta. Fiquei imensamente aliviada.

Então me dei conta de que ela ainda estava digitando.

Sua próxima mensagem foi como um balde de água fria.

"Ainda assim, se nada quente acontecer, digamos, lá pelo terceiro encontro, pode ser que talvez simplesmente não haja química!"

Enquanto suas palavras pesadas se assentavam, Hannah finalmente entrou na conversa.

"E aííííí!!!!!!!!!!!!!!! Eu concordo com a Cam!!!"

Meu coração despencou. Agradeci e guardei meu celular. Paul e eu já estávamos no segundo encontro, e isso sem contar as vezes que a gente sentou perto um do outro na *boulangerie*. Segundo a regra da Camila, muita coisa dependia de como seria nosso terceiro encontro.

Exatamente às 11h59, eu amarro meu All-star, me despeço da minha mãe e do meu pai e desço as escadas para encontrar Paul. Como está fazendo um dia lindo, ele se ofereceu para me encontrar no Airbnb para caminharmos juntos pelo Jardim das Tulherias até a livraria, onde vou ficar de conversa com ele durante o seu turno.

Assim que abro a porta, ouço a voz dele me chamando.

"Alice!"

Ele está esperando no meio-fio usando a camiseta branca e a calça jeans de costume, com dois copos de café americano nas mãos. Ele está sorrindo, e o sol faz seu cabelo brilhar como cobre. Lá vem o frio na barriga de novo.

"Pra você", ele diz, me entregando um copo. Será que *ele* sentiu aquela eletricidade quando nossos dedos se tocaram ou apenas eu senti? Será que a Camila chamaria isso de química?

"Obrigada! Que fofo da sua parte."

"De nada."

Nós trocamos um sorriso idiota por um segundo.

"Bom... vamos andando?", ele sugere.

"Vamos lá", eu respondo.

Saímos andando pela calçada, bicando nossas bebidas. Percebo que ele está segurando o café com a mão direita, deixando a mão esquerda livre para quem sabe segurar a minha.

"Paul, nunca te perguntei, o seu apartamento é por aqui?"
"Não, é perto da minha escola. No Quartier Latin."
"Quer dizer que... você veio até aqui só para voltar para lá de novo?"
"É", diz ele contente.

Minhas bochechas ficam vermelhas. Então, mais uma vez, o dia *está* lindo. Quem não ia querer fazer uma longa caminhada ao ar livre? Paul me leva até um ponto na rue de Rivoli em que a calçada vira um caminho de areia, com o Louvre à esquerda e o Jardim das Tulherias à direita. Quando vim aqui com a minha mãe e o meu pai, a gente foi direto para as pirâmides de vidro e para a fila de bilheteria do museu; nunca dei meia-volta e admirei os extensos gramados verdes que parecem não ter fim. É uma bela geometria, o modo como as tulipas amarelo-vivo e as estátuas de mármore branco formam anéis em volta da fonte circular ao meio. Tem árvores com floradas rosa-vivo e pequenos ramalhetes de margaridas surgindo da grama.

"É incrível", digo, sentindo que nenhuma palavra seria capaz de realmente fazer justiça.

"Eu sei", responde Paul. "Quando me mudei para Paris, não conseguia acreditar em todas as coisas lindas espalhadas pela cidade, sabe?"

"É tão engraçado você dizer isso. Venho pensando a mesma coisa desde que cheguei aqui."

"Será que eu estou lendo a sua mente e você a minha?"

"Acho que sim."

Talvez eu deva experimentar. *Paul, se estiver lendo mesmo a minha mente agora, eu não ia ligar de ficar de mãos dadas com você.* Humm, nada de resposta. Contornamos a fonte a pé e, em seguida, andamos por um caminho sombreado ladeado de árvores que vai dar em outra grande fonte de água. Comparamos o que mais gostamos no Louvre e rimos sobre como a *Mona Lisa* é pequena e decepcionante quando você por fim consegue avistá-la em meio à multidão. Às vezes, há momentos de silêncio na nossa conversa, mas não dos constrangedores – são mais como pausas agradáveis, que nos dão tempo para apreciar a paisagem.

"Você sempre gostou de arte?", pergunto quando a gente sai do jardim e segue para a ponte mais próxima que atravessa o Sena.

"Sim", diz Paul. "Sempre desenhei, desde pequeno. Meus professores ficavam com raiva de mim por fazer desenhos durante a aula, mas, na verdade, isso me ajudava a me concentrar."

"Você parecia completamente vidrado no seu caderno de desenho quando te vi na *boulangerie* pela primeira vez."

Ele assente. "Desenhar me acalma muito."

"Ah, Paul, olha que lindo!" Eu estanco, pasma com a vista a partir do meio da ponte. A água é de um turquesa deslumbrante e, na margem esquerda, o Musée d'Orsay ergue-se como um palácio real. "Acho que tenho que fotografar. Você se importa?"

"Claro que não."

Eu apoio meu copo de café na balaustrada e saco meu celular. Paul dá um passo para o lado, para que eu possa pegar todo o cenário. Estou tentando tirar a foto perfeita quando bate uma brisa quente e meu copo de café quase vazio ameaça cair do muro. Paul se lança para agarrá-lo no mesmo instante em que meu dedo pressiona o botão da câmera – e o resultado é uma cena de ação desfocada em que Paul salta no ar com uma expressão de intensidade extrema no rosto.

É a coisa mais engraçada que já vi. Enxugando as lágrimas dos meus olhos, eu mostro a Paul, que também cai na gargalhada. Ele se dobra, segurando meu ombro para se apoiar, mas assim que sua mão toca na minha pele, ele a tira rapidamente, um pouco tenso. Ele está tentando fazer o mínimo contato possível comigo? Eu não entendo.

Seguimos para a livraria. La Petite Librairie, como é chamada, pode estar empatada com a *boulangerie* da Vivi como meu lugar favorito de Paris. O toldo laranja fica em uma rua tranquila de paralelepípedos, uma joia escondida entre as fileiras de prédios residenciais. Quando entrei pela primeira vez, parecia haver livros demais para o espaço tão pequeno; as pilhas deles estavam tão próximas que era preciso se virar de lado para passar entre algumas delas, e o cheiro de páginas envelhecidas era irresistível. Eu adorei de cara.

Depois que o funcionário da manhã entrega as chaves e vai embora, Paul pega uma banqueta extra e nós dois nos sentamos atrás da recepção. Às vezes eu leio os livros de história em inglês quando estamos aqui, mas o que eu mais gosto é de estar do lado dele. Agora, os nossos ombros estão quase se tocando. Eu consigo até sentir o cheiro do sabão em pó que ele usa.

Paul se lança na catalogação de uma nova leva de livros, e decido retomar as minhas traduções. O diário da Adalyn é longo e a letra dela é miúda, mas estou progredindo bem; estou no início de 1942 e minha tia-avó acabou de escrever sobre outro inverno congelante sem aquecimento suficiente. Ao que parece, ela e a vovó costumavam se aninhar sob as cobertas para se aquecer, dormindo juntas às vezes nas noites mais geladas.

Ainda não contei toda a verdade sobre a Adalyn para o Paul. É por isso que continuo recusando quando ele se oferece para traduzir as entradas do diário para mim; estou com medo de que a minha tia-avó possa virar uma vilã a qualquer momento, então eu tenho que ler tudo primeiro. A esta altura, já li o bastante sobre a Ocupação para ter uma ideia geral: a França ainda tem muita vergonha do fato de que parte de seu próprio povo colaborou com os nazistas. Se um de seus familiares estava entre eles, não é o tipo de coisa que você gostaria de sair contando para todo mundo.

Alongo os meus pulsos e começo a traduzir uma entrada de 20 de julho de 1942.

Ah, não. Esta é bastante perturbadora.

Mal consigo escrever. Minha mão está tremendo tanto quanto a do Papa. Mas é preciso manter um registro de tudo o que aconteceu. Peço desculpas se estou dispersa. Não estou conseguindo pensar direito – não quando ainda não sabemos o paradeiro do meu amigo.

Houve uma grande batida na quinta e na sexta-feira. Começou tudo muito cedo pela manhã. Milhares de judeus foram obrigados a subir em ônibus e levados para o Vélodrome d'Hiver, onde agora estão detidos nas mais assustadoras condições. Entreouvem-se fragmentos de informação revoltantes na fila do pão e no metrô – pessoas amontoadas dentro do velódromo sem comida, água ou lugar para usar o banheiro. Dizem que muitos já teriam morrido. E o que vai acontecer com os vivos? E se todos forem deportados, e meu amigo estiver entre eles?

Estou tentando de tudo para não chorar. Não quero que a Maman e o Papa me ouçam.

Tive que parar um pouco para chorar com o rosto no meu travesseiro.

As histórias das prisões são terríveis. Pais arrancados de seus filhos. Uma vez separados, como é que eles vão se reencontrar?

Uma família de cinco pessoas se envenenou para não ser levada – a mãe, o pai e três filhos pequenos. Todos mortos agora. Outra mulher se atirou da janela. Há histórias de policiais sendo fuzilados por se recusarem a cumprir as ordens de batida.

Todos os relatos são espantosos, mas nada me assusta mais do que não saber o que aconteceu com o meu amigo. Eu nem o vi nem ouvi falar dele desde o dia anterior à batida. Não ajuda saber que muitos judeus em Vel' d'Hiv são poloneses.

Às vezes, quando fico sabendo das crueldades que estão acontecendo, fico pensando que devem estar se passando em outro mundo. Mas é bem aqui, em Paris. E dizem que só vai piorar. Hoje me sentei ao lado de duas judias no trem que pareciam estar muito abaladas. Eu ouvi uma delas sussurrar para a outra: "Eles vão atrás dos cidadãos franceses em seguida".

Eu daria qualquer coisa para que essa loucura acabasse.

Encaro a tela com enjoo. Paul e eu lemos sobre a batida de Vel' d'Hiv da última vez em que estivemos aqui juntos. Os judeus foram mantidos no estádio por cinco dias sem comida nem água corrente. Eles estavam vivendo na imundície. Algumas mulheres deram à luz no chão duro. Por fim, todos foram obrigados a embarcar em vagões de gado e mandados para campos de concentração.

"Alice? Você está bem?"

Atrás dos óculos, os olhos verde-oliva do Paul divisam meu rosto. Ele parece preocupado.

"Estou tão confusa", eu digo a ele.

"Qual é o problema?"

O *problema* é que a Adalyn acabou virando uma simpatizante do Nazismo, que é provavelmente o motivo que levou a vovó a riscá-la de sua vida. Mas em julho de 1942, quando Adalyn escreveu esta entrada no diário, ela tinha um amigo judeu que foi vítima da batida de Vel' d'Hiv – alguém com quem ela se importava muito, aparentemente. O que é que aconteceu com ela?

"Paul, tem uma coisa que eu preciso te contar."

Não posso mais manter isso em segredo. Preciso de alguém com quem conversar. Baixinho, para que nenhum cliente nos ouça, conto a ele sobre a foto que encontrei na penteadeira da minha bisavó. Vou contando os detalhes e a expressão do Paul muda como um vídeo em time-lapse, de preocupado para horrorizado e então para totalmente confuso, assim como eu.

Ele lê a última entrada do diário duas vezes.

"Então você está me dizendo que esta pessoa..."

"... virou uma simpatizante nazista. Sim."

"Não consigo acreditar nisso. Não entendo."

Ainda encarando a tela, ele franze a testa e bota a pontinha da língua para fora, um tique que eu já tinha notado. Ele faz isso quando está muito concentrado em alguma coisa, como nos seus desenhos. Vê-lo naquela pose – tão pateta e tão sério ao mesmo tempo – me ajuda a relaxar.

"Eu estava com medo de contar para você da Adalyn porque acabei de te conhecer e não queria que o fato de eu ser parente dessa pessoa te assustasse."

"Me espantar? Nunca."

Corando, eu observo Paul vasculhar sua mochila em busca do caderno de desenho. Quando ele o encontra, abre em cima do colo e começa a rabiscar algo em uma página nova.

"O que você está fazendo?"

"Estou fazendo uma lista de tudo o que gosto sobre a Adalyn até agora."

"Você é incrível, Paul. Tá bom, vamos ver. Ela era bonita... rica... ia a muitas festas... e odiava os alemães logo depois da invasão. Ela também odiava o Pétain por fazer um acordo com Hitler. E ela amou o discurso do Charles de Gaulle sobre a chama da Resistência Francesa."

Paul anota tudo enquanto eu falo.

"... Ela tinha pelo menos um amigo que era judeu, e parece que ele foi mandado para um campo de concentração..."

"... E então, de alguma forma, ela mudou de lado", diz Paul, completando a minha linha de raciocínio. "Mais alguma coisa?"

"Não, isso basicamente resume tudo."

Nós dois encaramos a lista, mais perplexos do que nunca.

"Isso é bizarro demais", conclui Paul.

"Nem me fala."

Às cinco em ponto, Paul fecha a livraria. Vamos andando até a esquina para tomar um lanche da tarde na *boulangerie* da Vivienne, onde ela nos serve duas fatias de torta de damasco recém-saídas do forno – "por conta da casa", ela insiste. Tento fazer a Vivi aceitar meu dinheiro, mas ela afasta minha mão e Paul apenas dá de ombros, impotente.

Enquanto raspamos as últimas migalhas dos pratos, Paul diz: "Agora não paro de pensar na Adalyn também".

"Não é? É todo um mistério diferente em si", respondo. "Eu quero saber tudo sobre a vovó *e* a Adalyn."

"O que você vai fazer?", pergunta ele.

"Sinto que tenho que voltar ao apartamento e procurar mais pistas. Se eu já encontrei o diário e as fotos, talvez tenha alguma outra coisa que ainda não vi. Alguma coisa que a minha avó queria que eu encontrasse. Quem sabe?" Eu brinco com meus óculos por um segundo. "Você pode vir comigo, se quiser. Acho que você ia gostar de ver como ele é."

"Eu ia gostar muito", diz Paul.

Lá veio o frio na barriga. Paul me convidou para o mundo dele, e agora posso trazê-lo para o meu. Ele sorri, e a curva característica do seu lábio superior é o que basta para que eu derreta na hora.

E então uma luz de advertência vermelha pisca na minha cabeça. Ah, não, acabei de me lembrar das mensagens de texto da Camila. Nosso terceiro encontro está para terminar e absolutamente nenhum avanço quente aconteceu. Bom, que ótimo. Enquanto estou aqui bajulando o Paul, ele provavelmente está me olhando como nada além do que uma amiga.

"Tem certeza de que quer ir?", pergunto. "Sei que é longe do seu apartamento."

"Não tem problema", diz ele com um sorriso. "Só estou feliz de ir a algum lugar com você."

Talvez ainda haja esperança para mim.

Paul e eu combinamos de nos encontrar amanhã, e então eu volto para o Airbnb para ver o que a minha mãe e o meu pai estão fazendo. Fiquei fora por mais de seis horas e eles ainda estão exatamente nos mesmos lugares de quando eu saí. A única diferença é que o cabelo do meu pai está arrepiado, imagino que de tanto passar os dedos por ele, frustrado com a papelada. Minha mãe está um pouco mais animada do que antes; pelo menos, ela parece notar a minha presença quando eu me jogo ao lado dela no sofá. Está bem longe da pessoa que canta junto ao som de *Best of Broadway* no carro, mas para mim já está bom.

"A sua tarde e a do pai foram legais?", pergunto a ela.

"Seu pai está atolado", diz ela. "Não conseguiu levantar da mesa."

"Parece muito complicado."

"Sua avó sem dúvida não facilitou para a gente."

Sua avó. A minha mãe deve estar com raiva hoje. Eu me levanto do sofá e coloco minha cabeça na cozinha.

"Pai, posso ajudar de algum jeito?"

"É muita gentileza sua, querida, mas acho que vou ficar bem", ele responde. "Por que você não vai fazer companhia à sua mãe? Acho que poderia ser bom para ela agora."

Volto para a sala. Minha mãe está puxando um fio solto da manga puída do cardigã.

"Quer que eu busque uma tesoura para dar um jeito nisso?"

"Quando eu morrer", ela diz baixinho, me pegando de surpresa, "pode ter certeza de que não vou fazer algo assim com você."

"Mãe, do que você está falando?"

"Quer dizer, vou facilitar tudo para você e o seu pai cuidarem das coisas... não vou deixá-los com um testamento confuso para entender!"

De onde é que saiu isso? Ela está falando como se tivesse apenas alguns dias de vida. Estou meio aflita pelo fato de minha mãe ter falado do testamento dela – só que, de novo, eu tenho que lembrar, cada um lida com o luto de forma diferente. Quando alguém próximo a você morre, é totalmente possível que você comece a pensar mais sobre a própria mortalidade, não é? Talvez ela só precise se distrair; quero dizer, ela ficou enfiada aqui o dia todo sem fazer nada a não ser pensar na vovó.

"Vamos fazer alguma coisa", sugiro. "Podemos ir andando ao mercado e comprar alguma coisa para o jantar." Minha mãe adoraria isso. E eu sei. Ela está sempre me mostrando o que procurar na seção de hortifrúti do supermercado: bananas levemente esverdeadas, abacates com a firmeza correta.

"Se você quiser", ela diz simplesmente.

Vou até o quarto dos meus pais para pegar um par de sapatos para ela. Então, com algum esforço, consigo arrancá-la do sofá. Quando saímos, os primeiros tons de rosa apareceram no céu do fim da tarde. É uma noite clara; eu deveria finalmente seguir o conselho daquele taxista e fazer a minha mãe subir até a Sacré-Coeur. Nunca se sabe – um pôr do sol bonito de verão sobre Paris pode ser a coisa certa para melhorar o seu estado de espírito.

Na manhã seguinte, viro a esquina da rue de Marquis e encontro o Paul parado com as mãos nos bolsos diante do número 36. Seu rosto sardento se ilumina quando ele me vê chegar pelo quarteirão.

E então eu me dou conta de que estou com uma pequena emergência. Como é que a gente deve se cumprimentar? Das outras vezes que a gente se viu, tinha sempre uma barreira física entre nós: a mesa do Paul na livraria, o copo de café que ele me entregou ontem. Esta é a primeira vez que a gente se vê sem qualquer obstrução, e me ocorre que eu não tenho ideia do que fazer. É óbvio que não vamos trocar um aperto de mãos – formal demais. Mas será que a gente se abraça? A gente nunca se abraçou antes. Eu sei que *eu queria* abraçá-lo, mas será que *ele* quer me abraçar? Os amigos se abraçam na França? Ah, isso não é bom! E estou chegando perto agora. Queria que ele me desse algum tipo de dica.

"Oi, Paul!"

Não tenho certeza de quanta distância devo manter entre nós, então escolho um local aleatório para parar de andar. Ah, não, acho que errei – agora tem uma lacuna tão grande entre nós que chega a ser esquisita. Paul avança. A gente vai se abraçar? Isso está acontecendo? Os braços parecem estar se movendo, mas não consigo dizer *com certeza* o que eles estão fazendo, então, em pânico, faço a única coisa sensata em que consigo pensar na hora: aceno para ele a meio metro de distância, como uma idiota.

Ele deixa cair um dos braços e acena de volta.

"Oi", ele diz.

Muito delicada, Alice.

Tento deixar esse momento embaraçoso para trás, entro com ele no prédio e subimos os cinco lances de escada em caracol. Abro a porta do apartamento 5 e uma expressão de espanto surge no rosto de Paul. Ele abre e fecha a boca algumas vezes sem pronunciar palavra alguma. Por fim, consegue dizer: "Alice, *c'est incroyable!*"

Passo com ele pela sala de estar até chegarmos à sala de jantar, depois à cozinha. Paul continua murmurando palavras de descrença enquanto se volta em todas as direções possíveis.

"Eu poderia ficar olhando tudo isso por horas", diz ele.

"Que bom que gostou. Quando vim ver com meus pais, minha mãe quis sair daqui bem rápido."

Ele pousa a velha pilha de receitas que estava olhando.

"A propósito, como ela está?"

É fofo ele ter se importado em perguntar. Outro dia, estávamos conversando sobre os meus pais e eu mencionei que a minha mãe está passando por um momento difícil desde que a vovó morreu. Ele disse que lamentava muito saber disso – e não com aquela voz ensaiada que algumas pessoas usam quando estão reagindo a más notícias que não as afetam. Parecia que ele realmente queria dizer o que disse.

"Ainda não está cem por cento", digo a ele. "Ontem ela basicamente ficou enfiada no apartamento o dia todo olhando para a parede. Eu a levei ao mercado e para ver o pôr do sol quando cheguei em casa, porque normalmente ela gosta desse tipo de coisa, mas era como se ela estivesse, não sei, desligada."

Paul franze a testa.

"Não parece bom."

"Eu sei. Queria poder fazer mais alguma coisa."

"Você e seu pai já tentaram conversar com ela a respeito?"

"Um pouquinho aqui e ali", murmuro, cruzando os braços. "Falar sobre sentimentos não é exatamente o forte da minha família."

"Pode ajudar", Paul sugere.

Ele parece tão esperançoso. O Paul claramente ainda não conheceu a família Prewitt.

"Talvez", digo educada. "Mas e aí, quer ver o resto do apartamento?"

Levo ele para o quarto principal e até a penteadeira da minha bisavó. Depois de dizer para ele se preparar, abro a gaveta de cima e mostro a foto da Adalyn cercada de nazistas. Ele reage da mesma forma que eu reagi, ainda que soubesse exatamente o que estava por vir. A foto é tão perturbadora, não dá nem vontade de tocá-la; ele a segura com as pontinhas do polegar e do indicador, como se estivesse tentando ter o mínimo contato possível com ela.

"Você acha que ela estava namorando um desses homens?", Paul pergunta.

"Pode ser", eu digo fazendo uma careta.

"Eles podem até ter se casado."

"Espero que não."

Enquanto Paul inspeciona a foto, noto uma coisa na gaveta que não tinha visto antes: uma agenda de capa dura do ano de 1943. Curiosa, eu folheio as páginas. Assim como ela guardou os recortes das revistas, a minha bisavó também documentou todos os compromissos sociais em sua agenda. Pelo menos uma vez por semana, tem algum tipo de *dîner* ou de *fête* na agenda. A cada poucas semanas, as palavras "Hotel Belmont" aparecem no quadradinho reservado para o sábado.

"Paul, você já ouviu falar desse lugar?"

"Já. Acho que fica perto daqui, na verdade."

Eu mostro a ele quantas vezes o nome aparece na agenda. "Vou pesquisar."

Pego meu celular e pesquiso "Hotel Belmont Segunda Guerra Mundial Paris". O primeiro resultado é um site de reservas para o Hotel Belmont no Oitavo *Arrondissement*, nas cercanias do apartamento. O segundo resultado é uma resenha do jornal *The Guardian* sobre um livro que fala da resistência e da colaboração na França ocupada pelos nazistas. Bingo. Clico no link e examino o artigo em busca de qualquer menção ao Belmont e, quando a encontro, leio em voz alta para Paul:

"LeGrand – esse é o autor – discorre sobre todos os tipos de vida, desde as famílias famintas na fila de rações às socialites que se aglomeravam no Hotel Belmont para dançar a noite toda com os oficiais alemães."

"Ah, meu Deus", diz Paul.

"Minha bisavó também estava metida nisso", digo amargamente. "Acho que não deveria estar surpresa."

Coloquei a agenda na minha mochila para olhar tudo com mais atenção mais tarde, e então o conduzo pelo corredor até o quarto da Adalyn para mostrar o lugar onde encontrei o diário. Eu me lembro de como fiquei animada, quando eu ainda não sabia a terrível verdade sobre ela. Também me lembro de ter tido problemas com a última gaveta, a mais próxima do chão.

"Ei, Paul, eu não consegui abrir esta gaveta da outra vez." Eu bato nela com a ponta do meu tênis. "Você não quer tentar?"

"Claro", diz ele, se agachando. Ele segura o puxador e faz força, seus bíceps flexionando sob a camiseta. "Uau, está mesmo emperrada." Ele balança o braço e puxa novamente. Ouvimos um rangido animador e, com um arranque final, a gaveta abre. Nós dois espiamos lá dentro.

"Olha", diz Paul, "tem um bilhete."

Ele apanha o pedaço de papel com cuidado e o ergue contra a luz do sol.

"Isso é papel de carta do Hotel Belmont?"

"É", diz Paul, aproximando-se para que a gente possa ver junto.

Debaixo do brasão do hotel, há uma curta mensagem escrita em francês. É assinada por uma pessoa chamada "*Hauptmann* Ulrich Becker III".

"O nome soa bem alemão", sussurra Paul. "Acho que 'Hauptmann' é uma patente militar."

"O que a mensagem diz?"

Paul acerta os óculos e observa o cartão de perto.

"O francês dele não era muito bom", diz. "Tá bom, vamos ver: 'Minha querida Adalyn, agradeço as muitas noites que passei ao seu lado...'."

Eu gemo.

"... Seus lindos olhos e suas histórias maravilhosas atenuam a dor de estar tão longe de casa. Se não posso estar em Berlim, fico feliz por estar aqui em Paris com você. Eu lhe dou este presente na esperança de mantê-la aquecida durante o inverno. Atenciosamente, *Hauptmann* Ulrich Becker III'."

Paul pousa o cartão e me olha com um esgar. Estou sentindo a mesma coisa. Acabamos de ler uma carta de amor nazista dirigida a alguém da minha própria família.

"Ela deve ter conhecido o oficial no Hotel Belmont com a mãe", diz Paul.

"Bem, se for como você disse, se ela acabou se casando com um deles, aposto que foi com esse cara", digo melancolicamente.

"Podemos tentar encontrar ele também", diz Paul.

"É uma boa ideia", respondo – e então balanço a minha cabeça, descrente. "Não acredito que estou prestes a tentar localizar um nazista. Sinto que preciso purificar a minha alma de algum jeito."

"Qual é o extremo oposto dos nazistas, na sua opinião? Ah! A gente devia ir ao Museu da Resistência Nacional", diz Paul. "É em Champigny-sur-Marne. Eu sempre quis ir lá."

Olho para ele parado ali de jeans e camiseta branca – um parisiense fofo que poderia estar em qualquer lugar agora, mas que está ali comigo, me ajudando a resolver o mistério mais bizarro do mundo. O que é estranho de estar com os meus pais, sobretudo nas últimas duas semanas, é que no fim das contas ainda me sinto sozinha, mesmo quando estamos juntos. Estar com Paul é o contrário; é como ter um colega de equipe que está sempre do meu lado.

"Estou tão feliz por ter te conhecido", deixo escapar – e fico envergonhado na hora. Hoje *não* foi o dia das opções mais acertadas; primeiro o aceno constrangedor na calçada, agora isso.

Mas Paul sorri.

"Também estou muito feliz por ter te conhecido."

Guardo o cartão de Ulrich na frente do diário da Adalyn para mantê-lo em segurança e voltamos para a rua. Paul tem que ir para La Petite Librairie, e eu tenho que ir para casa me certificar de que a minha mãe se lembrou de comer hoje, o que não pode ser considerado óbvio.

Eu caminho com ele de volta para a estação de metrô. Mas, em vez de se despedir, Paul diz: "Alice... você sabe alguma coisa sobre *le quatorze juillet*? Eu acho que chamam de Dia da Bastilha nos Estados Unidos."

Aonde ele está querendo chegar com isso?

"Acho que já ouvi falar do Dia da Bastilha... é como se fosse o Quatro de Julho francês, certo?"

"É... bom, mais ou menos", diz ele. "É nosso feriado nacional, no dia 14 de julho. Talvez não seja tão grande quanto o feriado americano, mas também tem desfiles... fogos de artifício... só que nenhuma competição para ver quem consegue comer mais cachorro-quente."

"Você está perdendo uma grande tradição", observo.

Paul ri. Então ele olha para os pés e pigarreia.

"Mas, então, a minha irmã, Vivi, adora comemorar *le quatorze juillet*", diz ele. "Todo ano, ela e os amigos alugam um apartamento em Versalhes – bem perto do palácio –, e a Vivi passa o dia cozinhando para todo mundo..."

De repente meu coração dispara.

"... Enfim", Paul continua, sua voz um pouco trêmula, "a Vivi disse que ia adorar se você se juntasse a nós este ano. E eu também, é lógico. É só uma viagem de trem de quarenta minutos daqui, e os amigos dela são todos muito legais, e é claro que eu vou te trazer para casa quando você quiser, e..."

"Paul, vou adorar ir!" Eu cerro os punhos.

Ele parece surpreso – depois aliviado. "É mesmo?"

"Claro que sim! Quer dizer, tenho que pedir para os meus pais primeiro, mas se eles deixarem, estou dentro."

Por alguns segundos, a gente só fica ali sorrindo um para o outro na calçada. As pessoas estão nos contornando para chegar às escadas que vão dar no metrô, mas eu mal estou prestando atenção.

"Bom", diz ele, "me conta o que eles responderem."

"Mando uma mensagem assim que tiver uma resposta."

"Parece legal. Até mais, Alice."

"A gente se vê."

Parece que Paul vai dizer outra coisa, mas o momento passa. Ele me dá um tchauzinho rápido antes de descer as escadas, com as mãos enfiadas nos bolsos da calça jeans. É quase doloroso ficar longe dele, e eu só queria saber com certeza se ele tem o mesmo tipo de sentimento por mim.

8 *Adalyn*

Tentei acreditar que este verão seria a situação mais difícil que eu teria que passar na vida. Mas, como o Papa diz, as coisas nunca ficam mais fáceis durante uma guerra. Ou a guerra acaba ou a vida piora.

Dois meses se passaram desde que levaram Arnaud, e ainda sinto falta do meu amigo a cada minuto do dia. Às vezes escuto uma voz parecida com a dele e me viro, querendo rir com ele de novo, só para me flagrar olhando para um monte de estranhos. Acho que não rio desde julho – não de verdade. Não daquele jeito que a gente riu no Jardim de Luxemburgo naquele dia, de ficar vermelha e se contorcer de tanto rir.

Luc ficou sabendo dos detalhes com os vizinhos do Arnaud cerca de uma semana depois da batida. Foi a zeladora do prédio que entregou a família. Ela disse aos policiais exatamente quando os pais dele estariam em casa e, quando eles chegaram, levaram Arnaud também. Os vizinhos não sabiam dizer aonde os dois irmãos mais novos dele tinham ido parar, mas garantiram a Luc que não os tinham visto sendo levados para os ônibus que seguiriam para o Vel' d'Hiv.

Agosto trouxe mais notícias ruins. Luc ficou sabendo por Geronte que o grupo de resistência em Créteil estava comprometido. A Gestapo prendeu um de seus membros para interrogatório e, sob a ameaça de toda a família ser deportada, ele entregou os nomes de três de seus cúmplices. Estávamos em segurança, já que ninguém em Créteil sabia nossos nomes, mas os três infelizes foram detidos na hora e mandados para a prisão de Fresnes. A mulher de casaco azul-claro, a que eu conheci no café, está entre eles. Dizem que em Fresnes os membros da Resistência são espancados e passam fome por qualquer infração – que são pendurados no teto por um braço e uma perna e torturados para revelarem informações. Só o nome "Fresnes" já faz meu estômago embrulhar.

Toc-toc-toc-toc-toc. Costumava parecer uma brincadeira, correr para o Quartier Latin quando a aula acabava e bater na porta dos fundos da loja de sapatos. A gente se sentia em êxtase – invencível –, como se nós cinco pudéssemos derrubar a Alemanha nazista só de pensarmos juntos. Agora não sou mais tão ingênua. Nenhum de nós é – os de nós que sobraram. O que estou fazendo é arriscado. Pode me custar a vida.

Mas se Arnaud pode ser corajoso diante do perigo, então eu também devo ser.

Luc abre a porta. Ele está sozinho na sala. Tento não olhar para a mesa, onde o disfarce de "clube do livro" de Arnaud ainda está em cena.

"Você não parece legal", diz Luc.

"Estou bem", murmuro.

"Adalyn, eu te conheço bem o suficiente…"

"Só estou sentindo falta dele, Luc."

E então ele faz algo inesperado. Nos quase dois anos que o conheço, Luc e eu nunca fomos além do que nos encostar um no outro sem querer. Agora, na penumbra, ele me puxa para si e me abraça contra o seu peito. Minha bochecha se aninha no ombro dele e seus dedos chegam às raízes do meu cabelo. Cada batimento cardíaco pode ser dele ou meu – é impossível distinguir.

"Eu sei que você sente falta dele", Luc diz suavemente. "Eu também sinto."

"Às vezes eu me pergunto se a gente devia simplesmente parar com tudo isso", sussurro, com a voz embargada. "Eu olho para o que aconteceu com Arnaud e me pergunto… Eu me pergunto que diferença a gente está de fato fazendo."

Eu sinto as mãos dele nos meus ombros, e quando vejo ele está me segurando a um braço de distância.

"A gente tem que fazer o contrário", diz Luc com determinação. "A gente tem que olhar para o que aconteceu com o Arnaud e fazer com que essa seja a razão para *não* abrirmos mão de tudo isso."

Ele tem razão.

Encaramos os olhos um do outro pelo que parece um tempo infinito. A certa altura – não sei bem dizer quanto tempo faz – uma única lágrima rola pela bochecha de Luc. Ele não enxuga. Eu sigo seu rastro reluzente até ela secar no canto da sua boca perfeita.

"Adalyn", diz ele, "eu tenho que te contar uma coisa."

"O quê?"

"Não é bom."

Um frio indesejado se instala na sala. Não é bom? Quanto mais de notícias ruins a gente pode aguentar? Ele me leva onde estão as duas cadeiras, e eu sento, tremendo.

"Não posso mais ficar aqui", ele diz baixinho. "Eu tenho que ir embora."

"O que você quer dizer?"

"É o Serviço de Trabalho Obrigatório", responde ele. Dá para perceber que ele está se esforçando para manter a voz estável. "Todos os homens aptos com mais de dezoito anos estão sendo mandados para trabalhar na Alemanha."

Eu bato na beirada da minha cadeira.

"Ah, Luc, você não pode..."

"Eu não vou fazer isso. Claro que não."

"Que bom."

"Mas é por isso que tenho que ir embora."

Meu corpo desaba contra o espaldar da cadeira enquanto eu vou assimilando aos poucos o que o Luc está dizendo. Consigo perceber pelo sofrimento nos seus olhos que ele não tem escolha: se ele quiser continuar lutando, vai ter que se esconder. Nosso longo abraço de um momento atrás de repente toma um novo significado. Acho que o Luc vai mesmo sentir a minha falta.

"Para onde você vai?", pergunto.

"Para a clandestinidade. Vou me esconder. Ouvi dizer que tem bandos de guerrilheiros se organizando no sul. Talvez eu me junte a eles – a gente pode descobrir se sou bom mesmo com armas de verdade." Ele ri frouxo, mas seus olhos ainda parecem tristes. "O Geronte está me ajudando a decidir o que fazer. O que me lembra – ele é que vai ser o seu contato agora, Adalyn. Eu acho que você vai gostar dele... em algum momento. Ele é osso duro de roer."

"E o Marcel? E o Pierre-Henri?"

"Eles também têm que ir embora."

Enquanto Luc vai até a mesa escrever alguma coisa em um pequeno pedaço de papel, tento entender tudo o que está acontecendo. É informação demais para processar de uma vez. Tem tantas coisas que quero perguntar a ele, que nem sei por onde começar...

Mas então eu me dou conta de que tem só uma que realmente importa para mim agora.

"Luc, quando eu vou te ver de novo?"

Ele volta da mesa e coloca o pedaço de papel na palma da minha mão, junto com outra meia passagem de trem.

"Não sei", ele responde.

"O-o quê?"

"Este não é um adeus para sempre", ele diz apressado. "Vou ficar indo e voltando da cidade, acho. Só não posso dizer com certeza quando vai ser."

Exatamente como da primeira vez que o encontrei, aqui, nesta mesma sala, tenho vontade de passar a mão por sua bochecha, agora mais magra do que na época, mas não menos bonita. Eu poderia até querer encostar a minha boca nesses lábios perfeitos... E com o jeito como ele me abraçou antes, talvez ele possa sentir o mesmo... Mas não – ele já chorou esta noite –, não devo tornar esta despedida mais difícil para ele.

Saio para o ar frio de setembro com a sensação de ter esgotado toda a minha energia. Eu sou uma garota feita de pedra.

A vida continua piorando, exatamente como Papa disse que aconteceria.

Alguns dias depois, estou sentada na sala de estar lendo um romance – só encarando as páginas, na verdade – quando me dou conta de que alguma coisa está esquisita no apartamento. A princípio, não consigo identificar o que é: Maman está lendo a coluna mais recente da Suzette, muito concentrada, seus lábios vermelhos ligeiramente entreabertos, pronunciando as palavras; Chloe está sentada à mesa do outro lado da sala, com os apetrechos de costura espalhados ao seu alcance. Só quando olho de uma para o outra é que constato... o que está tão estranho nesta cena é que nenhuma delas está gritando com a outra.

Parando para pensar nisso agora, Chloe esteve estranhamente calma o dia todo; até o cabelo dela não está tão alto como de costume. O que é estranho, porque a Maman nos informou durante o café da manhã que fomos convidadas para um salão muito importante no Hotel Belmont esta noite. Madame LaRoche e as gêmeas estarão lá, assim como algumas das outras amigas de Maman. Aparentemente, haverá escritores, atrizes, estilistas e músicos presentes. Até a Suzette deve fazer uma aparição.

É exatamente o tipo de coisa que a Chloe desprezaria.

Espero que ela não esteja tramando algo.

"Chloe, o que você está costurando?", pergunta Maman quando termina de ler a coluna.

"Minha roupa para esta noite", Chloe responde cantarolando.

Ah, não.

"Posso ajudar com alguma coisa?"

"Não, obrigada, Maman! Vai dar tudo certo."

Quando a Maman olha para o relógio e diz que é hora de se aprontar, Chloe junta as suas coisas e vai para o quarto sorrindo.

Enquanto penteio o cabelo na frente do espelho, alguém bate na porta. Maman entra com um lindo vestido verde de cintura marcada e saia bufante. "Ah!", diz ela, ao perceber que o vestido que eu coloquei na cama é de um tom de verde parecido. "Nós vamos iguais – devo me trocar?"

"Não, Maman. Não seja ridícula; você já está vestida. Eu escolho outra coisa."

"Mas você fica tão linda nesse vestido."

"Bem, então por que é que nós duas não vamos de verde? Eu não me importo se a gente for igual."

Maman fica radiante no reflexo do espelho. "Tenho tanta sorte", diz ela. Em seguida, ela se aproxima, tira o pente da minha mão e começa a passá-lo pelos meus cachos, como já fez tantas outras vezes. Eu relaxo na minha cadeira, aproveitando a repetição familiar: uma passada do pente, seguida pela mão da Maman alisando o meu cabelo. Ela faz isso em mim desde que eu era uma garotinha.

"Como vão suas aulas, querida?"

"Estão indo bem, Maman. Desafiadoras, mas boas."

Maman e Papa me incentivaram a me matricular na universidade para que um dia, quem sabe, eu possa dar aulas de música, e eu aceitei a nobre oferta deles, embora pareça um objetivo tão pequeno e egoísta em comparação com o que realmente importa agora. Eu vagueio entre as aulas, mal registrando as lições, me sentindo terrível por Arnaud não ter tido a mesma oportunidade. Agora que eles estão saindo da cidade, imagino que Luc, Marcel e Pierre-Henri também não vão ter. A única vantagem é que os meus pais estão muito menos inteirados dos meus horários de aula agora, o que significa que vai ficar mais fácil para mim sair furtivamente e trabalhar para o Geronte – com quem vou me encontrar amanhã de manhã pela primeira vez.

"Aconteceu alguma coisa divertida esta semana?", pergunta Maman.

"Não... na verdade, foi algo bastante perturbador", confesso.

"Ah, não", diz ela, franzindo a testa. "E o que foi?"

"Um professor do departamento de música não apareceu na quinta-feira... e ontem descobrimos que ele tinha sido preso. Sua esposa também."

Maman respira fundo pelo nariz. "Por qual motivo?", ela pergunta.

"Aparentemente estavam escondendo judeus no apartamento deles."

Maman para o que está fazendo e agarra meus ombros como para se firmar. Ela parece estar tentando não desmaiar. Com Papa em casa, ela raramente demonstra esse tipo de emoção, mas desde a batida em Vel' d'Hiv, acho que tem sido mais difícil para ela acreditar que tudo vai acabar bem. Ela menciona Pétain menos do que antes, e mesmo que não tenha dito isso abertamente, eu me pergunto se sua confiança no Velho Marechal foi por fim abalada.

Maman respira fundo para se recompor e retoma o trabalho no meu cabelo. "Isso é terrível, Adalyn. Você conhecia o homem?"

"Não. Eu apenas o vi nos corredores algumas vezes. As pessoas diziam que ele era adorável."

Maman só balança a cabeça tristemente.

Depois de um ou dois minutos, ela diz: "Vamos conversar sobre algo mais animador. É maravilhoso ver sua irmã ansiosa por uma festa, para variar."

Ah, sim. Chloe. O que será que ela está aprontando do outro lado da parede? Eu ainda não sei, então concordo com Maman de forma evasiva enquanto ela pousa o pente e começa a prender meus cachos no lugar certo.

Maman e eu, como sempre, somos as primeiras a chegar ao saguão e vestir nossos casacos. A porta de Chloe ainda está fechada.

"Chloe, querida?", grita Maman. "Já está quase pronta?"

"Quase!", Chloe responde.

É terrível ver a alegria brilhando nos olhos da Maman. Posso ver como ela está animada para passar uma noite com as duas filhas. É raro hoje em dia a Chloe nos acompanhar aos jantares na casa de madame LaRoche – em geral acontece uma briga, e a minha irmã sai batendo o pé e vai se juntar aos amigos em algum lugar, ou se tranca no quarto. A cada vez, vejo como isso abala a Maman, que só quer que todos se deem bem e aproveitem o melhor das coisas. Dá para ver que a Maman acha que desta vez vai ser diferente, que talvez, por fim, sua filha mais nova tenha se convencido. E talvez eu esteja errada – espero estar errada –, mas eu conheço Chloe muito bem e sei que ela prefere voltar a pé para Jonzac do que ir para o Hotel Belmont esta noite.

A porta do quarto se abre. Chloe está usando o vestido longo roxo que ela estava ajustando na sala de estar mais cedo. O cabelo dela está preso em um coque elegante, e ela está até com um tom de batom que não é tão chamativo. Estou desesperadamente aliviada – até que vejo a estrela amarela pregada em seu peito. É exatamente como a estrela amarela que Arnaud foi obrigado a usar, só que em vez da palavra "*Juif*" no centro, a da Chloe diz "*zazou*". Já vi outros jovens usarem estrelas como esta para protestar contra as políticas antijudaicas dos nazistas.

Maman fica exultante ao ver a filha toda arrumada, até que ela vê o que Chloe fez. Seria mais fácil assistir a um acesso de raiva da sua parte, mas, em vez disso, o rosto dela derrete de decepção.

"Estou pronta", Chloe diz desafiadoramente, com um sorriso brincando em seus lábios.

"Querida", diz Maman numa voz baixa e controlada, "você não pode usar isso no Hotel Belmont esta noite."

"Por que não?"

"Você simplesmente *não pode*", ela insiste.

Eu me pergunto se ela está pensando no professor de música.

"Porque todo mundo que vai estar lá *concorda* que os judeus devem ser identificados e deportados?", pergunta Chloe.

Maman parece afrontada.

"Chloe", eu me enfio na conversa, desesperada para evitar uma grande briga, "é claro que a gente não acha isso. Mas você pode se encrencar se um alemão vir você indo para lá."

Chloe coloca as mãos na cintura. O rubor sobe para suas bochechas claras.

"Bom, se eu não posso usar, não quero ir", diz ela.

"Tudo bem", diz mamãe. "Adalyn e eu vamos sozinhas."

Estou no meio, mais uma vez. Chloe me olha com expectativa, como se me desafiasse a ficar do lado de Maman.

"Você realmente não vai trocar de roupa?" Eu pergunto, segurando a mão dela. "Por favor, Chloe, eu quero que você vá." É verdade. Esses eventos seriam muito mais suportáveis se Chloe estivesse comigo e, além do mais, não temos passado tanto tempo juntas ultimamente, agora que estou na universidade e Chloe tem um novo grupo de amigos *zazou*.

Mas ela tira a mão.

"Não, obrigada."

Eu suspiro. A última coisa que quero é que Chloe fique chateada comigo. Pelo menos ela ainda me deixa dar um abraço de despedida, e então Maman e eu seguimos para o Oitavo *Arrondissement*.

"Quem que está dando esta festa mesmo?", pergunto a Maman, tentando melhorar o clima enquanto caminhamos pelo boulevard Haussmann. A rua larga e arborizada está quase de todo deserta. Em certos cruzamentos, antes dava para ver a Sacré-Coeur ao longe, mas já não mais, com Paris no escuro.

"Madeleine Marbot", diz Maman, "da família dos diamantes Marbot. Madame LaRoche e eu estávamos sentadas ao lado dela no desfile da madame Agnès. E então nós a encontramos novamente na Cartier, onde ela e madame LaRoche estavam de olho no mesmo relógio; foi quando ela nos convidou para o salão desta noite."

"Foi generosidade da parte dela."

"Ela é realmente uma mulher admirável", diz Maman. "A madame LaRoche me contou toda a história. Ela é uma dessas pessoas que voltou a Paris e descobriu que os alemães tinham requisitado seu apartamento. Ainda não consigo imaginar como deve ter sido... Mas, de todo modo, a madame Marbot manteve a cabeça erguida. Ela se mudou para o Hotel Belmont e tem dado esses salões desde então."

"Que interessante."

"Pois então. Suponho que seja esse o espírito, não é? Todos temos que nos adaptar, pois quem sabe quanto tempo isso vai durar..."

Passamos pelas grandes portas da frente, Maman abrindo caminho. Enquanto descemos o curto lance de escada para o saguão, eu os vejo por toda parte, infestando o lugar como ratos: os alemães. Eles estão bebendo vinho e fumando nas poltronas vermelhas acolchoadas, e alguns estão até com suas grandes botas pretas em cima das mesas. Eu os desprezo ainda mais, desde o que aconteceu com Arnaud, mas nós duas fingimos não notá-los enquanto atravessamos o piso de mármore até o elevador.

Podemos ouvir o burburinho assim que descemos no quinto andar. As portas da suíte se abrem e revelam um lustre reluzente e, sob ele, uma festa em pleno auge: hordas de pessoas – a maioria mulheres – em seus trajes de gala; uma banda ao vivo tocando no canto; *hors d'oeuvre* e bebidas sendo servidos como se o racionamento não estivesse em vigor.

Não damos nem cinco passos na sala e somos recebidas por uma mulher um tanto corpulenta em um vestido turquesa volumoso e com um chapéu de penas da mesma cor. Ela beija Maman duas vezes em cada bochecha.

"Odette Bonhomme! Estou muito feliz em vê-la de novo."

"O prazer é meu, Madeleine", diz Maman. "Eu *adorei* o chapéu."

"É da madame Agnès, claro", diz madame Marbot dando uma piscadela. "E a sua carteira maravilhosa?"

"Boucheron."

Madame Marbot acena em aprovação. Então ela se vira para mim, pousando as mãos enluvadas nos meus ombros.

"E quem é esta criatura encantadora?"

"Minha filha Adalyn", responde Maman.

"É um prazer conhecê-la", digo.

"É um prazer conhecê-la também, querida", responde madame Marbot alegremente. Posso perceber que seus olhos já se fixaram em outro recém-chegado. "Agora aproveitem a festa!"

E assim, ela se foi.

"Odette! Adalyn!"

Uma madame LaRoche corada acena para nós enquanto navega pela multidão com as gêmeas a reboque. No meio do caminho, ela apanha duas taças de champanhe de uma bandeja que passa e as entrega para cada uma de nós.

"Esta festa está incrível, não está?", diz madame LaRoche sem fôlego. "Odette, venha comigo. A Suzette está ali perto da janela, e ela é *adorável* pessoalmente." Ela toma Maman pela mão e as duas saem em direção ao grupo de mulheres de meia-idade reunidas em torno da atenciosa colunista – embora talvez um tanto quanto sobrecarregada.

Agora, mais uma vez, somos só eu e as gêmeas. Eu queria mesmo que a Chloe estivesse aqui. Ainda estou extremamente triste por causa do meu encontro com Luc, e ter uma amiga ao meu lado ajudaria, mesmo se eu não pudesse dizer a ela exatamente qual era o problema.

"O que a gente deve fazer?", pergunto a elas.

"Talvez devêssemos ir para a sala dos fundos", sugere Marie, olhando para Monique. "Aquela em que estávamos antes."

Monique dá de ombros. "Se você quiser."

Marie me toma pela mão e guia a mim e a sua irmã em direção a um par de portas. Mas quando vejo aonde ela está me levando, recuo. A sala de estar é menor, mais tranquila e mais confortável do que a entrada principal, com um grande fogo na lareira. Mas, reclinados nos divãs e encostados na cornija, estão meia dúzia de oficiais alemães vestidos com fardas pretas adornadas com medalhas e cintos de couro. Eles se destacam como baratas em um piso de ladrilhos brancos.

"Eu sei, também fiquei surpresa", sussurra Marie. "Mas eles são muito amigáveis, de verdade."

Eles sumiram com um dos meus amigos.

"É muito bom quando você pode esquecer a guerra por um tempo e ser apenas *gente*."

Congelada na soleira da sala, vejo Marie iniciar uma conversa com um alemão de cabelos loiros e olhos azuis no sofá. Sua braçadeira nazista vermelha é ofuscante, mas ela não parece se importar enquanto prova um gole do conhaque dele e, em seguida, franze o nariz no que deveria ser uma expressão fofa de nojo.

Monique ainda está parada do meu lado, como uma banhista decidindo se quer ou não entrar na água. Das duas garotas LaRoche, é com ela que me dou *ligeiramente* melhor. Sem dúvida, ela vê como isso é errado.

"Você vai se juntar a eles?"

"Suponho... suponho que sim", diz ela. "Sei que não é certo, porque eles são o inimigo, mas, ao mesmo tempo, a Ocupação é a Ocupação, não é? A gente não pode mudar isso. É melhor a gente interagir e ver se consegue tirar alguma coisa deles."

"Como o quê?"

"Comida. Vinho. Mamãe diz que os preços do mercado negro estão ficando cada vez mais altos."

Monique parece pronta para se juntar à irmã. Eu não estou. "Vá em frente", digo a ela, espiando um corredor que parece levar a um toalete. "Quero passar pó de arroz no nariz primeiro."

"Tá bom, te vejo logo", diz ela. "Eu juro que não é tão ruim quanto parece."

Eu corro para o corredor, com a intenção de passar o máximo de tempo que puder no toalete esta noite. Mas, quando estou prestes a virar, bato de frente com outro corpo – um que emite um tilintar de metal na colisão. O baque faz com que uma onda de respingos de champanhe me atinjam de frente e minha taça de vidro caia no chão, se estilhaçando em um milhão de pedaços.

A sala fica em silêncio enquanto todos se viram para nos olhar.

Estou morrendo de vergonha.

"*Gut gemacht, Uli*", brinca o nazista loiro no sofá. *Muito bem, Uli.* Os outros alemães na sala apontam e riem de nós. Excelente – agora todos eles nos viram juntos. Se eu me esgueirar, as pessoas vão perceber.

Uli, como deve ser o nome dele, está agachado no chão usando suas luvas de couro para recolher o vidro em uma pilha e depositá-la em uma lata de lixo próxima. Instintivamente, me curvo para ajudá-lo, mas ele estende a mão para me impedir.

"*Vorsicht – es ist sehr scharf*", avisa. Cuidado – é muito afiado.

Ele não pode ser muito mais velho do que eu. Tem a pele lisa e pálida com traços arredondados e cabelos castanho-claros cheios e sem falha. Percebo, com um mínimo de alívio, que ele não está usando a suástica no braço.

Depois de recolher todo o vidro, ele se levanta e suas bochechas estão vermelhas de constrangimento. Então ele dá uma olhada no meu vestido, agora molhado de champanhe, e começa a se desculpar em um francês macarrônico, com as bochechas ficando mais vermelhas a cada momento.

"Está tudo bem mesmo", garanto pela décima vez.

Por fim, ele se acalma.

"Não tenho muita experiência em grandes festas", diz ele com uma risada. "Está vendo? Ainda não me apresentei a você. Eu sou Ulrich Becker. Qual é o seu nome, senhorita?"

Procuro Marie e Monique, mas elas estão conversando no sofá. Bem, se eu devo ficar nesta festa até que Maman esteja pronta para ir para casa, é melhor eu passar o tempo com Ulrich, que não é um membro do partido que usa uma braçadeira, do que com o nazista de cabelos loiros.

"Adalyn Bonhomme."

"Você tem olhos muito bonitos, srta. Bonhomme."

"Ah. Obrigada."

"Precisamos pegar outra coisa para você beber."

"Tudo bem."

Deixo Ulrich me guiar até um par de poltronas vazias perto do fogo e me servir um copo de conhaque. É bom deixar as chamas secarem minhas roupas úmidas – mas sobre o que devo falar com este maldito *boche* a noite toda?

"Me conte sobre você", ele diz.

"Tudo bem. O que você gostaria de saber?"

Ele dá um gole longo e lento em sua bebida e encara as chamas. Posso ver as labaredas de fogo refletidas em seus olhos. "Qualquer coisa."

Sinto que Ulrich não quer saber nada de especial; ele só quer se distrair. Bom, eu também. Escolho um assunto seguro e neutro – a escola – e, de uma forma tortuosa, falo sobre os meus primeiros meses de universidade.

"É bom que esteja gostando", diz Ulrich. "Devo admitir que nunca gostei da escola."

"E por que isso?"

"Eu não era bom em esportes – era o pior de toda a escola. Meus colegas me chamavam de fraco. Eu... eu nunca tive muitos amigos."

"Ah. Isso sem dúvida dificulta mais as coisas." Como a escola depois que a Charlotte e a Simone foram embora. "Não é divertido se sentir solitário todos os dias."

"Não. Não é."

"E o que você faz agora?"

"Eu trabalho no pátio ferroviário."

"Está mais feliz?"

Silêncio. Ulrich morde o lábio inferior. "Posso te contar uma coisa, srta. Bonhomme?"

"Sim. Pode dizer o que quiser."

Ele encosta o copo nos lábios mais uma vez, seus olhos não desgrudam da lareira. "Devo falar baixo", diz ele, acenando com a cabeça em direção aos seus compatriotas. "Veja, eu sou grato por minha posição... e eu acredito que é certo, que é natural, que a Alemanha governe a França... mas, para ser honesto, srta. Bonhomme, sinto muita falta da minha casa em Berlim."

Tento não deixar transparecer minha reação aos comentários dele sobre a Alemanha e a França.

"Sua família está lá?"

"*Ja*. Minha mãe, meu pai e minha irmãzinha. Minha irmã, Klara, é minha melhor amiga. Em geral nos falamos o tempo todo. Não é fácil ficar longe dela... e já se passaram dois anos."

As palavras dele provocaram uma onda inesperada de emoções em meu peito. Elas me lembram Chloe, e a expressão em seus olhos quando ela puxou sua mão da minha no saguão, e todos os segredos que fui obrigada a esconder dela nos últimos dois anos. A guerra criou um vão entre nós, o que me frustra terrivelmente, porque no fundo ainda somos as mesmas pessoas.

"Minha irmã mais nova é minha melhor amiga também", digo a Ulrich, e quando ele finalmente olha para mim, posso ver que seus olhos brilham com lágrimas.

"Obrigado pela compreensão..."

"Sem problemas. Isso deve ser muito doloroso."

"*Ja*", diz ele mais uma vez, balançando a cabeça. "Muito doloroso."

Não tenho mais nada a contar sobre a escola, então Ulrich fala sobre seu trabalho. Fiquei sabendo que ele é responsável pelos horários dos trens na Gare de l'Est, a estação ferroviária não muito longe da minha casa. Ele garante que suprimentos importantes da Alemanha – armas, munições, materiais de construção e afins – cheguem a Paris com segurança para serem usados pelas forças de Ocupação. Apesar de sentir falta de casa, ele diz que gosta do trabalho e não demora muito para ele entrar em detalhes sobre a organização dos horários dos trens. Quando ele menciona o momento específico de uma remessa de armas de fogo que vai chegar no final desta semana, eu fico de orelha em pé. Talvez sob a influência de uma noite de conhaque, Ulrich esteja revelando detalhes muito específicos sobre o esforço de guerra alemão – detalhes que podem ser úteis para nós.

Minha cabeça começa a latejar com a adrenalina.

Eu preciso decorar tudo o que ele disse.

"Adalyn?"

Ulrich para de falar e nós dois nos viramos para nos deparar com Maman parada na porta. Ela olha para mim e para ele, avaliando a situação.

Deve estar fazendo alguns cálculos mentais sobre como é normal se sentir sobre um oficial alemão sendo gentil com sua filha. No final, ela sorri, embora com um pouco de cautela.

"Você está pronta para ir, querida? Madeleine providenciou que um carro do pessoal alemão nos deixe em casa." Ela faz uma pausa. "É mais fácil do que fazer todo o caminho de volta a pé."

No início da noite, eu poderia ter saltado ao vê-la chegando, mas agora gostaria de poder ficar e tirar mais informações de Ulrich. Ele me ajuda a levantar da cadeira e me acompanha até Maman, passando por Marie e Monique, que agora estão mais do que um pouco bêbadas e se revezam experimentando o chapéu do uniforme do loiro nazista.

"Você tem uma filha adorável", Ulrich diz a Maman. "Gostamos muito de conversar esta noite."

"Obrigada", diz Maman. "É bom ver que todos nós estamos nos dando bem."

"Espero vê-la novamente, srta. Bonhomme", diz Ulrich para mim.

"Também espero", eu respondo.

Maman e eu pegamos nossos casacos e seguimos até a porta, parando no caminho para algumas despedidas finais. Não sei o que me faz fazer isso, mas antes de sairmos, olho por cima do ombro para dar uma última espiada na festa. Lá está Ulrich, parado na entrada da sala de estar olhando em minha direção. Quando nossos olhares se encontram, ele sorri.

Ele acena para mim.

Eu aceno de volta.

Na volta de carro para casa, a brisa fresca de setembro sopra nossos cabelos de um lado para o outro. Maman conta os destaques da noite com o ar de quem está se esforçando para se assegurar de alguma coisa.

"Acho que merecíamos uma noite fora de casa, não é? Foi bom simplesmente *relaxar*. Do jeito que as coisas estão agora, a gente tem que se permitir comer e beber assim quando pode." Ela acena com a cabeça, como se concordasse consigo mesma. "A banda era excelente – e tinha muito champanhe – e a Suzette é brilhante; eu adoraria encontrá-la de novo."

Eu balanço a cabeça, concordando, mas minha cabeça está nos horários dos trens de Ulrich. Também estou pensando em meu encontro com Geronte, que vai acontecer amanhã de manhã.

"Madeleine disse que a gente *tem que* aparecer no próximo evento", diz Maman, estendendo a mão no assento e apertando a minha.

Eu posso dizer que ela está dividida. Ela sabe que não é certo ir a festas com nazistas, mas esta noite ela se divertiu. Maman quer se adaptar ao nosso novo normal – não do mesmo jeito que a madame Marbot, é claro, mas o bastante para tornar nossas vidas com os alemães um pouco mais toleráveis. Acho que ela quer que eu ajude a justificar nossa volta ao Hotel Belmont – e, felizmente para ela, tenho interesse em encontrar Ulrich de novo.

"Claro que vamos estar no próximo", digo a ela, apertando sua mão de volta.

O automóvel entra em nossa rua escura, seus faróis cobertos lançando uma luz azul sinistra sobre o pavimento. Não sei o que me insta a fazer isso – talvez seja apenas por acaso, ou talvez eu esteja mesmo sintonizada com cada impulso de minha irmã –, mas quando o carro para do lado de fora do número 36, me volto em direção ao nosso apartamento no quinto andar.

Lá, olhando para a rua com a cabeça enfiada para fora da janela, está Chloe.

Está escuro demais para ver a expressão em seu rosto, mas talvez seja melhor assim. Pois eu só posso imaginar o que está se passando na cabeça da minha irmã enquanto descemos na calçada em nossas roupas de gala – Maman rindo de uma piada que ouviu na festa – e o carro alemão brilhante indo embora noite adentro.

9 *Alice*

Outra noite em casa. Outro jantar cheio de dedos ao redor da mesa da cozinha com a minha mãe sentada em um silêncio soturno, e eu e o meu pai nos revezando para tentar iniciar algum tipo de conversa.

"Então, Alice, parece que você e o Paul têm planos para um dia divertido em Versalhes amanhã. Ele parece um cara bacana, não é, Diane?"

"Humhum."

"Foi muito legal da parte dele me convidar", eu interrompo. "Ele fez isso do nada, quando a gente estava saindo do apartamento da vovó."

Droga. Eu estava distraída – escapou. Assim que menciono o apartamento, o corpo da minha mãe fica visivelmente tenso. Ela para de mastigar, a mandíbula trava e ela aperta o garfo com tanta força que os nós dos dedos dela ficam brancos. Ah, não, não, *não*. Estou me sentindo péssima. A minha mãe ainda está tão sensível a qualquer coisa que envolva a vovó, e eu simplesmente soltei aquela bomba sem aviso algum.

"Desculpa, mãe. Tenho tentado não falar sobre isso."

"Está tudo bem", diz ela, engolindo a comida aparentemente com dificuldade. "Tudo certo."

Mas claramente *não está* certo. Ninguém diz mais uma palavra até o fim da refeição; os únicos sons são os dos garfos e das facas raspando na porcelana. Quando terminamos, limpamos os pratos e minha mãe volta para o canto dela no sofá; meu pai, para o laptop. Ela provavelmente precisa de um pouco de espaço agora, então vou para o meu quarto continuar traduzindo o diário da Adalyn.

Esta noite, estou com o diário aberto em um lado do meu colo e a agenda da minha bisavó no outro. Estou cruzando as datas para ver se consigo encontrar alguma ligação. De repente, noto uma coisa que faz meu coração saltar.

Há uma entrada no diário com a data de 26 de setembro de 1942. No dia anterior, a mãe da Adalyn foi ao Hotel Belmont pela primeira vez. E se a Adalyn tivesse ido com ela? E se ela tivesse escrito sobre Ulrich Becker III? Começo a digitar no Google Tradutor o mais rápido que consigo.

26 de setembro de 1942
Achei que a Chloe fosse gritar com a gente quando voltamos da festa, mas foi pior. Ela estava parada no saguão, como se estivesse prestes a chorar. Então ela irrompeu quarto adentro e bateu a porta.

Então eu adivinhei certo. A Adalyn *estava* lá.

Era terrível saber que eu a tinha decepcionado, então na manhã seguinte eu implorei a ela, por favor, vamos dar uma caminhada comigo pelo rio. O rio é o único lugar que não passa a sensação de claustrofobia nesta cidade, onde os prédios dão lugar à água e ao ar livre. Lá você consegue pensar. Você consegue respirar. Andamos bastante para chegar lá, mas o tempo estava agradável, e como Maman e Papa estavam indo atrás das rações naquele dia, eu pensei, o que mais a gente tinha para fazer?

Ela ficou relutante, mas concordou. No caminho, comprei dois copos daquilo que chamam de café, que tinha um gosto terrível, mas nossa repulsa mútua quebrou o gelo. Fizemos a nossa velha brincadeira de novo, começando com uma xícara de café expresso saboroso e escuro para mim e uma caneca fumegante de chocolate quente para Chloe.

No rio, retomamos o assunto mais sério. Ela disse, é claro: como é que você pôde? Eles são o inimigo! E eu disse, eu sei que eles são o inimigo, e a Maman também sabe. As pessoas têm maneiras diferentes de lidar com a Ocupação. Coisas diferentes que elas têm de fazer para sobreviver.

> *E então cometi um erro: contei a verdade a Chloe, ou seja, que eu nunca teria ido se soubesse que* les boches *estariam lá.*
>
> *Agora tenho pavor do que vai acontecer quando ela descobrir que pretendo voltar.*

Eu confiro a tradução, com a certeza de que cometi um erro. É o final que eu não entendo: a Adalyn diz que não teria ido ao Belmont se soubesse sobre os alemães – mas então por que ela quer *voltar*? Por mais estranho que seja, tudo parece correto, então eu continuo.

> **6 de outubro de 1942**
> *Não consegui me concentrar na aula hoje. Era sociologia, que eu tendo a gostar mais do que as outras matérias, mas a minha cabeça estava simplesmente desatenta. O professor me fez uma pergunta e eu tive que pedir para ele repetir o que tinha dito – foi constrangedor.*
>
> *Mas eu sei por quê: porque sinto falta dele. Quero muito outra noite juntos. Eu não esperava sentir tanto a falta dele, mas eu sinto.*

Eu fico encarando o que acabei de digitar por uns quinze segundos.
Ai, meu Deus.
Que nojo, que nojo, *que nojo*.
Eu fecho o meu laptop e enfio o diário na minha mochila, tirando-o de vista. Eu finalmente encontrei. O momento em que Adalyn virou uma vilã. Não vou mais traduzir outra palavra sequer deste negócio.
Meu coração dispara quando vou reunindo tudo em um enredo plausível.
Eu sei que a Adalyn costumava odiar os alemães. Ela os *desprezava*. Mas aí, em 1942, ela foi para o Hotel Belmont... e embora houvesse alemães lá, ela decidiu que queria voltar.
Foi porque ela conheceu o Ulrich Becker III? *Só pode* ser com ele que ela estava sonhando acordada na segunda entrada do diário. Meu estômago revira quando imagino os dois se apaixonando, e Ulrich escrevendo para a Adalyn o bilhete que encontramos na gaveta da escrivaninha.

Escuto uma batida leve na porta. Dou um pulo de uns trinta centímetros no ar.

"Alice?" Meu pai chama.

"Oi, pode entrar."

Ele entra no quarto e quando fecha a porta ela faz um leve "clique".

"E aí?", pergunto, tentando não deixar transparecer como estou abalada com o que li no diário.

Ele se senta o mais próximo que consegue da beira da cama. Ele cruza e descruza as pernas, mas não consegue descobrir como se acomodar confortavelmente. Por fim, encarando o meu joelho, ele diz: "Quero falar com você sobre uma coisa".

"Tá bom."

"É sobre a sua mãe."

Eu suspiro com a culpa do que eu disse no jantar ricocheteando no meu peito mais uma vez. "Eu sinto muito de verdade por ter mencionado o apartamento. Estou me sentindo péssima... Simplesmente escapou..."

"Não tem problema, Alice." Ele dá um tapinha na minha canela com a mão mais rígida do mundo e então pigarreia. "É sobre isso, hum, é sobre isso na verdade que eu queria falar." Ele faz uma pausa para respirar fundo e, de repente, fico nervosa. "Vendo como a sua mãe está passando, eu queria ver se você tem interesse em..."

"... Em quê?"

Ele esfrega a nuca. "Em quem sabe vender o apartamento da vovó."

Uau.

Ele quer...

Ele quer *o quê*?

"De-desculpa?", gaguejo, buscando as palavras. "Estou só meio, meio chocada."

"No final das contas, é você quem decide", papai me interrompe. Ele está falando mais rápido agora, e posso dizer que ele entrou no modo vendas. "Eu sei que você era próxima da vovó e sei como é muito importante para você o fato de ela ter te deixado o apartamento, mas acho que você deveria pelo menos pensar nisso. Quer dizer, além de toda a questão com a sua mãe, ele também vale muito – não apenas o apartamento em si, mas tudo que está dentro dele. Você poderia ganhar muito dinheiro."

Fico lá sentada piscando enquanto absorvo as palavras, e quando vejo, tem um nó na minha garganta. Isso é o que a vovó deixou para mim; ela queria que eu ficasse com ele. Se a gente vender o apartamento, talvez nunca descubra o que realmente aconteceu com a família dela. A gente pode perder pistas importantes. É como se a gente varresse a história.

Mas eu também entendo. Completamente. Se tudo que diz respeito ao apartamento deixa a minha mãe triste, por que não tirá-lo de nossa vida de uma vez? Começar de novo. A minha mãe ficaria aliviada – e eu me sentiria muito menos culpada por causa da herança. E, de verdade, eu ainda quero *mesmo* ir atrás da Adalyn, depois do que acabei de ler no diário? Eu quero *mesmo* ficar com um apartamento que costumava ser a casa de uma simpatizante nazista? Eu sinto que voltei à estaca zero, sem saber para onde devo ir.

"Você não precisa tomar uma decisão imediatamente", meu pai continua, "mas talvez nas próximas duas semanas? Comecei a sondar uns corretores em potencial e gostaria de entrar em contato com um deles antes de a gente ir embora."

Eu pego o edredom e o puxo para o meu colo. Não faço ideia do que dizer agora, porque as duas opções parecem realmente importantes.

"A mamãe está sabendo?", pergunto.

"Eu comentei com ela", diz o meu pai. "Ela disse que a decisão é sua... mas..."

"... Ela não deve estar querendo me pressionar."

"Isso."

Acho que o meu pai pode estar minimizando a reação da minha mãe. Vamos encarar os fatos – ela provavelmente ficou *empolgada* com a ideia de vender o apartamento da vovó. Eu afundo na cabeceira da cama, me sentindo esmagada pelo peso dessa decisão. Tenho duas semanas para responder, pelo menos.

"Eu te falo, pai."

Ele ergue os dois polegares para mim e se levanta, sem dúvida satisfeito pela conversa difícil ter chegado ao fim.

"Que horas você vai para Versalhes amanhã?"

"Ah... hum, vou levantar cedo para comprar umas coisas de comer antes de encontrar o Paul, então, se eu não te ver..."

"Divirta-se amanhã, querida."

"Obrigada, pai. E, olha... você também dá um jeito de a mãe se divertir? Eu fiz ela me prometer que se esforçaria, mas..."

"... Eu vou dar um jeito", diz. Ele sorri, mas com tristeza. "Boa noite, Alice."

"Boa noite, pai."

São só onze horas da manhã, mas as ruas já estão lotadas de gente, algumas delas com uma bandeira da França amarrada nas costas. Combinei de encontrar o Paul do lado de fora da estação de trem do Musée d'Orsay, mas a multidão é tão densa que está sendo difícil localizá-lo. Alguém me dá um esbarrão por trás, e os vinte quilos de queijo francês que estou carregando chegam perigosamente perto de voar das minhas mãos.

"Alice! Aqui!"

Sigo o som da voz e por fim vejo Paul pulando e balançando alguma coisa no ar para chamar a minha atenção. Ai, meu Deus – é uma baguete.

Ainda estou rindo quando consigo chegar aonde ele está.

"Gostei da sua desenvoltura", digo a ele.

"Eu só não queria que você se perdesse", diz Paul, corando. Então quando ele percebe como estou abraçada à enorme sacola de compras como se eu estivesse segurando um colete salva-vidas, seus olhos se arregalam. "Alice, essa sacola está toda cheia de queijo?"

"Queijo... e azeitonas e castanhas e frutas secas, e esses minipicles fofos que o cara me falou para comprar, e algumas outras coisas de que não consigo me lembrar agora. Posso ter exagerado um pouco no mercado. A gente não tem esse tipo de opção em Nova Jersey."

"Está pesado?"

"Extremamente."

Ele apanha a sacola dos meus braços e me dá as baguetes para carregar, e desço as escadas atrás dele para comprar nossos bilhetes na máquina. O trem está lotado, mas Paul e eu nos espremos até chegar ao andar de cima e conseguimos encontrar dois assentos juntos. Eu me sinto muito adulta sentada ao lado de um garoto com as compras aos nossos pés. Meu coração dá um pulo quando o trem sai da estação.

Depois de fazer mais algumas paradas dentro de Paris propriamente dita, o trem segue pelos subúrbios em direção à cidade de Versalhes. Enquanto passamos por aglomerados de casas construídas nas encostas, atualizo Paul sobre as entradas perturbadoras que li no diário da Adalyn. Eu deixo de fora a parte sobre a venda do apartamento, porque não quero entrar em toda a questão com a minha mãe – e, além disso, eu ainda nem sei o que vou fazer. Por fim, pego o meu celular para mostrar a ele o que fiz assim que acordei de manhã: fucei no Facebook para encontrar Ulrich Becker III.

"Posso estar completamente errada", digo, "mas tem uma chance de que talvez eu o tenha encontrado."

Paul se inclina para ver, nossos braços expostos espremidos juntos.

"No começo eu estava meio, 'Poxa, tem um monte de Ulrich Beckers'." Digo, enquanto digito o nome Ulrich Becker no campo de pesquisa e rolo a página para baixo, mostrando a ele a lista infinita de correspondências. "Mas então me lembrei de que a gente está procurando por Ulrich Becker III. Aí tentei ser um pouco mais específica..."

Acrescento o numeral romano III ao nome na barra de pesquisa.

"... Não parecia haver nenhum Ulrich Becker III com a idade que procuramos, mas então, por curiosidade, eu cliquei na página desse cara – Ulrich Becker IV..."

Vou parar no perfil de um homem de uns setenta e poucos anos.

"... Eu sabia obviamente que não era o nosso cara, mas aí por acaso eu vi a foto mais recente que ele postou, e..."

Mostro a foto a Paul. Ele demora um segundo, mas, por fim, ele arqueja. Ele chega a puxar o celular para mais perto do seu rosto, o que por acaso envolve ele agarrar minha mão. É coisa demais para processar de uma só vez.

"E você acha que pode ser ele?", Paul pergunta sem acreditar.

A foto é de um grupo de homens e de meninos segurando varas de pescar na beira de um lago. Eles devem ser da mesma família, porque o homem marcado como "Ulrich Becker IV" está com a mão pousada no ombro de um homem mais novo marcado como "Uli Becker V". Além disso, eles se parecem, com seus cabelos cor de areia e seus traços arredondados e atenuados. Mas a parte mais intrigante da foto é o velho encarquilhado que está sentado em uma cadeira bem no meio da primeira fileira. Ele não está marcado – imagina, de jeito nenhum esse cara tem um Facebook – mas, felizmente, a legenda sugere quem ele pode ser. Apertei o botão de tradução para o Paul ver, e juntos lemos o texto que estava em alemão agora em um inglês meio tosco:

"Jornada anual na selva até o aniversário nonagésimo quinto do Três! Ele está forte ainda. Ele pegou mais peixes do que qualquer outra pessoa."

"Eles o chamam de Três", observo.

"E deve ter a idade certa", acrescenta Paul, parecendo intrigado.

Meu coração está a mil – um, porque Paul está tão animado com a descoberta quanto eu, e dois, porque ele ainda não largou a minha mão. Nós dois parecemos nos dar conta desse segundo ponto ao mesmo tempo, porque Paul a solta na hora e passa a ajeitar os óculos. É melhor eu continuar falando para que ele não perceba que estou prestando muita atenção a cada contato físico que estabelecemos.

"Quero mandar uma mensagem para ele", digo rápido, "mas nem sei por onde começar. Quero dizer, é óbvio que ele fala alemão."

"A gente pode usar o Google Tradutor", observa Paul.

"Verdade. Mas além disso, o que eu posso dizer? Como você pergunta a alguém do nada se o pai dele era um nazista que se apaixonou por sua tia-avó francesa de que ninguém tem notícia há mil anos? Ele vai pensar que sou uma louca – ou vai ficar com muita raiva! Não dá para simplesmente sair perguntando para as pessoas se os pais delas eram nazistas."

Paul coça o queixo.

"É", ele admite, "a gente vai ter que pensar em como formular isso direito."

"Não sou boa nisso", admito. "Já estou estressada só de pensar."

"Então vamos deixar isso para depois", declara Paul. "Amanhã, a gente senta na livraria e decide o que exatamente escrever para esse cara, tá?"

"Tá."

"*Hoje*", ele continua, "não vamos nos preocupar com nada além de aproveitar o seu primeiro *quatorze juillet*. Agora, que tal comer alguma coisa, hein?"

Ele arranca um naco de pão ainda quente e me oferece a metade.

Fingindo estar agoniada com o estado da baguete, pergunto a ele: "Mas como é que eu vou te encontrar se eu me perder?"

Paul faz uma cara séria e pensativa que me faz rir de novo.

"Imagino que nesse caso a gente não vai poder se separar", diz ele.

Aprendemos sobre Versalhes na aula de história nesse último ano. O sr. Yip mostrou slides com todas as partes mais luxuosas do palácio: os pátios frontais, a Galeria dos Espelhos, os jardins ridiculamente simétricos dos fundos... mas nada poderia ter me preparado para sair da estação de trem, virar apenas *uma* esquina e ver aquele lugar imenso com os meus próprios olhos, ao longe.

"Meu Deus do céu, é enorme!", eu exclamo.

"Só espera", diz Paul. "A gente ainda está a dez minutos de caminhada."

É o tipo de coisa que bagunça toda a sua noção de tamanho e espaço, como o Grand Canyon. De perto, o palácio é tão grande que preciso virar a cabeça para vê-lo inteiro. Os extensos pátios frontais estão lotados de gente, então apoiamos as nossas mochilas perto da estátua equestre de Luís XIV e absorvemos a vista de lá.

"Na Revolução Francesa", diz Paul, "as mulheres marcharam para cá desde Paris para protestar contra o preço do pão."

Eu me lembro do sr. Yip falando sobre isso, mas só consigo de fato assimilar o que isso significa agora. "Eu teria desistido de vez assim que visse este lugar!"

"Você? Desistido de vez? Sem chance", diz Paul, me cutucando com o cotovelo.

"Ah, é? O que te faz pensar assim?"

"Estou vendo você tentando resolver o mistério sobre a sua avó. Você é determinada. Eu gosto disso em você."

Eu sorrio sozinha por todo o caminho até o apartamento.

Paul mencionou esta manhã no trem que a Vivi leva os feriados muito a sério, e ele não estava brincando. Quando chegamos na cobertura, ela abre a porta parecendo um minifoguete humano. Ela está usando um vestido de lantejoulas vermelhas, azuis e brancas, e seu cabelo está preso em duas marias-chiquinhas com fitas metálicas adornando dos dois lados; ela está usando brincos compridos em forma de globos de discoteca e pulseiras de prata brilhantes que tilintam sempre que ela mexe os braços. Ela nos abraça, um de cada vez, e deixa purpurina em nossas roupas.

"*Vivi, tu es ridicule*", diz Paul enquanto limpa a frente da camisa. Então, ele explica apenas para mim: "Os franceses não costumam se vestir assim. Só a Vivi."

Praticamente saltitando a cada passo, Vivi nos conduz pelo corredor até um amplo espaço ao ar livre com cozinha, sala de jantar e área de estar, tudo junto. O cheiro está inebriante; acho que é ainda melhor do que o da *boulangerie*, o que diz muito. Como era de se esperar, a mesa está posta com um banquete que poderia alimentar talvez umas vinte pessoas, mas até onde percebi, só tem três outras pessoas no apartamento: um cara e duas meninas conversando do lado de fora, na varanda.

"Acho que passei dos limites este ano", confessa Vivi.

"Acho que você passa dos limites todo ano", brinca Paul. Ele joga a sacola de compras no balcão. "Bom, pelo menos a Alice e eu vamos ter muito queijo para comer na viagem de trem de volta para casa."

Vivi chama os outros três para dentro e nos apresenta antes de nos sentarmos para almoçar. O cara é o namorado dela, Theo, um estudante de arte com um monte de piercings nas orelhas e tatuagens coloridas dos punhos aos ombros. A garota com a longa trança castanha é a melhor amiga da Vivi, Claudette, e a outra garota de cachos loiros é a namorada da Claudette, Lucie.

Eu gosto deles na hora. Considerando que estou acostumada a fazer refeições caladas com a minha mãe e o meu pai, a Vivi e os amigos dela são tão extrovertidos que é quase demais para mim. Eles se esforçam o quanto podem para falar em inglês, para que eu não me sinta excluída, e procuram ficar sabendo tudo sobre mim, a garota aleatória que invadiu a celebração anual deles. Como é Nova Jersey? Como eu conheci o irmão mais novo da Vivi? E a pergunta que não quer calar: o que vim fazer em Paris no verão?

Paul e eu nos unimos para responder a esta última. De vez em quando, ele intervém para especificar alguns detalhes em francês, para que todos possam entender. Eu me surpreendo ao me abrir sobre as fotos que encontramos de Adalyn e as entradas que descobri há pouco no diário e, para meu alívio, ninguém recua apavorado e me obriga a ir embora do apartamento.

"Os franceses não gostam de admitir a que ponto muitos de nossos cidadãos colaboraram com o inimigo", diz Theo. "Tinha policiais franceses que impunham a lei nazista... Cidadãos franceses que entregavam seus vizinhos judeus para a Gestapo... Motoristas de ônibus franceses que levaram famílias judias ao Vel' d'Hiv para morrer... E sim, mulheres francesas que ficaram com alemães."

"Sabe, você não pode julgar *todas* as mulheres que fizeram isso", Claudette interrompe.

"O que você quer dizer?", pergunta Theo.

Claudette suspira. "Depois da guerra, eles fizeram um grande espetáculo, punindo as mulheres francesas por '*collaboration horizontale*'." Ela faz aspas no ar nas últimas palavras.

"O que isso quer dizer?", pergunto.

"Sabe... tipo... dormir com o inimigo", explica ela. "Eles arrastavam as mulheres para a rua e raspavam o cabelo delas... desenhavam suásticas na testa delas com batom... e faziam elas desfilarem pelas ruas sem roupa."

"E é nojento", a namorada dela diz, "porque nem todas elas estavam ficando com os alemães por diversão. Os maridos delas podiam não estar mais lá e elas podiam ser muito pobres e precisar de dinheiro ou comida para sobreviver... Ou talvez elas tenham sido forçadas a ter um alemão morando na casa delas, e o alemão não tenha deixado escolha..."

"Nossa, me desculpa", diz Theo. "É horrível."

"É terrível mesmo", eu concordo. "Mas vocês acham que pode ser o caso da Adalyn? Ela tinha dinheiro e morava com a família."

Todo mundo suspira.

O clima fica mais leve quando conto sobre minha descoberta no Facebook e como Paul e eu vamos nos reunir amanhã para decidir o que escrever para Ulrich Becker IV.

"O que vocês diriam?", pergunto ao grupo.

"*Ói*", diz Theo, tentando simular o melhor que pode um sotaque americano, o que já é hilário. "Você não me conhece, mas podemos ser parentes sem saber. Alguma chance de o seu pai ter escrito esta carta de amor que me fez passar mal?"

A gente se reveza lançando ideias engraçadas e se empanturrando com as comidas incríveis da Vivi até que ninguém aguenta mais uma mordida de qualquer coisa que seja, momento em que ela dá um pulo na cozinha e volta com uma bandeja cheia de biscoitos de chocolate. Quando Claudette tenta gesticular para desencorajá-la, Vivi parece de fato ofendida.

"Vocês ainda têm sete horas até o jantar", ela diz severa. "Comam!"

O restante do dia passa em uma bruma de sol, risadas e cheio da liberdade de não ter nada para fazer a não ser aproveitar o tempo junto com Paul. Depois do almoço, nós seis decidimos dar uma caminhada muito bem-vinda pelos jardins do palácio. Claudette lembra que as seções dos fundos têm entrada gratuita, mas a Vivi não quer saber. Para ela é tudo ou nada. Ela nos convence a comprar ingressos para os jardins opulentos logo atrás do palácio, onde você pode passear pelas cercas vivas ao som de música clássica como trilha sonora.

"Prometo que vale a pena", ela me diz, seus brincos de globo de discoteca balançando de um lado para o outro.

Assim que vencemos a fila da bilheteria, me dou conta de que ela estava certa. As plantas bem cuidadas parecem se estender ao infinito, como se tomassem o mundo todo. Na base da escada que desce da construção principal, vamos formando pares sem nos dar conta: Vivi e Theo; Claudette e Lucie; Paul e eu. Como ele já esteve aqui antes, deixo Paul me guiar pelo gramado principal até um belo lago com uma fonte no meio. Damos uma volta ao redor dele, rindo dos patos que deslizam na superfície da água com os pés para fora.

Há um menino agachado na beira da água, sua mão pequena e rechonchuda estendida em direção a uma das aves. Ele começa a cambalear perigosamente para a frente, momento em que seu pai corre e o toma em seus braços. Isso me traz de volta uma memória engraçada de quando eu era criança.

"Quando eu era pequena, caí no lago do Central Park", conto a Paul.

"Ah, não!", ele diz. "Você ficou bem?"

"Sim, não aconteceu nada comigo. Minha mãe me içou para fora assim que caí – eu mal entendi o que se passou."

"E como é que você caiu?"

Eu sorrio para mim mesma. "É um pouco constrangedor", digo.

"Agora você *tem* que me contar", insiste Paul.

"Tá bom. Eu... eu estava tentando conversar com as tartarugas."

Paul resfolega de tanto rir.

Eu o cutuco de brincadeira. "Eu tinha uns quatro anos, tá?"

"Desculpa", ele diz, sorrindo para mim e balançando a cabeça. "É a coisa mais adorável que eu já ouvi."

Depois da lagoa, exploramos os bosques sombreados ao lado. Mal consigo ouvir o que o Paul está falando sobre o projeto dos jardins, porque toda a minha atenção está no fato de que os meus dedos continuam roçando nos dele. Eu sei que já foram mais de três encontros, mas tenho certeza de que existe química aqui – eu posso *sentir*. Por fim, quando começamos a vagar de volta para o palácio, ele segura a minha mão e, embora eu esteja sem jeito demais para olhar para ele, posso sentir que nós dois estamos sorrindo.

Mais tarde, depois de outra refeição absurda, Vivi muda a festa para o terraço levando uma garrafa de vinho em uma das mãos e equilibrando mais uma bandeja de sobremesas caseiras na outra. Eu me aconchego na cadeira ao lado de Paul, perfeitamente satisfeita e delirante de felicidade.

Quase no mesmo instante, assim que Vivi estoura a rolha, ouve-se um estalo surdo no ar. Paul me dá um tapinha no ombro e aponta ao longe, e eu suspiro ao ver estrelas vermelhas, brancas e azuis explodirem no céu noturno sobre Versalhes. Vivi comemora e passa os braços nos ombros de Theo; Claudette e Lucie saltam e batem palmas. Eu fico dando umas olhadas para Paul enquanto assisto ao show, e todas as vezes o flagro olhando para mim em vez de para os fogos de artifício.

O espetáculo continua por um tempo e, depois de alguns minutos, todos voltam a se acomodar em seus assentos. A conversa passa a ser em francês, o que não me incomoda – eles ficaram só no inglês o dia todo, e fico feliz apenas em ouvir a língua e mordiscar um biscoito e observar Paul bebericar seu vinho.

Ninguém aqui bebe álcool para aparecer como o pessoal faz nos Estados Unidos. A Katrina Kim e a Bethany Mackler dividiram uma cerveja antes do baile semiformal de outono e começaram a virar estrelas pelo ginásio para que todo mundo soubesse o que elas tinham feito. O Paul, a Vivi e os outros não estão fazendo isso para se mostrar; eles bebem durante a conversa naturalmente. Eu experimentei vinho tinto na casa da Hannah algumas vezes, porque os pais dela são grandes colecionadores. Eu gostei, embora tenha parado antes que me desse qualquer tipo de tonteira. Eu não queria ter que explicar nada para os meus pais. Não vejo mal algum em beber um pouco agora – minha mãe e meu pai provavelmente vão estar na cama quando eu chegar em casa. Então, da próxima vez que a Vivi se oferece para encher as taças, estendo a minha. O conhecido gosto frutado e áspero me aquece de dentro para fora.

Meu celular vibra com uma mensagem de texto. No início da noite, escrevi para a minha mãe e perguntei se ela e meu pai estavam assistindo aos fogos de artifício. Sua resposta tem apenas quatro palavras:

"Não estou a fim."

É como se um bloco de concreto me arrastasse de volta para a Terra. Um minuto atrás, eu estava revivendo a lembrança da minha mão na do Paul, do sol brilhando e do cheiro de frutas cítricas no ar, mas agora tudo que consigo pensar é na minha mãe sentada naquele canto do sofá com os joelhos dobrados junto do peito, como sempre. Eu fico com vontade de chorar.

Digito uma resposta:

"Você prometeu que ia tentar se divertir hoje à noite!"

Estou tão desamparada agora. E com medo. Eu não consigo mesmo entender o que está acontecendo com ela. É como se eu tivesse voltado ao primeiro ano, quando a vovó me deixava em casa e eu corria para ver a minha mãe, que tinha voltado de outra consulta médica, e ela simplesmente não parecia animada em me encontrar. Ela parecia... nada. Vazia. Anestesiada. O meu pai me disse para eu não fazer perguntas. Tudo o que me restava era tentar animá-la, mas nada funcionava. Mesmo que eu seja mais velha agora, mesmo sabendo que nada *nunca* funcionou durante as fases da minha mãe, sinto que tem de haver alguma maneira de fazer com que ela se sinta melhor, eu só tenho que pensar bastante. Há alguns anos, durante a última delas, eu tentei escrever poemas para botar meus sentimentos para fora, mas eles não melhoraram de fato as coisas. Simplesmente acabaram indo parar bem no fundo da gaveta da minha escrivaninha, as cinzas das minhas emoções reprimidas.

O vinho me deixa alta. É gostoso. Ele ergue uma espécie de muro entre os sentimentos ruins e eu. Quando vejo minha mãe digitando sua resposta à minha última mensagem, tomo um grande gole. E depois outro. Opa... acabei de tomar a taça inteira. Isso já é mais do que eu bebi na casa da Hannah.

A mensagem da minha mãe aparece na tela:

"Desculpa se te decepcionei. Acho que sou uma decepção para todo mundo."

Meus dedos voam pelas teclas.

"Você não é uma decepção", digito. "A gente ama muito você, mãe!"

"Tá", ela escreve de volta.

Não estou mais com medo – estou frustrada. Nervosa. Eu queria que a minha mãe pelo menos *tentasse* esta noite. Quer dizer, talvez se ela de fato saísse do Airbnb, não ficaria tão infeliz. Alcanço a garrafa de vinho, mas ela está vazia. Eu quero mais. Deve ter outra lá embaixo. Vou descer e pegar. Quando eu me levanto, sinto minhas pernas bambearem, mas minha cabeça parece desanuviada, e isso é bom. Eu não tenho que pensar nas mensagens de texto da minha mãe. Onde fica mesmo a escada? Ah, aí está ela. Eu agarro o corrimão.

"Alice? Você está bem?"

É a voz de Paul.

"Estou bem. Volto num segundo."

Os degraus entram em foco. Eles giram e giram. Seguro o corrimão com as duas mãos. Por fim, estou de volta a um terreno plano. Tem uma garrafa de vinho tinto no balcão, mas não sei como mexer com o saca-rolhas. A-há! É só girar. Sucesso. Encho a minha taça. Eu me inclino e sorvo um gole para que não derrame. Está mesmo uma delícia. Quando terminar esta eu devia encher outra antes de voltar lá para cima. Sim, é isso que vou fazer.

"Alice, o que você está fazendo?"

É o Paul de novo. Ele está no pé da escada. Parece preocupado, mas não deveria estar. Sei exatamente o que estou fazendo. Só estou irritada.

"Eu estou bem, juro", digo.

"Para quem você estava mandando mensagem de texto lá em cima?"

"Minha mãe."

"Aconteceu alguma coisa?"

"Não foi nada."

"Parece alguma coisa."

"Não *seria* nada se ela apenas tentasse se ajudar."

Paul abre a boca para dizer alguma coisa, mas eu o interrompo.

"Eu sei o que você vai dizer, Paul." As palavras estão saindo antes de eu me dar conta. "Você vai dizer a mesma coisa que disse da última vez, que meu pai e eu devíamos sentar e conversar com ela."

Agora Paul está do meu lado. A mão dele está no meu ombro. Eu realmente não quero ouvir o mesmo conselho de novo, então agarro meu vinho e sigo batendo o pé para a varanda. Paul vem atrás. Eu me inclino contra a grade, vendo os fogos de artifício explodirem pela cidade.

"Alice, posso te contar uma coisa? É algo que eu não conto pra muita gente."

Eu gostaria que ele só viesse e assistisse aos fogos de artifício comigo. Eu não quero mais falar sobre isso.

"Você sabe que meus pais são médicos, certo? E que eles não queriam que eu fizesse faculdade de artes?"

Ele espera que eu diga algo, mas não estou com vontade de participar ativamente dessa conversa.

Ele continua.

"O que eu não te contei é que eles queriam *mesmo* que eu fosse para a faculdade de medicina. Mas, sabe, a faculdade de medicina na França é ridícula. Para ir do primeiro para o segundo ano, você tem que fazer uma prova impossível, e quase todo mundo não passa. Talvez quinze por cento consiga. Para passar, você tem que querer de verdade... e eu não queria. De jeito nenhum. Eu queria ser artista. Acabamos chegando à faculdade de design gráfico, mas eu ainda sentia que os meus pais não estavam muito orgulhosos de mim – especialmente meu pai.

"Aí, no último outono, quando comecei a universidade, eu estava muito, muito estressado. Eu tinha todos esses projetos e estava dando muito, muito duro, mas, ao mesmo tempo, sentia que estava decepcionando meu pai. A cada minuto, eu sentia que estava fazendo a coisa errada.

"Então, por fim, comecei a sentir o estresse de verdade. Estava andando na rua ou sentado na aula e tinha esses episódios horríveis em que de repente não conseguia respirar. Meu peito ficava todo apertado e era difícil enxergar, e eu achava mesmo que estava morrendo. Isso acontecia pelo menos uma vez por dia. E, claro, eu ficava com medo de ter mais desses ataques, então só saía de casa se fosse mesmo necessário. Só ficava no meu apartamento, sozinho... não fazia amigos... não terminava meus trabalhos da faculdade... realmente não fazia nada. E eu não falava sobre o que estava acontecendo porque, sabe, eu já estava com medo de que as pessoas estivessem decepcionadas comigo.

"Mas um dia, a Vivi apareceu no meu quarto. Acho que eu não tinha ido na festa de Natal dela na noite anterior. E ela disse: 'Paul, eu não vou embora enquanto a gente não falar sobre o que está acontecendo com você e descobrir como fazer as coisas melhorarem'. Alice, eu *nunca* teria tocado no assunto se ela não tivesse me falado isso. Ela me fez falar a respeito pela primeira vez, e ela me fez ir a um terapeuta, o que me ajudou muito, muito mesmo."

Ele está parado ao meu lado, olhando para o céu.

"Se a Vivi não tivesse conversado comigo, eu nunca teria resolvido o problema. Eu nunca teria ido à *boulangerie* e usado meu caderninho só para me divertir... e eu nunca teria conhecido você. Então... eu acho que você devia tentar."

Paul tenta segurar a minha mão de novo, mas eu a puxo e me recolho no canto.

"Alice?"

O que ele disse dói como sal na ferida.

Estou prestes a explodir de dor.

"Paul, você acha que eu não *tentei* até agora?" Estou fervendo. "Minha mãe tem esses episódios estranhos vez ou outra desde que eu estava no primeiro ano. O que você acha que eu faço toda vez que ela..."

"Alice... Eu não sabia... Eu não queria te ofender... Eu só estava tentando..."

"Me dizer que eu claramente não me importo com a minha mãe tanto quanto a sua irmã se importa com você?"

Paul me olha como se eu tivesse acabado de dar um tapa na cara dele. Que bom. Ele acha que pode vir e consertar minha família assim, mas ele não conhece a gente. Ele não conhece os nossos problemas. E ele não entende que minha família nunca falou sobre um único sentimento, nem uma vez na vida.

"Não foi isso que eu quis dizer", diz Paul baixinho.

Ele está tentando fazer as pazes, mas ainda estou furiosa.

"Eu faço o que posso para ajudar ela..."

"Eu acredito em você, me desculpa..."

"E eu não preciso que me critique", desato. "Posso lidar com isso sozinha. Provavelmente vou vender aquele apartamento idiota e seguir em frente."

"O quê?", pergunta Paul.

Não estou com vontade de explicar.

Os fogos de artifício já estão quase acabando. Está mais silencioso agora. O céu está preto. Eu fico lá de braços cruzados, respirando pesado. Não consigo acreditar que hoje mais cedo a gente estava de mãos dadas sem se preocupar com nada no mundo.

"Eu sinto muito mesmo", diz Paul depois de um ou dois minutos. "A gente pode conversar sobre o que aconteceu?" Ele para e morde a boca. Sua boca linda. Eu não posso olhar para ele agora. "Você quer me contar sobre a sua mãe? E o que você quer dizer com 'vender o apartamento'?"

Conversar, conversar, conversar. O Paul deve achar que pode resolver tudo apenas conversando. Ele provavelmente quer mostrar como isso pode ser *produtivo*.

"Acho que só quero ir para casa", respondo.

Seu rosto vai de desesperado a derrotado.

"Tem certeza?"

"Tenho."

Subimos as escadas e nos despedimos da Vivi, do Theo, da Claudette e da Lucie, que vão passar a noite no apartamento. Em seguida, Paul chama um táxi para nos levar à estação de trem. A bordo, me jogo contra a janela e fecho os olhos para a paisagem escura que passa.

Percorremos todo o caminho de volta a Paris em silêncio.

10 *Adalyn*

Às dez e meia, sigo as instruções no pedaço de papel e rumo para a extremidade sul do Parc Monceau. Conto os bancos do parque e encontro o terceiro antes do final, ao lado do poste. Eu me sento, tentando aparentar indiferença, mas meu coração está disparado. Será que ele está me observando agora? Tem gente por toda parte, e ele pode ser qualquer um: o homem de negócios com o guarda-chuva preto, o senhor idoso com a bengala de madeira, o pai lendo um livro ilustrado para a filha pequena.

Uma sombra se projeta no meu colo e, num piscar de olhos, tem um homem sentado ao meu lado. Ele talvez esteja na casa dos sessenta anos, com uma barba grisalha desgrenhada e um rosto que parece um tronco de árvore nodoso. Uma cicatriz funda atravessa sua bochecha verticalmente, como se a casca tivesse sido atingida por um raio.

Então... este é o homem que chamam de Geronte.

"Se você está planejando pegar o trem, ouvi dizer que eles estão atrasados hoje", ele fala rispidamente.

Essa é minha deixa. Em um movimento rápido, saco a metade do bilhete do bolso e entrego a ele. Ele segura nossas duas metades juntas, balança a cabeça secamente e as enfia no bolso da camisa.

"Preciso que você decore o que estou prestes a lhe dizer", ele grunhe. "Pode fazer isso?"

"Sim", respondo.

"Vá a rue Cambacérès, 27, amanhã de manhã", diz ele. "Diga à zeladora que você está lá para apanhar um pacote para o seu tio, e ela vai lhe entregar um envelope. Haverá cartas e endereços dentro. Você vai entregá-las até o final da semana."

Esse deve ser o tipo de trabalho que o Luc estava fazendo. Eu me lembro das olheiras e das rugas de preocupação que tinham se formado no seu lindo rosto.

"Sim, senhor."

Geronte grunhe.

"Então você é a garota que eles estampam em todas as revistas... aquela que vai a todas as festas", diz ele, ainda olhando para a frente. "Luc fala muito bem de você."

Meu coração bate ainda mais rápido. "Isso é muito gentil da..."

"Vou ter que avaliar por mim mesmo, é claro."

Luc sempre encarou como uma vantagem eu manter uma vida social ativa. Geronte, posso perceber, é mais cético. Eu entendo; até onde ele sabe, eu poderia correr e contar aos alemães na próxima festa da madame Marbot sobre o pacote que está na rue Cambacérès, 27. Mas preciso que ele saiba que pode confiar em mim. Preciso que ele veja como sou confiável.

Devo contar a ele a ideia que me ocorreu enquanto ouvia Ulrich, no Hotel Belmont.

"Geronte, ontem à noite conheci o alemão que gerencia os horários dos trens na Gare de l'Est."

Eu paro para ter certeza de que ele está interessado.

"Vá em frente", ele diz.

"Tenho tão pouco interesse em confraternizar com os alemães quanto tenho certeza de que você tem, mas esse homem revelou muitos detalhes sobre os suprimentos que estão indo e vindo da Alemanha."

"E por que você acha que ele fez uma coisa tão idiota?"

"Porque ele pensou que estava falando com uma garota inofensiva."

Geronte grunhe novamente. Ele não deve estar interessado. Deve ser o jeito dele de me dispensar. Envergonhada por ir além da simples tarefa que ele me pediu, ajeito meu cachecol e me levanto.

"Aonde é que você pensa que está indo?", Geronte rosna, me fazendo parar. Ele dá um tapinha no lugar do banco onde eu estava sentada. "Sente-se e me conte cada uma das palavras que esse homem disse."

Duas semanas depois, madame Marbot planeja outro salão. Eu me aflijo por horas pensando em como me explicar para Chloe, até que, por fim, traço um plano: digo a ela que vou ao salão para ficar de olho em Maman, para garantir que ela não entre em contato diretamente com qualquer alemão. Por incrível que pareça, Chloe não apenas acredita em mim – ela *gosta* da ideia.

"Eu queria que ela nem fosse a essas festas, mas isso me faz sentir um pouquinho melhor", ela sussurra na escuridão. Não é uma noite terrivelmente fria, mas decidimos dividir a cama dela mesmo assim. "A Maman precisa de alguém para mantê-la sob controle", Chloe continua. "Ela fala com *qualquer um*. Especialmente quando ela está bebendo champanhe."

"As LaRoche vão estar lá", digo a ela. "Posso garantir que a gente fique conversando com elas a noite toda."

Chloe geme em seu travesseiro. "Outra noite inteira com as LaRoche? Ah, Adalyn", diz ela, "você é uma santa."

Então Maman e eu voltamos para o Hotel Belmont. Encontro Ulrich no mesmo local perto da lareira, e ele ainda está com saudades de casa e, portanto, está muito feliz em me ver. Eu deixo que ele converse comigo a noite toda, absorvendo suas palavras como uma esponja.

Já no dia seguinte, encontro Geronte no banco do parque para arrancar de mim cada detalhe.

Setembro vira outubro e o país fica cada vez mais perto do que com certeza vai ser outro inverno brutal. Em novembro, ficamos sabendo que a Alemanha invadiu a Vichy francesa, dissolvendo a fronteira entre as zonas Ocupada e Não Ocupada. Estamos todos juntos na mesma prisão agora. Em Toulon, a Marinha Francesa afunda deliberadamente dezenas de seus próprios navios para que eles não fossem tomados pelos alemães. Essa pequena vitória melhora meu ânimo, mesmo que por pouco tempo.

Pelo menos todo mundo vê que Pétain não passa de um fantoche alemão agora. Para qualquer um que ainda estava repetindo para si mesmo que o Velho Marechal salvaria a França como fizera na Grande Guerra, já é impossível adiar ainda mais sua descrença. Geronte diz que mais e mais pessoas estão aderindo ao movimento de resistência.

Em casa, Maman não elogia mais Pétain, embora ainda tente como pode se manter positiva. Depois de ler a notícia da invasão no *Les Nouveaux Temps*, ela calmamente dobrou o jornal e o colocou em seu colo. Na poltrona ao lado dela, Papa – que também tinha visto a matéria – estava encarando o chão entorpecido. Maman esticou o braço e apertou a mão dele. "Vamos ficar bem, meu amor", disse ela. "Vamos só continuar vivendo nossa vida e esperar para ver o que acontece."

Enquanto isso, continuo passando informações de Ulrich para Geronte, enquanto também arranjo tempo para concluir minhas novas atribuições. Levo mensagens de um lado para o outro, de uma mão estranha para a outra. Estou constantemente exausta de correr e me esconder por toda a cidade, mas a lembrança de Arnaud me faz continuar lutando, bem como Luc disse.

Em uma manhã de neve em dezembro, Chloe e eu colocamos todos nossos cobertores um em cima do outro na minha cama e nos aconchegamos debaixo deles para nos manter aquecidas. É assim que dormimos também nas noites mais geladas. O frio congelante já está caindo sobre Paris, e não há carvão o bastante para manter o apartamento tão aquecido quanto gostaríamos. Quando fui buscar nossas rações na outra semana, o homem me entregou só três sacos de carvão.

"Isso é para o mês todo?", perguntei sem acreditar.

"Não", respondeu ele, "isso é para o inverno todo."

Hoje, para fazer o tempo passar, Chloe e eu lemos os poemas de Baudelaire em voz alta, nos revezando para virar as páginas para que nossos dedos não ficassem gelados demais. Estamos usando nossos casacos mais quentes mesmo dentro de casa e ainda estamos tremendo.

"Nunca mais quero sair desta nossa toca", Chloe diz.

"Nem eu, mas vou ter que sair mais tarde", eu a lembro. Vai ter outra festa no Hotel Belmont esta noite.

"Imagino que os alemães vão estar lá, certo?", Chloe pergunta sombriamente.

"Sim, acho que sim", digo a ela. "Vou distrair Maman a noite toda."

Manter esses segredos nunca fica mais fácil. Como eu adoraria contar para a Chloe por que eu estou de verdade tão ansiosa para ir a essas festas – como eu adoraria ver o alívio, a *animação* espalhar-se pelo rosto dela... mas eu sei que não devo. Outro dia mesmo, o Geronte me contou uma história terrível sobre o marido de uma mulher que ele conhecia, membro da Resistência. A Gestapo sabia que o homem tinha informações, então o levaram para interrogatório. Eles o torturaram com uma faca e o cortaram fundo demais.

O homem sangrou até a morte sob custódia dos alemães.

"Adalyn", Chloe diz, "você *jura?*" Seus olhos procuram meu rosto.

"Juro o quê?"

"Que você só está mesmo de olho na Maman. Que você não está tendo nenhum... nenhum tipo de *relação* com o inimigo."

Eu enrugo meu nariz.

"Relação! De jeito nenhum, Chloe. Por que você pensou nisso de repente?"

"Uma amiga minha. Ela descobriu que a irmã dela saiu com um deles. Eu fiquei preocupada com isso..."

"Você não precisa se preocupar, Chloe."

Eu solto uma risada forçada na tentativa de dissipar a tensão. Chloe se junta a mim, mas a risada não soa totalmente natural, e há uma expressão estranha em seu rosto. É difícil dizer se ela acredita mesmo em mim – e o fato de que devo continuar a mentir para ela me consome como um monstro com dentes afiados. Tudo o que posso esperar é que um dia essa guerra acabe e ela então saiba a verdade.

Antes de me preparar para o salão, devo ir a um endereço que Geronte me passou em nosso último encontro. "Preciso que você me ajude com uma coisa", ele disse em um encontro no banco do parque. Ele não me deu mais detalhes, exceto onde e quando eu teria que encontrá-lo. Eu assenti com a cabeça e tudo ficou combinado.

Dizendo à minha família que eu ia sair em busca de mais carvão, para que eles não suspeitem quando eu voltar de mãos vazias, eu me enrolo nas minhas roupas mais quentes e saio para o frio em busca do abrigo próximo. Estou aliviada que o endereço seja no Nono *Arrondis-semnt*, mas mesmo assim meu rosto e minhas mãos estão vermelhos e dormentes quando chego ao prédio na rue d'Astorg.

Dou as batidas com o código na porta do apartamento e Geronte abre. Ele me cumprimenta como é seu costume – uma fungada e um movimento brusco com a cabeça para cima, como um cão de caça.

"Venha comigo", ele diz.

Geronte me guia por um corredor de aparência comum até um quarto sem janelas, e, lá dentro, sentado na cama de solteiro, há um homem alto com ombros largos e queixo pronunciado. Ele salta de pé quando entramos no quarto.

"*Bon-djur*", diz ele.

Ah! O sotaque dele é esquisito. Ele deve ser americano.

"O avião dele foi derrubado há cerca de um mês", explica Gerard. "Um amigo meu o encontrou escondido em sua propriedade. Ele perguntou se eu podia ajudar a tirá-lo da França para que ele pudesse voar novamente. Eu disse que não fazia ideia, mas que tentaríamos."

Eu troco um aperto de mão com o piloto.

"É um prazer conhecê-lo", digo.

Ele abre um sorriso de desculpas.

"Não fala um pingo de francês", acrescenta Geronte.

Eu me viro para Geronte. Estou lisonjeada por ele ter me escolhido para ajudar.

"O que posso fazer?"

"Esse homem precisa de um guia para ir de trem com ele até Chartres", diz ele. "Outra pessoa o levará de lá para Vendôme, e então ele vai tomar o caminho da Espanha."

Geronte repassa os detalhes da missão para mim e, em seguida, para o piloto num inglês péssimo. É assim que vai ser: vou caminhar à frente do piloto e indicar a ele o caminho. Não falaremos um com o outro – não que a gente pudesse, se quisesse. Vamos agir como se não nos conhecêssemos, como se fôssemos apenas dois estranhos aleatórios no mesmo trem. Se alguém fizer perguntas ao piloto, ele vai mostrar um bilhete explicando que é surdo e mudo. Não pode deixar que o sotaque dele o denuncie.

"Quando vai ser isso?", pergunto a Geronte.

"Amanhã", diz ele.

Eu volto para casa atordoada. Fico o resto da tarde repassando o plano na minha cabeça e, a cada vez, fico mais nervosa.

Mas eu tenho que tentar apagar o medo da minha mente, porque primeiro tem a festa no Hotel Belmont. Cerrando bem os sobretudos em nosso corpo, Maman e eu saímos para o ar congelante, que está mais frio do que quando saí mais cedo, porque o sol se pôs.

Ulrich está me aguardando perto da lareira. Ele já está até com dois copos de conhaque esperando na mesinha entre nossas poltronas. Ele fica de pé imediatamente quando eu me aproximo. "É sempre um prazer ver você entrar neste salão", diz ele.

Trocamos gentilezas, e então passo para o meu estilo de conversa de costume, fazendo perguntas aparentemente inocentes sobre com quais trens ele vai lidar amanhã. A essa altura do meu trabalho, já consegui ter uma noção aproximada da frequência geral em que as armas alemãs estão chegando a Paris através da Gare de l'Est. Tento pensar só em repassar essas últimas informações para Geronte, e não no rosto preocupado de Chloe se perguntando se eu estou tendo qualquer *relação* com algum alemão.

Tarde da noite, enquanto a festa vai morrendo, a voz de madame LaRoche ecoa da sala ao lado.

"Mais um drinque antes de ir embora, Odette! Vamos lá!"

Olho pela porta a tempo de ver uma madame LaRoche alta conduzindo Maman, ainda mais alta, pela multidão que mingua cada vez mais. As duas devem ter se divertido à beça esta noite. Pouco antes de sumirem de vista, Maman tropeça em um tapete e agarra um garçom para se equilibrar.

"É melhor eu ir embora logo", digo a Ulrich, que assente.

"Antes de você ir...", diz ele, com a voz ficando mais baixa. Ele enfia a mão no bolso do paletó e tira um pacote de papel pardo, junto com um bilhete.

"Ah, Ulrich... o que é isso?"

"Uma coisa para você. Não é nada demais."

Ah, não. Eu não quero nenhum tipo de presente de um alemão, mas que opção eu tenho? Este é o papel que tenho que desempenhar.

Abro primeiro o bilhete. Diz:

Minha querida Adalyn,
Agradeço as muitas noites que passei ao seu lado. Seus lindos olhos e suas histórias maravilhosas atenuam a dor de estar tão longe de casa. Se não posso estar em Berlim, fico feliz por estar aqui em Paris com você. Eu lhe dou este presente na esperança de mantê-la aquecida durante o inverno.
Atenciosamente,
Hauptmann Ulrich Becker III

Eu sorrio para ele graciosamente. O bilhete poderia ter aquecido meu coração se não tivesse sido escrito por alguém usando o uniforme de Ulrich. Eu o guardo no meu bolso.

A seguir, o pacote. Abro o papel e meus dedos tocam algo liso e macio.

"É couro", diz Ulrich. "Da Alemanha."

Ele me deu um par de luvas muito bonito, do tipo que você dificilmente encontraria em Paris hoje em dia. Está muito frio lá fora e não temos aquecimento mais da metade do tempo, e imagino que, se devo aceitar um presente do Ulrich, que pelo menos seja algo útil.

"São lindas", digo a ele. "Obrigada."

"De nada", ele responde.

A última taça de champanhe não fez nada bem a Maman. Ela escorrega e tropica nas ruas geladas por todo o caminho de volta, e eu faço o que posso para mantê-la em pé. Os cinco lances de escada são como um martírio, mas a faço passar pela soleira do apartamento.

Ao barulho da porta, Chloe perambula até o saguão com um cobertor nas costas. Ela não saiu com as amigas esta noite e deve estar ansiando por interação humana.

"Vocês chegaram", ela diz.

"Foi uma noite *maravilhosa*", diz Maman alto demais. Ela está arrastando as palavras.

"Sim", diz Chloe, "estou vendo."

E então os olhos da minha irmã se estreitam. Não é para Maman que ela está olhando, mas para mim. Tarde demais, percebo meu erro. Eu deveria ter tirado as luvas antes de chegar em casa, mas estava ocupada cuidando da Maman.

Em uma voz tão baixa e tão mortal quanto veneno, Chloe pergunta: "De quem são essas luvas?"

Rápido, Adalyn.

Eu poderia dizer que uma das gêmeas me emprestou.

Ou que as encontrei no meu armário, um presente esquecido de antes da guerra.

Bem quando estou prestes a contar uma mentira para ela, Maman, alheia à minha situação, profere uma resposta no volume máximo:

"Elas foram um presente do alemão dela!"

Nem mesmo *um* alemão – o alemão *dela*. Como se ele pertencesse a mim.

Chloe e eu congelamos. O cobertor cai no chão. Parece que tudo está encolhendo: o chão, as paredes, o ar na sala. Meu próprio coração – acho que meu peito está se fechando em volta do meu coração. Isso é possível? Chloe está irada. A mandíbula dela está projetada para a frente; o lábio dela está eriçado. Eu quero me defender, mas não posso. Tenho que ficar parada enquanto a pessoa que mais amo no mundo decide que sou o pior pesadelo que ela podia imaginar.

Papa vem arrastando os pés pelo corredor, o roupão dele engolindo seu corpo magro. A essa hora ele geralmente já está na cama, mas deve ter sido atraído pela voz alta de Maman.

"Está tudo bem?", ele pergunta tateando.

Chloe me encara, quase me desafiando a falar primeiro.

Maman passa na frente de nós duas. Lançando os braços ao redor do pescoço do Papa, ela grita: "Está tudo maravilhoso!"

Ela precisa parar de gritar assim. Imediatamente. *Nada* está maravilhoso. O tecido da minha vida está se desfazendo tão rápido que eu não consiga mantê-lo inteiro.

"Adalyn", Chloe diz, e sua voz é baixa, suplicante, como se ela estivesse desesperada para chegar até mim. "Me diz que não é verdade. Me diz que a Maman não está falando sério, Adalyn."

Eu queria que ela tivesse explodido. Eu queria que ela tivesse gritado comigo ou jogado alguma coisa em mim. Ainda machucaria, mas não tanto quanto ver o lábio da minha irmã tremer ao me encarar. Não tanto quanto ver a esperança nos olhos dela ainda acesa logo antes de eu dizer as piores palavras que ela poderia imaginar:

"É verdade."

Ela fixa o meu olhar por mais um momento. A última chance fugaz de eu retirar o que disse. Ali parada, com as mãos enluvadas caídas, impotente, lembro do que Papa me fez prometer assim que tive idade suficiente para entender: *Proteja sua irmãzinha, Adalyn. Não a deixe sofrer. Eu gostaria de ter feito o mesmo pelo meu irmão mais novo.*

No momento, não sou capaz de não deixar Chloe sofrer.

Não, é pior do que isso.

Agora, eu sou a *fonte* do sofrimento da minha irmã. Eu sou o pior sofrimento que ela já sentiu na vida. Está estampado no rosto dela.

"Mas você não pode fazer isso", ela implora. "Você não pode confraternizar com os alemães... não enquanto o resto do mundo está morrendo nas mãos deles..."

"Os alemães podem ficar aqui para sempre, Chloe!", Maman grita. "Você *tem* que se acalmar."

"Eu *não vou* me acalmar", Chloe grita de volta. Então ela se vira para o nosso pai, com lágrimas nos olhos. "Papa, por favor, Papa", diz ela, "me fala que eu não estou inventando isso. Diga a elas que o que elas estão fazendo é errado."

Papa enfia as mãos nos bolsos do roupão. Maman ainda está junto dele, a cabeça apoiada em seu ombro.

"Eu não quero me meter nisso", ele murmura.

Chloe olha para cada um de nós de cada vez, e eu sei que ela está nos dando uma última chance de nos explicarmos. Primeiro para Papa, que evita o contato visual. Então para Maman, que está em seu próprio mundo de sonho. E, finalmente, para mim.

"É essa pessoa mesmo que você quer ser, Adalyn?"

Eu poderia consertar isso em um instante. Eu poderia botar todos os meus segredos dos últimos dois anos para fora aqui, agora. Seria tão bom.

Eu ouço a voz de Luc na minha cabeça.

Você não pode contar a ninguém o que está fazendo – você está entendendo? Para ninguém. Nem para a sua família.

Eu sabia que seria difícil, mas não desse jeito.

"Eu sinto muito", digo para Chloe. "Sinto mesmo."

Chloe respira fundo. Ela apanha o cobertor do chão. Quando ela volta a falar, sua voz está estranhamente calma.

"Para mim já deu com todos vocês", ela diz. "Já deu de fazer parte desta família doente e colaboracionista. Se eu pudesse morar em outro lugar, eu moraria, mas eu não quero ter que *explicar* sobre vocês a nenhum dos meus amigos. Mas um dia... um dia, eu espero nunca mais ter que ver nenhum de vocês de novo."

Chloe vai batendo os pés para o quarto dela e, em estado de choque, eu sigo para o meu. A primeira coisa que faço é arrancar as luvas. Enquanto tiro as roupas com as mãos trêmulas, encontro o bilhete de Ulrich dentro do meu bolso.

Eu quero queimá-lo agora mesmo.

Mas ir até a cozinha significaria passar pelo quarto de Chloe, e não posso arriscar outro confronto. Também não estou com vontade de ver meus pais, e acho que eles estão na sala de estar. É melhor só ir para a cama de uma vez. Posso esquecer o que aconteceu esta noite, pelo menos por um tempo.

Em vez de lançá-lo nas chamas, coloco o bilhete de Ulrich na última gaveta da minha escrivaninha, a que nunca uso, e fecho com toda a minha força.

Tomo o trem para Chartres. *Não pense na Chloe.* Paro no corredor e finjo estar procurando alguma coisa na minha mala para garantir que o piloto me acompanhe. *Não fique imaginando o que a Chloe está pensando agora.* Encontro um vagão com dois assentos vazios lado a lado. *Concentre-se no que você precisa fazer, Adalyn.*

Dá para perceber que o piloto está nervoso. A testa dele está suando, mesmo em dezembro, e ele precisa enxugá-la toda hora com um lenço. Ele tem um caminho longo e tortuoso pela frente; esta viagem até Chartres e depois até Vendôme é só o começo. Quando descer toda a França até o sul, ele vai ter que cruzar os Pirineus para a Espanha e, de lá, ir para a Grã-Bretanha por ar ou mar. *Eu cruzaria os Pireneus em pleno inverno se isso significasse que a Chloe me perdoaria de alguma forma.*

Estou começando a ficar com medo que o nervosismo desse piloto o denuncie. Além do suor, ele não para de se mexer no assento e de verificar os bolsos para ter certeza de que seus documentos ainda estão lá. Quando o condutor passa para apanhar nossas passagens, o olhar dele se fixa no piloto e em suas roupas desencontradas por um ou dois segundos a mais do que o normal. A suspeita em seus olhos é real ou estou imaginando por causa do medo?

Fico a maior parte da viagem olhando pela janela, pensando na noite anterior e vendo cidade após cidade passar voando. É assim que me dou conta de que nosso trem para inesperadamente cerca de uma hora depois do início de nossa viagem. Essa não é uma parada planejada. Estamos entre estações.

"O que está acontecendo?", pergunta um homem idoso em nosso vagão.

Com o coração batendo forte, sigo para o corredor e tento ter um vislumbre do que está se passando. Seguindo minha deixa, o piloto também deixa seu assento. Ouvimos passos atrás de nós, seguidos por uma pequena tosse.

É o mesmo condutor de antes.

"Os alemães estão embarcando para uma inspeção", diz ele em voz muito baixa, para que ambos possamos ouvir. "Eles nunca verificam os banheiros."

Então ele me contorna e segue pelo corredor.

O condutor segue adiante sem falar com mais ninguém.

É uma armadilha ou ele está tentando nos ajudar? Se tenho certeza de uma coisa é de que não quero ver o que vai acontecer quando meu piloto com os nervos à flor da pele ficar cara a cara com um soldado alemão armado. Eu o guio sem dar um pio em direção ao banheiro, e quando tenho certeza de que ninguém está olhando, o agarro pela manga e o puxo para dentro comigo, fechando a porta com força e trancando-a bem.

É um espaço minúsculo – apertado para um só passageiro; certamente não há espaço suficiente para dois. As roupas dele estão úmidas ao toque e posso sentir o cheiro de seu suor. Ele está com tanto medo quanto eu.

"*The Germans are here*", sussurro em inglês, e ele parece entender.

É difícil dizer quanto tempo se passou. Dez... vinte... trinta minutos... tudo que eu quero é que o trem comece a andar novamente. Escuto alguma coisa – ah, não. São baques surdos, que só podem ser uma coisa: botas alemãs. E elas estão se aproximando. *Tum, tum, tum*. Agora elas estão bem do lado de fora da porta.

Eu sinto as batidas do coração do americano contra minha bochecha.

A maçaneta da porta gira.

É isso. Acabou.

Mas então ouço a voz do condutor: "Temo que esteja em manutenção".

O giro se interrompe. Um alemão resmunga alguma coisa sobre como a indústria francesa é inferior. *Tum, tum, tum*. Os passos desaparecem até eu não conseguir mais ouvi-los e todo o meu corpo relaxa.

O piloto solta um suspiro de alívio.

Esse condutor acabou de salvar nossas vidas.

Quando finalmente descemos na Gare de Chartres, estou grata por ter concluído essa tarefa. Eu mostro ao piloto a plataforma onde vai começar a próxima etapa de sua jornada, e então, sem sequer um aceno de despedida – o que parece estranho, dado tudo o que passamos juntos – caminho para uma plataforma diferente, onde vou pegar o próximo trem de volta a Paris.

Pelo menos essa parte do plano deu certo. O próximo trem vai chegar em alguns minutos. Do outro lado dos trilhos, posso ver o piloto. Ele se senta em um banco vazio e vasculha a plataforma em busca de seu próximo contato, que é uma mulher usando um sobretudo marrom e chapéu da mesma cor.

Deve ser ela, subindo os degraus. Por que ela está se deslocando tão rápido? Por alguma razão, ela dispara pela plataforma como um coelho sendo caçado. Ela vai direto até o piloto e fala no ouvido dele, como se estivesse tentando avisá-lo de algo.

Isso não está certo.

Eu assisto de longe enquanto a cena desesperadora se desenrola. O piloto fica de pé e tenta correr, mas não vai longe. Soldados alemães aparecem no alto de duas escadas, cercando o piloto e a mulher de sobretudo marrom entre eles. Eles brandem suas armas. Eles cospem ordens. O piloto e a mulher caem de joelhos, com as mãos para o alto.

Dois soldados correm para agarrá-los – e então o trem para Paris chega ruidoso na estação, cortando minha visão.

Embarco, tremendo da cabeça aos pés. Eu tropeço em um compartimento vazio e bato a porta atrás de mim.

Me desfaço em lágrimas.

A viagem de volta a Paris é uma agonia; luto para não chorar mais. O pânico percorre meu corpo como tiros, e não tenho para onde me voltar. Luc está na clandestinidade. Arnaud se foi. Minha própria família não sabe quem eu realmente sou, e minha irmã me despreza por razões que não são verdadeiras. Estou presa em um campo de batalha sem nenhum aliado.

Que bem nós, da Resistência, estamos realmente fazendo, correndo para cima e para baixo por aí com nossos papéis e fragmentos de informação idiotas? Nós não impedimos os alemães de tomar a França inteira. Não podemos mudar o rumo da guerra. Pessoas inocentes estão arriscando a vida por nada. O piloto era jovem, não tinha mais do que 25 anos, e agora pode nunca mais ver sua casa – e eu não consigo deixar de pensar que tive algum envolvimento nisso.

É tudo muito real. O peso disso está me sufocando. Não consigo continuar assim.

Quando desço do trem na Gare Saint-Lazare, estou vazia por dentro. Eu sigo em direção à saída, mas, no meio do caminho, me vejo bloqueada por uma espécie de procissão.

Há dois carregadores de rosto vermelho na frente, lutando para segurar uma pilha de baús mal equilibrada entre eles. Por que eles não estão usando um dos carrinhos?

"*Schneller! Schneller!*"

Tem um grupo de soldados alemães seguindo os carregadores, rindo enquanto gritam para os franceses andarem mais rápido com a bagagem deles. É um desfile de crueldade. Quando o mais velho dos dois carregadores tem que parar para recuperar o fôlego, um alemão grita com ele chamando-o de fraco; outro sugere que é por isso que os franceses foram derrotados com tanta facilidade. Mais risadas.

Há um momento eu pensei que estava vazia por dentro, mas estava enganada. O fogo estava em mim o tempo todo. Ele só precisava ser alimentado.

Enquanto observo os alemães passarem, as chamas se transformam em um incêndio imenso. Como pude pensar em desistir? Eu acerto minha postura e saio para a noite gelada.

Quase não sinto o frio.

11 *Alice*

Estou me sentindo péssima.

Na manhã seguinte à festa, acordo com uma dor de cabeça de rachar. Quando me sento na cama, fico enjoada na hora e corro para o banheiro bem a tempo de vomitar um jato de vinho Borgonha da noite anterior no vaso sanitário. Passo meia hora de agonia no chão de ladrilhos. Por fim, tiro o pijama e entro no chuveiro. Eu nunca mais vou beber de novo na vida.

A água quente me faz bem. Eu a imagino lavando todas as lembranças de Versalhes e levando-as pelo ralo. Sempre que me lembro de mais um detalhe da briga, esfrego meu corpo com mais força com a barra de sabonete marrom e áspera. Minha pele está vermelha e arranhada quando fecho a torneira. Eu me enrolo em uma toalha e escovo os dentes. Já me sinto melhor do que há quinze minutos.

Estou vestindo um pijama limpo quando meu celular acende ao receber uma mensagem de texto. É o Paul.

"Oi, Alice. Lamento muito o que aconteceu ontem à noite. Eu queria te ajudar a superar um momento difícil, mas vejo que só piorou as coisas. Eu gostaria de conversar sobre isso, se você quiser. Me avisa."

E então eu fico enjoada de novo. Não, Paul, não quero conversar sobre isso. Eu quero esquecer que isso aconteceu.

Eu fecho os olhos apertado e esfrego minhas têmporas, mas não consigo conter o último fluxo de lembranças. Não são os detalhes do que o Paul falou que mais me lembro, mas de como eu me senti ao ouvi-lo.

Eu fiquei frustrada com as mensagens de texto da minha mãe; furiosa com o Paul por ele achar que sabia o que era melhor para a minha família. E outra coisa – algo que eu não consigo definir, mas que foi o pior sentimento de todos.

Vou apenas ignorar a mensagem de texto por enquanto.

Três dias depois, ela ainda está lá sem resposta. Eu não estou mais brava; só quero que a gente volte ao normal. Deitada na cama olhando para o meu celular, tento abrir o Instagram para me distrair, mas, em vez disso, aperto acidentalmente no ícone da minha biblioteca de fotos. Uma onda de tristeza me devasta quando vejo a imagem fora de foco de Paul avançando para segurar meu copo de café na ponte. A determinação no rosto dele – ela me fez rir histericamente na hora. Agora a foto me faz sentir tanto a falta dele que nem consigo olhar para ela.

Estar perto de Paul era demais. Nossa conversa fluía fácil, como se sempre tivesse acontecido. Ele ouvia com atenção e fazia todas as perguntas certas quando falava sobre a minha família. Ele se ofereceu para me ajudar sem pedir nada em troca. E depois tinha as pequenas coisas, como ele sempre sorria, por exemplo, quando eu passava pela entrada da livraria e como ele segurou a minha mão enquanto a gente passeava pelos jardins em Versalhes. Nenhum cara tinha feito esse tipo de coisa comigo antes.

Por que é que eu fui ficar com tanta raiva?

Você sabe por quê, diz a voz lá no fundo da minha cabeça.

É verdade. Tive três dias para pensar sobre o que aconteceu lá na varanda e agora sei exatamente qual é o sentimento que eu não conseguia identificar.

Vergonha.

Eu sabia que o Paul estava certo, que eu devia sentar e conversar com a minha mãe em vez de ficar rodeando o problema.

Quero dizer, eu mal sei qual é o problema com a minha mãe. Eu sei que ela fica para baixo quando está triste o tempo todo e não quer sair ou fazer nada. E eu sei que ela passou por uma fase bastante difícil quando eu estava no primeiro ano, e eu tive que passar todo aquele tempo na vovó. Fora isso, estou basicamente no escuro, porque minha família não faz ideia de como se comunicar. É constrangedor. Para piorar as coisas, em vez de admitir tudo isso para o Paul, que só estava tentando ajudar, eu o ataquei. Mas eu não estava com raiva dele de verdade. Eu estava com raiva da gente.

Ah, meu Deus, eu sou uma idiota.

Eu fico encarando a mensagem de texto de Paul de três dias atrás na tela. O que eu devo dizer para melhorar as coisas? Por que sou tão ruim nisso?

Alguém bate na porta do quarto.

"Entra", eu digo.

Meu pai abre a porta com cuidado. Mais uma vez, ele entra no quarto como um agente secreto e a fecha atrás de si.

"Pai, o que você está fazendo?"

"Tive uma ideia", sussurra ele, atravessando o quarto pé ante pé para se sentar na beira da cama. "Mais uma ideia para tentar animá-la." Os olhos dele estão brilhando, como se ele tivesse acabado de encontrar a solução mágica para isso que está acontecendo com a minha mãe. Lá vamos nós de novo, rodear o problema.

"O que é?", pergunto com cautela.

"Então, eu estava pensando... a gente está em *Paris*. A capital mundial da gastronomia. E se, em vez de preparar o jantar hoje à noite, a gente fizesse uma surpresa e levasse ela para um jantar bacana de verdade, talvez ela fosse gostar. Um lugar que ela fosse gostar."

"Pai..."

"Pesquisei um pouco no Yelp e acho que encontrei alguns lugares que parecem ótimos onde a gente não precisa fazer reserva. Estou inclinado para um bar de ostras no Marais – você sabe que a sua mãe adora ostras –, e tem essas paredes lindas de tijolos à vista e teto de madeira, e..."

"Pai." Eu digo mais alto desta vez. "Não sei se é isso que a gente deve fazer."

Ele parece surpreso.

"Jura? Ela não gosta mais de ostras? Posso achar outro lugar."

"Não, não é isso." Enrolo um pedaço de edredom entre os dedos, procurando o jeito certo de dizer isso. Estou prestes a me aventurar em um território desconhecido para qualquer membro da família Prewitt. Respirando fundo, digo: "Estou com medo de que a mãe possa estar pior do que a gente imagina. Fico me perguntando se talvez, em vez de tentar animá-la, a gente não devia fazer alguma coisa um pouco mais direta... Sabe o que eu quero dizer?"

Meu pai parece confuso. É como se eu estivesse fazendo uma pergunta em uma língua estrangeira. "Não sei se estou acompanhando, querida."

Bem, aqui vai.

"Você não acha que talvez... em vez de um baita de um jantar chique... a gente devia sentar com a mãe e conversar com ela? A gente pode dizer que está percebendo que ela anda meio pra baixo... hum... e que a gente quer ajudar a acertar o que não estiver bem com ela."

Ele estremece. Parece que toquei em um ponto crítico.

"Não acho que seja uma ideia muito boa", diz ele, balançando a cabeça. "Obviamente, a sua mãe não está pronta para falar sobre isso, e tenho medo que, se a gente pressionar demais, ela fique ainda mais aborrecida. A gente sem dúvida não quer arriscar."

A expressão no rosto dele é muito séria. Não pensei nisso, mas ele tem razão. A última coisa que eu quero fazer é *piorar* o estado da minha mãe.

Meu pai diz firme: "O mais seguro a fazer é aguentar firme e deixar que ela nos procure quando estiver pronta. Então talvez a gente possa ter essa conversa que você mencionou. Enquanto isso, você e eu vamos ter de tornar esta viagem o mais especial possível para ela. Está bem?"

"Sim, parece bom."

"Excelente", ele diz, com o rosto relaxando. Ele dá um tapinha no meu joelho por cima das cobertas. "Então, o que você acha de irmos para aquele lugar das ostras?"

No que diz respeito a restaurantes, meu pai fez uma boa escolha. Os pratos que passam pela nossa mesa têm uma cara e um cheiro incríveis. O lugar está lotado, e todos parecem felizes de estar ali – todo mundo menos a minha mãe, que está segurando o cardápio, mas olhando para uma ranhura na mesa de madeira. Trazê-la aqui foi um desafio. Meu pai praticamente teve que implorar para que ela saísse do sofá e vestisse roupas que não fossem o mesmo pijama velho.

"Então, o que parece bom, senhoritas?", meu pai pergunta.

"Para ser sincera, não estou com muita fome", minha mãe murmura.

A expressão do meu pai vacila por um segundo, mas ele retoma imediatamente sua voz de corretor de imóveis.

"O que é isso, Diane, você adora ostras. Lembra daquele lugar que fomos em Cape Cod no verão passado? Lembra como elas eram grandes e suculentas?"

Cape Cod não poderia ter sido mais diferente – todo mundo estava muito feliz. A gente alugou uma casa em Wellfleet e, todos os dias, a minha mãe e eu tentamos jogar tênis nas quadras de saibro vermelho com as quais era impossível se acostumar. Acabamos rindo mais do que realmente jogando. Como é que a minha mãe do último verão pode ser a mesma pessoa que está sentada na minha frente, pousando o cardápio na mesa e espreitando pela janela?

"Não estou me sentindo muito bem", ela diz para o meu pai.

"Será que uma pilha de frutos do mar te faria mudar de ideia?"

"*Mark*", ela perde a paciência. "Só peça o que vocês quiserem."

Enquanto esperamos pela comida, minha mãe continua a olhar fixamente pela janela enquanto meu pai a bombardeia com mais e mais perguntas. É como se ele estivesse mostrando uma casa e achasse que está quase fechando a venda. Eu entendo que ele está tentando fazê-la sorrir – eu também já fiz isso –, mas até mesmo eu posso ver que este jantar não é o que ela quer. Ela se irrita toda vez que ele tenta puxar conversa e fica cada vez mais irritada à medida que ele não desiste. A certa altura, ela some no banheiro por dez minutos e, quando volta, acho que consigo ver manchas vermelhas sob os olhos dela, embora seja difícil afirmar com certeza na luz indireta.

E então a comida chega: um arranjo de três camadas de ostras, mariscos e pinças de caranguejo vermelhas e pontiagudas. Seria muita comida para uma mesa de seis pessoas, e é absolutamente obsceno só para nós três. Estou sem jeito até de olhar para a coisa. Meu pai se lança imediatamente. Minha mãe, não. Meu pai pergunta: "Quer que eu abra uma das pernas de caranguejo para você, Di?".

"Não quero caranguejo."

Meu pai faz sinal para um garçom. Minha mãe parece bastante constrangida quando o homem começa a vir em direção à mesa.

"Dá uma olhada no cardápio", meu pai diz. "Você pode pedir o que quiser."

"Eu disse que não estou com fome", a minha mãe sussurra.

"Posso trazer outra coisa para você?", o garçom pergunta.

"Diane?"

"Eu não estou com fome."

"Outra taça de vinho?"

"Estou bem."

"Ele está bem aqui, Di. Pode trazer qualquer coisa que você..."

"VOCÊ ESTÁ OUVINDO? EU DISSE QUE ESTOU BEM, MARK."

As mesas ao nosso redor ficam em silêncio enquanto todo mundo estica o pescoço para ver de onde está vindo toda a comoção. Minha mãe pega a bolsa e sai batendo o pé em direção à porta. Meu pai parece em estado de choque. Ele ainda está segurando o martelo de quebrar mariscos.

"Eu vou atrás dela", digo a ele.

"Posso trazer a conta para você", diz o garçom enfaticamente.

Minha mãe está sentada num banco do lado de fora do restaurante com os braços cruzados. Desta vez, vejo que com certeza ela está chorando. Eu me sento do lado dela e esfrego suas costas. Não sei exatamente o que dizer a ela, mas sei que não podemos apenas continuar tentando animá-la. Não basta. Meu pai me deixou com medo de que uma conversa séria pudesse fazer minha mãe se sentir pior, mas olha só para ela agora, assoando o nariz em um lenço de papel empapado em uma esquina de Paris enquanto meu pai acerta a conta de um jantar que não comemos. Se este não é o fundo do poço, a gente deve estar perto. E se o risco valer a pena?

No táxi para casa, eu finalmente respondo a mensagem de texto do Paul.

"Você estava certo sobre tudo", escrevo. "Não peça desculpas. Sou eu que peço desculpas." E então, porque quero ser aberta com ele, escrevo ainda: "Estou com saudades, Paul."

Eu aperto "enviar".

Fico de olho no meu celular o resto da noite, enquanto minha mãe e eu assistimos a um noticiário francês caladas, mas não recebo resposta. Ainda nada quando vou para a cama. Estou começando a ficar um pouco nervosa, só que, mais uma vez, talvez ele esteja ocupado esta noite. Tenho certeza de que vai ter uma mensagem dele quando eu acordar.

Só que na manhã seguinte não tem nada. Agora estou começando a entrar em pânico de verdade por ter estragado as coisas de vez.

"Só quero ter certeza de que você recebeu a mensagem", digito freneticamente.

Uma hora depois, ele ainda não respondeu. Eu ligo e desligo as configurações do Wi-Fi e do modo avião para ter certeza de que meu celular não está estragado, mas tudo parece estar funcionando direito. Quando chega o meio-dia, eu já não aguento mais. Calço meu tênis e faço sinal para um táxi, para ir ao primeiro dos dois lugares em que Paul poderia estar em um dia de semana à tarde.

Eu corro para a livraria, mas tem uma funcionária diferente no turno de hoje. Ela me lança um olhar maligno por abrir a porta fazendo um barulho tão alto, mas eu nem ligo. Dou as costas e corro de volta para a rua.

Bom, se ele não está no trabalho… A *boulangerie* fica logo ali, virando a esquina. Eu arreganho a porta e olho ao redor, e meu coração despenca. A mesa compartilhada está vazia. Paul não está aqui.

"*Puis-je vous…*", Vivi para no meio da frase ao perceber que sou eu. "Ah, olá."

Não sei como interpretar a expressão no rosto dela, mas esta não é a mesma Vivi que nos recebeu na porta em Versalhes.

"Oi, Vivi." Minha voz treme. "Estou procurando o Paul. Você pode me ajudar? Eu quero muito falar com ele."

"Não sei se é uma boa ideia", ela responde, cruzando os braços.

Acho que ela sabe da briga, então.

"Vivi, por favor", eu digo, indo em direção ao balcão. "Eu tenho que pedir desculpas para ele."

Ela balança a cabeça. Parece que está a ponto de chorar.

"Meu irmão teve um ano difícil", diz ela, com a voz vacilante. "É por isso que fiquei feliz quando ele conheceu você. Mas se é para deixá-lo de lado quando ele tenta se abrir, e depois ficar sem falar com ele por três dias..."

"Vivi, eu..."

"Só acho que não é o melhor para ele, Alice."

Depois de tudo o que ela fez pelo Paul, consigo entender por que é tão protetora. Eu preciso que ela confie em mim. Respiro fundo.

"Vivi, eu sei que parece que fui má com ele sem motivo, mas você tem que entender que isso é muito novo para mim. Eu tenho todos esses sentimentos dentro de mim e nunca sei a melhor maneira de falar sobre eles. A minha família inteira também é assim, a gente é uma bagunça. Eu sei que o Paul estava só tentando me ajudar. Eu acho que eu sabia disso na hora, mas não sabia como expressar. Estou disposta a aprender como fazer isso de um jeito melhor. E eu sinto muito."

O rosto de Vivi se suaviza.

De repente, ouço passos vindos da cozinha, e um par de óculos de tartaruga que já conheço aparece na porta. Meu coração para por um instante, bem como quando eu o vi aqui pela primeira vez.

"Oi, Paul."

"Oi, Alice."

"Será que por acaso você ouviu tudo isso?"

"Talvez uma parte", ele diz com um sorriso.

Vivi olha para um e para o outro, avaliando a situação. Por fim, com um sorrisinho, ela aperta o rabo de cavalo. "Bem, acho que vou dar uma olhada nos croissants", diz ela antes de desaparecer na cozinha.

"Eu sinto muito mesmo", eu digo a ele.

"Está tudo bem", ele responde. "Estou só feliz de ver você de novo."

"Eu senti a sua falta", sussurro.

"Eu também senti a sua falta."

Não tenho certeza do porquê, mas, ao mesmo tempo, Paul e eu olhamos ao redor da *boulangerie*. Ainda não tem clientes, e a Vivi foi verificar os croissants. Ele sai de trás do balcão e, mais uma vez, como naquela tarde na rue de Marquis, não tem nada entre nós. A gente se encara intensamente. Sem dizer nada, acabamos com a lacuna dando duas grandes passadas. Depois as mãos dele estão no meu cabelo e as minhas estão na cintura dele, e quando vejo, nossos lábios estão se tocando, e tudo que eu deveria ter dito em Versalhes está resumido neste beijo perfeito. As pontas dos dedos dele viajam levemente descendo pelas minhas costas. A boca dele é macia e está com gosto de chá quente. É assim que um beijo deve ser – não confuso e apressado, mas lento, doce e gentil. As coisas com a minha mãe podem ser um desastre, e não faço ideia do que vai acontecer com o apartamento, mas, neste momento, tenho a impressão de que tudo vai ficar bem.

A gente se separa quando ouve a sineta tilintando na porta. É um cliente. Paul ri, me puxando para perto, e eu descanso minha testa no algodão macio da camiseta dele. Por fim, ele me guia até a mesa para sentar e conversar enquanto tomamos nossos *cafés américains*. Eu não consigo parar de sorrir.

"Estou feliz que você veio até aqui", diz ele.

"Eu também."

"Fazia muito tempo que eu estava pensando em fazer isso."

"Você estava?"

Ele acena com a cabeça, corando. Minhas bochechas também estão quentes. O que eu fiz para encontrar um cara como o Paul? De uma coisa eu sei com certeza: não posso estragar isso de novo.

"Paul, talvez eu deva te contar sobre a minha mãe."

"Tá bom."

"Eu acho que tem mais coisa envolvida do que só a morte da minha avó."

Com uma voz firme, conto a ele sobre as fases sombrias da minha mãe que acontecem em intervalos de alguns poucos anos, porque depois do que aconteceu no restaurante, tenho certeza de que ela está lidando com mais do que apenas o luto. Paul é um bom ouvinte; ele segura a minha mão e a aperta quando chego nas partes difíceis. Por fim, falo sobre a ideia do meu pai de vender o apartamento.

"O que *você* acha que eu devo fazer com ele?", pergunto a Paul.

"*Eu*? Eu não sei... Você é que tem que decidir..."

"Mas e se eu não conseguir?"

Paul exala devagar, pensando. "Bom, a gente tem duas semanas para dar um jeito de decidir, certo?"

Fico feliz em ouvi-lo dizer "a gente", como se fôssemos do mesmo time novamente. "Já está mais para uma semana e meia agora", eu digo.

"O.k. Tudo bem. A gente vai... Acho que a gente devia tentar descobrir o máximo que puder sobre sua avó e a Adalyn no tempo que a gente tem, e então a gente vê como você se sente. Tá legal?"

"Sim. Parece legal."

"Você terminou o diário?"

"Tive que parar de ler um pouco depois de toda aquela coisa do Ulrich."

"Vamos continuar lendo", diz Paul. "Eu te ajudo."

"Tá bom. Vai ser ótimo", eu respondo. "Acho que a gente deve entrar em contato com o Ulrich também. Ainda não fiz isso."

"Vamos fazer isso agora."

A gente trabalha junto redigindo o texto no meu celular e conseguimos redigir a mensagem menos esquisita possível para mandar pelo Facebook:

Olá, sr. Becker,
Meu nome é Alice Prewitt e tenho dezesseis anos. Eu sei que o senhor não me conhece e espero que me perdoe por esta mensagem estranha.

A minha avó faleceu faz pouco tempo e me deixou o apartamento onde ela morou na infância em Paris. Nele, eu encontrei uma velha carta endereçada à irmã dela, Adalyn Bonhomme, de um homem chamado Ulrich Becker III. Eu não conheci a minha tia-avó Adalyn, e estou tentando conseguir mais informações sobre ela. Sei que isso é muito improvável, mas por acaso me deparei com a sua página no Facebook e com a foto do seu pai, e fiquei me perguntando se existe uma chance de ele ter conhecido a Adalyn. A carta foi escrita durante a Segunda Guerra Mundial, num papel de carta do Hotel Belmont em Paris.

Se você tiver qualquer informação sobre a Adalyn, eu ficaria muito grata. (Posso enviar uma foto da carta, se ajudar.) Se você não tiver ideia do que estou falando, desculpe pelo incômodo! Muito obrigada pelo seu tempo.

Atenciosamente,
Alice Prewitt

Primeiro, nós a traduzimos para o alemão. Então, juntos – porque eu não quero fazer isso sozinha –, a gente pressiona "enviar".

Ah, meu Deus, a gente acabou de mandar uma mensagem para o filho de um possível nazista.

Eu me sinto nojenta. Como se eu precisasse sair da minha pele. Então, do nada, a ideia me ocorre.

"Sabe, eu praticamente arruinei *le quatorze juillet* e ainda sinto que preciso compensar as coisas com você", digo a Paul.

Ele olha para o local onde nos beijamos.

"Acho que você fez isso bem ali", ele aponta.

"Estou falando sério!" Eu cutuco o ombro dele de brincadeira. "Quero planejar um dia divertido para nós."

"Ah, é? E no que você está pensando?"

"É surpresa."

Eu já meio que espero ele protestar, mas ele não o faz.

"Tudo bem", diz Paul, "Confio em você."

12 *Adalyn*

Pouco antes da meia-noite, em uma noite de março fria e sem luar, quatro franceses agacharam-se ao lado dos trilhos do trem em um vilarejo perto de Limoges. Enquanto dois deles vigiavam e outro encostava a orelha nos trilhos gelados, o quarto instalou os explosivos. Quando o trem estava a apenas alguns quilômetros de distância, o que eles sabiam pela vibração dos trilhos, os homens recuaram e se esconderam atrás das árvores.

Eles ouviram o trem chegando. *Chugga chugga chugga chugga.* E então o viram, deslizando pela curva como uma grande cobra negra. Os franceses sabiam exatamente o que o trem estava carregando: toneladas e mais toneladas de armas e munições que abasteceriam o contingente alemão no norte da África. Eles esperaram o momento perfeito, quando os vagões de carga estariam sobre o explosivo.

E então acionaram o detonador.

Alguns dos vagões foram lançados dos trilhos em uma explosão de chamas. Outra dúzia caiu tombada de lado, o conteúdo espalhando-se sobre os trilhos. Os franceses não tiveram tempo de ficar parados e de se deleitar com sua conquista; pegaram o que conseguiram das armas e desapareceram noite adentro.

O que aconteceu naquela noite perto de Limoges foi resultado da rede de inteligência de Geronte, que passou informações para um grupo de guerrilheiros no sul. E isso aconteceu porque um oficial alemão chamado Ulrich Becker III bobeou e compartilhou os horários de trem com uma garota parisiense de dezenove anos.

Descendo a rua em meus irritantes tamancos de madeira, vou até o abrigo mais recente que Geronte tem usado para reuniões. Ele me disse para vir assim que pudesse, sempre que terminasse de pegar as rações do dia. Os quatro franceses que realizaram o ataque estão na cidade por alguns dias antes de voltarem para o interior e, aparentemente, eles querem encontrar a garota que obteve as informações cruciais dos horários.

Ao longo do caminho, tento esquecer do desentendimento que acabei de ter com a Chloe. Enquanto eu descia o último lance de escadas para chegar ao saguão, ela estava abrindo a porta da frente com o ombro, carregando uma cesta de compras. *Comida* – era um assunto seguro o suficiente. Parei no último degrau para que ela tivesse que me encarar quando passasse.

"O que você conseguiu no mercado?", perguntei a ela.

Mesmo uma única palavra teria sido alguma coisa. A gente nunca tinha ficado tanto tempo sem se falar. Mas a Chloe não disse nada – ela nem sequer ergueu o olhar.

"Chloe?", chamei.

Com os olhos colados no chão, ela passou por mim de lado, do mesmo jeito que empurrou a porta com o ombro. Tive a sensação de perder o ar, e mesmo que fosse apenas uma impressão, precisei estender a mão e me apoiar no corrimão. Atrás de mim, Chloe subiu as escadas batendo os pés, e cada passo forte parecia uma surra brutal.

Mas não devo pensar mais nisso, pelo menos não neste momento. Agora, eu devia ficar orgulhosa de mim mesma por ajudar a armar o ataque. Todas as noites passadas junto da lareira nas festas da madame Marbot levaram de fato a algo importante na luta contra a Alemanha.

Mas é impossível não pensar nisso.

Quando Geronte abre a porta do apartamento do térreo, sinto na hora que alguma coisa está diferente nele. Ele não me fareja como um cão de caça; o rosto envelhecido dele parece de alguma forma mais ameno.

"Entra, entra", diz ele. "É excelente ver você."

É quase como se ele estivesse me dando as boas-vindas em um jantar. Quem é esse Geronte?

"Você parece estar de bom humor", eu observo.

"Bem, eu decidi me permitir um tempinho para me alegrar com nosso sucesso", diz em uma voz otimista nada típica dele. "Agora venha, eu tenho quatro jovens franceses escondidos no escritório que estão extremamente ansiosos para mostrar como estão gratos."

Eu o sigo pelo apartamento até uma porta no fundo da sala empoeirada. Ele dá uma série de batidas, depois dá um passo para trás para me dar espaço. Há um farfalhar do outro lado da porta. Ah, estou animada para conhecer esses estranhos valentes!

"Lembre-se de não fazer muito barulho", avisa Geronte.

Barulho? Que tipo de barulho ele pensa que vou fazer?

A maçaneta gira e a porta se abre. Eu mal posso acreditar no que estou vendo. O homem parado na porta não é absolutamente um estranho.

É o Luc.

Eu corro até ele. Lanço meus braços ao redor dos ombros dele e Luc me ergue no ar e me gira de novo e de novo. Eu estou imaginando isso? Não, é real. Ele está aqui – ele é real –, ele está vivo.

"Luc, quanto tempo faz!"

Os lábios dele estão próximos do meu ouvido, e só eu posso ouvir sua resposta. "Faz tempo demais... Eu penso em você todos os dias, Adalyn."

Quando ele me coloca de volta no chão, ainda sinto como se estivesse voando. Dou um passo para trás, para dar uma boa olhada nele – é a primeira vez que o vejo em seis meses, desde nossa despedida em setembro. Não dá para ver o estudante que conheci no outono de 1940 em lugar nenhum do homem parado na minha frente. Ele está usando uma boina preta e um blazer de lã sujo que não parece ser quente o suficiente para o clima. O cabelo preto bagunçado de Luc está ainda mais comprido, na altura do queixo, e há uma barba escura apontando em sua mandíbula perfeita, que está mais pronunciada agora. Ele perdeu peso. Mas, debaixo de tudo isso, ele ainda está lá, assim como o fogo em seus olhos. Meu Luc.

Eu olho para Geronte, que se sentou em uma poltrona com estofado saindo pelas costuras. É a primeira vez em todos os meses desde que o conheço que vejo o sorriso do velho.

Eu me volto para Luc.

"Você descarrilou o carregamento do trem", digo admirada.

"Bom, foi tudo graças a você", diz ele. "E, na verdade, fomos nós quatro."

Na empolgação de ver Luc, me esqueci completamente de que há mais três homens esperando para sair do quarto. Agora que sei quem é o primeiro, tenho uma leve suspeita de quem podem ser dois deles.

Bem como imaginei, Marcel e Pierre-Henri saem do escritório, acompanhados por um garoto loiro de rosto magro que eu nunca vi antes. Eu abraço Pierre-Henri primeiro; depois Marcel, que deve estar uns quinze centímetros mais alto agora. Ele me apresenta ao menino loiro, Raphael, que me cumprimenta com um aperto de mão firme.

"Prazer em conhecê-la", Raphael diz em uma voz suave como o mel. "Os outros me contaram tudo sobre você."

"Coisas boas, espero."

"Excelentes."

Minha irmã sem dúvida discordaria, mas, por enquanto, não vou pensar nisso. Só vai estragar o prazer de rever meus queridos amigos. Nós nos sentamos à mesa da cozinha e Geronte traz seis copos empoeirados e uma garrafa de vinho tinto que estava guardando para uma ocasião especial. Ele dá uma limpada nos copos com a beira da camisa, que não está especialmente limpa, e enche cada um deles até a metade.

Erguemos nossas bebidas para brindar.

"Por um trabalho bem-feito", diz Geronte.

Passamos um tempo nos atualizando sobre os últimos seis meses da vida um do outro. Pouco depois que Luc e eu nos despedimos, ele, Marcel e Pierre-Henri foram para o sul para se juntar a um grupo de combatentes da Resistência no interior, em Limousin. Esses grupos são conhecidos como *maquis*, e Luc diz que estão crescendo no sul do país – e que em sua maioria são formados por jovens que estão fugindo do trabalho forçado na Alemanha.

Foi em Limousin que os rapazes conheceram Raphael, que havia deixado Paris pouco antes deles.

"Eu mostrei a eles como eram as coisas", diz Raphael. "Ensinei para eles tudo o que sabem!"

Luc e Pierre-Henri riem e reviram os olhos, mas Marcel assente com entusiasmo. "É verdade!", ele insiste. "Você me mostrou como mirar direito a Sten. Meus tiros iam direto para o chão antes."

"Faz tanto tempo – eu quero saber tudo sobre... *tudo*", digo a eles. "Mesmo as mínimas coisinhas, por exemplo, onde vocês dormem!"

"Bem, a gente dorme em barracas... ou em celeiros abandonados... ou às vezes simplesmente ao relento", diz Luc.

"Deve ser desconfortável."

"Não é tão ruim", diz ele dando de ombros. Sei que ele nunca reclamaria das condições, mesmo que fossem absolutamente insuportáveis.

"E o que vocês, *maquisards*, comem?" Eu pergunto, olhando para as silhuetas magras dos rapazes. Todos parecem estar vestindo roupas dois tamanhos maiores do que eles; as maçãs do rosto de Luc estão mais salientes do que nunca.

"A gente come tudo que consegue encontrar", diz Pierre-Henri. "Às vezes, a gente recebe rações de pessoas nas aldeias vizinhas, quando elas estão se sentindo generosas."

"E eu sei caçar", Raphael acrescenta.

Ainda olhando para Pierre-Henri, noto algo diferente nele. "Cadê a sua câmera?", pergunto. É estranho vê-lo sem ela pendurada no pescoço.

"Tive de deixar com minha irmãzinha", ele responde. "Aquela câmera não foi feita para a vida de *maquisard*."

Os rapazes respondem tudo que eu quero saber sobre a vida no *maquis*, até que só me resta uma pergunta a fazer. Eu a tenho adiado o máximo possível, mas vou ter que saber em algum momento, e pode muito bem ser agora.

"Quando vocês vão embora?"

"Amanhã", diz Luc, parecendo triste. Nós fixamos nossos olhares.

Mas então é minha vez de contar histórias. Faço um apanhado da viagem estressante para Chartres com o piloto americano, e conto sobre como ela terminou desastrosamente na plataforma do trem. Digo a eles tudo sobre os salões da madame Marbot no Hotel Belmont e como passei noite após noite arrancando detalhes de Ulrich e gravando-os na minha mente. É um alívio finalmente poder expressar o quanto eu desprezo essas festas e quase todos que as frequentam.

Geronte esvazia o copo e o pousa com um baque. Ele pigarreia. E assim, o clima no cômodo muda. A conversa animada se esvai. É hora de ir direto ao ponto, e ele está olhando para mim.

"Como você teve tanto sucesso da primeira vez, tenho um novo alvo alemão para você", diz Geronte.

Eu me sento mais ereta na minha cadeira. "E quem é?"

"Walther von Groth. Tenente-coronel da SS e recém-nomeado chefe da Gestapo em Paris. Eles o promoveram porque... se destacou, digamos."

Um arrepio corre pela minha espinha. "O que isso quer dizer exatamente?"

Geronte faz uma pausa antes de voltar a falar.

"Tortura é pouco perto do que Von Groth faz com seus prisioneiros", diz ele. "Se você morrer cedo, tem sorte, é o que dizem... Além disso, tem a retaliação. Von Groth ordenou o massacre de vilarejos franceses inteiros como punição por atividades de resistência. Seis meses atrás, em uma cidadezinha, ele ordenou que as mulheres e as crianças se reunissem na igreja, trancou as portas e incendiou o lugar. Quando três pessoas conseguiram escapar, os homens dele as fuzilaram. Ninguém sobreviveu. Von Groth é o pior dos piores deles. É impossível dizer quantas centenas ou milhares de pessoas morreram nas mãos dele."

"E você quer que eu... que eu obtenha informações dele?"

"Sim", Geronte diz apenas. "Se você estiver disposta."

Meu coração está batendo forte. Imagino as atrocidades que esse homem, Von Groth, já cometeu, e o que mais ele poderia fazer se um dia me desmascarasse. Do outro lado da mesa, Luc parece assustado, mas não diz nada que possa influenciar minha decisão de uma forma ou de outra. Depende de mim e eu sei a minha resposta.

"Estou disposta", digo a Geronte.

"Muito bem", ele diz. "Estou obtendo informações sobre onde ele passa a maior parte do tempo. Vou deixá-la a par assim que tiver um panorama melhor." E então, como se nada apavorante tivesse acabado de acontecer, ele pega a garrafa de vinho e aperta os olhos para ver pelo gargalo. "Tem o suficiente aqui para mais alguns goles. Quem vai querer?"

Ninguém se opõe quando eu estendo meu copo.

Durante algum tempo, Geronte e os rapazes compararam meticulosamente a submetralhadora Sten, a arma preferida dos *maquis*, às metralhadoras MP40 que roubaram do trem com destino ao norte da África. Eu paro de acompanhar a conversa, pensando só na minha nova missão e bebendo meu vinho para manter meus nervos sob controle.

De repente, percebo que Luc está parado de pé ao lado da minha cadeira. Os outros estão bocejando e se espreguiçando sob a luz do fim da tarde que entra pela janela. Raphael está com os pés em cima da mesa.

"Quer dar um passeio?", Luc pergunta.

"Um passeio?", eu pergunto a ele.

"Sim, pelo rio."

"A gente tem que encontrar alguém lá? Ou precisamos entregar alguma coisa?"

Luc ri timidamente e olha para os pés. "Achei que ia ser bom passar um tempo só a gente."

Leva um tempo para que eu entenda a sua proposta. Por dois anos e meio, tenho vivido esta vida secreta onde nada é o que parece. Estou tão entrincheirada que, quando um colega combatente da Resistência pergunta se eu gostaria de dar um passeio, não me ocorre que é só isso – um passeio.

Só a gente.

Luc e eu.

"Vamos, vamos, é claro", eu gaguejo. "Mas não é perigoso? E se os alemães virem você?"

"O sol vai se pôr logo", diz ele. "Vamos ficar escondidos."

Ele estende a mão e eu a tomo.

Descemos até a margem direita do Sena, nos mantendo nas sombras. A cidade ao nosso redor está escura e cinzenta, mas o céu é de um rosa profundo que me lembra as flores de cerejeira da minha rua. Depois de outro inverno congelante, acho que por fim consigo sentir o cheiro da primavera no ar.

Na beira da água, no espaço escuro debaixo da Pont de la Concorde, Luc entrelaça os dedos dele nos meus. Parece tão bobo, mas estou tomada de emoção enquanto tento apreciar esses prazeres simples: o pôr do sol maravilhoso; ver Luc de novo; o modo como nossas mãos se unem tão facilmente, como se sempre tivessem sido feitas para fazer isso. Uma memória me atinge com uma clareza surpreendente, a de deitar na cama com Chloe e listar todas as coisas que queremos fazer quando a guerra acabar. Esta não é uma das atividades que a gente listou naquele dia?

"Você está chorando, Adalyn?"

Paramos de andar. Eu não sei o que está acontecendo comigo. As lágrimas escorrem pelo meu rosto e se empoçam no meu cachecol. Talvez eu não tenha me dado conta do preço que meu trabalho tem me cobrado. Esconder e fingir é só o que sei fazer hoje em dia. Mas, caminhando com Luc, de repente me lembro de como é a vida *real* – a vida sem os nazistas nos esmagando junto do chão.

"É só que eu estou feliz", digo fraquinho.

Nós dois rimos do ridículo nisso tudo – ah, como isso também é maravilhoso! Não é a gargalhada forçada de uma festa, mas alegria pura e verdadeira.

Luc enxuga minhas lágrimas com a mão livre.

"Eu também estou feliz", diz ele.

Eu o puxo pela mão até uma pedra saliente sob a ponte. Através da arcada ampla, temos uma vista perfeita da Torre Eiffel na margem oposta, delineada contra o céu.

"Eu estava me lembrando de como a minha irmã e eu costumávamos sonhar que um dia a gente ia passear pelo rio com um cara e admirar as luzes de Paris."

"Desculpe por não podermos ter as luzes", diz Luc.

"Sabe de uma coisa?" Eu me aproximo dele e descanso minha cabeça no seu ombro para que não haja espaço algum entre nós. "Acho que nem preciso delas."

Os dedos dele alcançam o meu queixo. Delicadamente, ele ergue meu rosto em direção ao seu. Eu fico olhando em seus olhos, os olhos que me atraíram desde o momento exato em que o conheci. Eu poderia nadar dentro deles sem nunca precisar emergir para respirar. Eu poderia fazer deles minha casa. Não é justo que ele vá embora tão cedo.

A mão dele desliza para a parte de trás da minha cabeça e ele me puxa até que nossos lábios se encontrem. Meu corpo inteiro derrete e se funde no dele. Nunca beijei ninguém antes, mas, de alguma forma, parece que sei o que fazer. Eu passo minha língua nos lábios dele, e ele os abre para mim. Ele afunda os dedos no meu cabelo, como se estivesse se agarrando a eles para salvar sua vida. Talvez ele esteja. Talvez nós dois estejamos.

Eu me afasto e o beijo ao longo da mandíbula, aquela bela linha que parecia tão marcada na luz fraca da loja de sapatos dos pais dele. Como eu queria acariciá-la! Quando meus lábios alcançam sua orelha, eu afasto o cabelo para o lado e desço pelo seu pescoço. Luc geme de prazer. Na clavícula dele, mudo de direção e sigo a mesma viagem gloriosa para o lado contrário. Logo, estou de volta à sua boca.

"Espera", diz Luc. Ele segura meu rosto com as mãos. "Eu só quero ver você."

Olhamos nos olhos um do outro por algum tempo, compartilhando coisas que nenhum de nós pode expressar em palavras. Então ele me beija de novo. E assim passamos a hora seguinte, que pareceu apenas alguns minutos.

Só depois que uma senhora idosa se aproxima e nos alerta sobre voltar para casa antes do toque de recolher é que nos separamos e nos damos conta de que o sol se pôs. Se os alemães nos descobrirem aqui, podemos nos encrencar.

"Acho que devemos ir", diz Luc colocando uma mecha do meu cabelo atrás da orelha.

"Eu queria que a gente não precisasse."

"Eu quero te acompanhar até sua casa, mas a gente não deve ser visto juntos."

"Me acompanha até chegar perto."

Ele me toma pela mão e segue comigo para longe do rio, para uma rua que nos leva para o norte, em direção à minha casa e ao abrigo de Geronte. Enquanto caminhamos pela calçada escura e vazia, com nossos sentidos em alerta máximo para a presença de alemães, Luc pergunta: "Como você está com essa nova missão?".

"Com medo", eu admito. "Mas eu sei que posso fazer."

Ele aperta minha mão. "Eu também sei que você pode."

"Sabe, a parte mais difícil não é ter que enganar os *boches*. Essa parte é quase fácil, por incrível que pareça. Eles nunca suspeitam de mim, nem mesmo por um segundo."

"Qual é a parte mais difícil, então?"

Eu me lembro da manhã de ontem, quando preparei um bule do odioso café de chicória e levei uma xícara para a Chloe, que estava lendo sozinha no escritório do Papa, longe do restante da família. Ela não tirou os olhos do livro quando entrei na sala e não disse uma palavra quando coloquei a bebida na mesa ao lado dela. Era como se eu fosse invisível.

"É ter que enganar todas as outras pessoas", digo a Luc. "Como a minha irmã. Ela acha que sou uma verdadeira colaboradora. Ela não fala comigo desde dezembro. Ela nem sequer me olha quando a gente está na mesma sala." Ainda posso sentir o lugar onde o ombro dela esbarrou no meu hoje cedo, ainda posso ouvir os passos dela subindo as escadas. "E não tem nada que eu possa fazer para consertar isso, porque não posso contar a verdade para ninguém."

"Sinto muito, Adalyn. Deve ser muito difícil."

Solto um suspiro. "É a coisa mais difícil do mundo, Luc... Às vezes eu me sinto tão sozinha, porque ninguém sabe quem eu realmente sou. Nem a minha própria família. Ah – este é o meu quarteirão, por falar nisso. Aquele ali é o meu prédio. Você não deve passar daqui, para ninguém te ver."

Paramos na esquina, debaixo de um poste que não acende desde 1940. Não muito longe daqui, Chloe deve estar enfiada no quarto – se não foi passar a noite na casa de uma de suas amigas. Maman e Papa provavelmente estão lendo na sala de estar, ambos afastando qualquer pensamento perturbador que venha do mundo fora do apartamento.

Luc fica na minha frente e segura a minha outra mão. Ele me puxa para junto de si, e minha bochecha repousa em seu peito.

"Não vai", murmuro no tecido do seu paletó.

"Eu preciso ir", ele diz, alisando meu cabelo. "Mas eu quero que você saiba, quando estiver fazendo seu trabalho e sentir que está sozinha... Eu sei quem você é de verdade, Adalyn. E não importa onde eu esteja, saiba que se eu estiver vivo, estarei pensando em você."

Nós nos beijamos uma última vez. É delicado, lento e triste. Sou eu que interrompo o beijo. Se eu continuar, não vou conseguir parar.

"Vá agora", eu imploro a ele. "Não suporto a ideia de me afastar de você."

Luc solta minhas mãos e cerra bem o paletó em volta do corpo, embora não esteja particularmente frio. Com um aceno final, ele dá as costas e sai andando pelo quarteirão. Enquanto sua forma sombria desaparece ao virar a esquina, uma nova onda de lágrimas escorre pelo meu rosto. Por que demoramos tanto para admitir que gostamos um do outro? A gente poderia ter feito isso há um ano. Teríamos tido muito mais tempo.

Eu me permito mais alguns minutos, e então seco os olhos com meu lenço. Seco bem. Ninguém pode saber que estive chorando, ou então vão fazer perguntas que eu não posso responder. Ajeito minhas roupas, arrumo meu cabelo e termino o caminho até minha casa andando sozinha.

13 *Alice*

Encontrei Paul em uma esquina movimentada, o tipo de lugar em que se você parar, com certeza vai levar trombadas de pessoas vindas de todas as direções. Confiro três vezes o Google Maps para me certificar de que embarcamos no trem certo, ao mesmo tempo que tento proteger minha tela dos olhos curiosos de Paul.

"Alice, quer que eu te ajude?"

"Não! Eu quero que seja uma surpresa." Fico olhando para o meu celular por mais um minuto. Este mapa do transporte de Paris é realmente confuso.

"E se você só me disser a área geral?", propõe Paul.

"Champigny-sur-Marne."

Eu vejo no rosto dele que fui descoberta. O queixo dele cai e os olhos brilham por trás dos óculos. "Estamos indo para o Museu da Resistência Francesa!"

"Ah, não, eu sabia que isso ia me entregar!"

"Não tem problema! Estou tão animado", diz ele. "Como você sabia que eu sempre quis ir?"

"Você me disse quando te levei para ver o apartamento! Foi depois que a gente encontrou a carta do Ulrich."

Paul me toma pela mão e me guia escada abaixo até a estação. "Não acredito que você se lembrou disso."

"Falando no Ulrich... Recebi uma resposta do filho dele esta manhã."

Paul estanca tão de repente que um executivo que vem logo atrás tromba com ele e quase derruba seu copo de café. Depois de se desculpar bastante com o homem, Paul me pergunta: "O que ele disse?"

"Vamos pegar o trem primeiro, depois eu mostro para você."

Ele vai na minha frente comprar nossos bilhetes e embarcamos na linha correta, que descubro ser o RER A. Acho que foi bom eu ter deixado ele me ajudar – eu teria feito a gente tomar um caminho duas vezes mais longo. Assim que nos sentamos, pego meu celular e mostro a ele a resposta que recebi de Ulrich Becker IV às 9h42. O inglês está bagunçado, mas a explicação é clara.

> *Alice – levei sua mensagem para meu pai. Primeiro, ele deve dizer que tem vergonha dos acontecimentos da guerra. Quando era jovem, meu pai lutar por amor ao país, não por Hitler, e nunca apoiou o Partido Nazista.*
>
> *Meu pai se lembrar da Adalyn. Ele a viu muitas noites em Paris em 1942 e no início de 1943, mas nunca mais depois que ele foi transferido para a Bélgica no verão de 1943. Eles conversaram juntos, mas não teve romance. Ela era só uma amiga do meu pai naquela época, pois ele sente saudades de casa. Obrigado pela sua mensagem. Espero ajudar.*

Paul ajeita os óculos no nariz; eles deslizaram enquanto ele lia. "Eles nunca ficaram juntos no final", diz ele.

"Eles nunca estiveram juntos – não romanticamente, pelo menos."

"Essa é uma boa notícia."

"Eu sei. Bem, exceto pelo fato de que não estamos mais perto de descobrir o que aconteceu com ela."

Paul franze o cenho. "Quem você acha que estava escrevendo este diário *de verdade*?", ele pergunta.

"Não faço ideia", eu digo. "Mas... sem dúvida ele faz com que me questione sobre a Adalyn de novo. Quero dizer, pense naquelas primeiras entradas do diário que eu te mostrei. E agora isso. Metade das provas nos diz que ela *não era* uma simpatizante do nazismo. Mas aí tem a foto – e o Hotel Belmont. Eu não consigo parar de me perguntar, tipo, quem ela *era*?"

"Hummm", diz Paul, recostando-se no assento.

Mergulhamos em um silêncio contemplativo. É diferente estar ao lado de Paul no trem desta vez do que quando fomos para Versalhes – positivamente diferente. Eu continuo olhando para ele e pensando: *a gente se beijou*. Sentada ao lado do Paul, com a mão casualmente descansando no meu joelho, não posso deixar de sentir que a gente é um casal – como se eu estivesse mesmo em um relacionamento real pela primeira vez na minha vida. Como a Camila e o Peter. Mas, é claro, eu não posso parar de me lembrar que vou ficar aqui apenas por mais um tempo; depois, preciso voltar a Jersey para me preparar para outro ano letivo. Acho que só tenho que aproveitar isso enquanto posso.

O trem chega à estação e a gente apanha as nossas coisas. Quando saímos, estamos em uma rua suburbana repleta de lojas e cafés pouco notáveis, e seguimos pela calçada, que atravessa um rio esverdeado que corre lentamente. É uma bela caminhada até o museu, então paramos no caminho em uma *boulangerie* para um café rápido e um croissant.

"Mas o que faz você gostar da Resistência Francesa?", pergunto enquanto encaixo as tampas para viagem em nossos copos.

"Boa pergunta", Paul murmura com a boca cheia de croissant. Ele leva um segundo para engolir. "Acho que sempre fui fascinado por como alguns deles eram realmente jovens. A gente aprendeu sobre a Resistência na escola quando eu era pequeno e eu me lembro de ter pensado: meu Deus, essas pessoas eram só alguns anos mais velhas do que eu e estavam resgatando pilotos aliados e explodindo prédios!"

"Eles explodiram prédios?"

"Sim, acho que sim. Eles fizeram todo tipo de coisa. Não existia de fato um grupo oficial de 'Resistência', mesmo que Charles de Gaulle tenha enviado esse homem, Jean Moulin, para tentar unir algumas das redes. Ele foi preso pela Gestapo, que o torturou até a morte. Eles torturaram *muita* gente até a morte."

Eu faço uma careta.

"De qualquer forma", diz Paul, "a questão é que a 'Resistência' era basicamente um monte de gente fazendo coisas diferentes em lugares diferentes. Algumas delas entregavam mensagens, algumas delas espionavam os alemães, algumas delas abrigaram pilotos aliados quando os aviões deles eram abatidos..."

"Acho que sempre imaginei um grupo pequeno de caras com boinas correndo e sabotando trens", confesso.

Paul ri. "Faz sentido. Essas são as únicas coisas que eles mostram no cinema."

O Museu da Resistência Nacional parece um antigo solar em uma rua residencial com poucas casas, com um portão de ferro forjado na fachada. Entramos e eu pago os ingressos, depois sigo Paul até uma parede com caixas de vidro exibindo todo tipo de documentos do início da Ocupação.

"Eles foram tão corajosos", murmuro, dando uma olhada em um jornal chamado *Résistance*. Ele foi publicado por um grupo de pessoas ligadas ao Musée de l'Homme em Paris, muitas das quais foram depois presas pela Gestapo e executadas ou deportadas.

Caminhamos de exposição em exposição, passando por um velho mimeógrafo enferrujado e pela réplica do explosivo amarrado aos trilhos da ferrovia. Tento não pensar na Adalyn, porque isso só me deixa frustrada. Paul e eu estamos contemplando a coleção de submetralhadoras de aparência assustadora, quando de repente me dou conta de que preciso urgentemente fazer xixi depois daquele copo de café no caminho para cá.

"Só um minutinho", digo, apontando para a placa do banheiro logo à frente. Deixo Paul parado diante da parede de armas e corro para o banheiro.

Quando termino, volto pelo mesmo caminho, passando por seções que ainda não vimos. Enquanto corro os olhos pelos vidros, algo chama a minha atenção – uma série de fotografias em preto e branco. Todas elas retratam o mesmo grupo de pessoas em poses ligeiramente diferentes, e mesmo que eu tenha certeza de que nunca vi as fotos antes, algo sobre elas me parece familiar.

Eu me aproximo do vidro para ver melhor. É a garota – a garota sentada na grama. É a...

"PAUL!", eu grito, assustando uma família ali perto. "PAUL, CORRE AQUI!"

Enquanto Paul se aproxima, eu pisco algumas vezes para me certificar de que não estou vendo coisas, mas, ao que parece, eu não estou. Sem dúvida se trata de quem eu acho que é.

"Alice", ele diz, com a respiração pesada. "O que foi?"

O meu braço inteiro está tremendo quando aponto as fotos. Parece que o gato comeu a minha língua. Paul olha para a caixa de vidro. Depois, ele tira os óculos, limpa-os na camisa e os coloca de novo. Ele olha para a caixa de vidro mais uma vez.

"Ah, meu Deus", ele diz.

Eu não consigo acreditar no que estou vendo. De verdade, não faz sentido. Ela não pode estar aqui, em um museu da Resistência Francesa... mas de alguma forma, lá está ela. É o mesmo grupo de adolescentes em cada uma das fotografias – três garotos e uma garota.

A garota é a Adalyn.

O olhar penetrante dela me atraiu desde o outro lado da sala. Não poderia ser outra pessoa de jeito nenhum. Lá está ela em cada uma das fotos, sentada na grama com os mesmos três garotos. A câmera os capturou enquanto conversavam, e alguém devia estar contando uma história engraçada, porque todo mundo está sorrindo e dando risadas. Um dos garotos está olhando admirado para uma borboleta pousada em seu dedo, e percebo com um choque que me dá náuseas que ele também tem uma estrela de Davi presa no bolso da camisa. Será que este pode ser o amigo sobre o qual a Adalyn escreveu no diário – aquele que foi levado na batida? E quem são os outros?

"Olha, tem uma legenda", diz Paul, apontando.

O parágrafo foi digitado em inglês e francês, então Paul e eu o lemos ao mesmo tempo:

ESTAS FOTOGRAFIAS FORAM TIRADAS NOS JARDINS DE LUXEMBURGO POR PIERRE-HENRI BOUCHARD, UM JOVEM ESTUDANTE DE FOTOGRAFIA COMBATENTE DA RESISTÊNCIA. EM 1944, BOUCHARD FOI PRESO E MANDADO PARA O CAMPO DE CONCENTRAÇÃO DE BUCHENWALD, ONDE FOI ASSASSINADO. SUA IRMÃ MAIS

NOVA ENCONTROU ESTAS FOTOGRAFIAS APÓS SUA MORTE. AS PERSONAGENS PERMANECEM NÃO IDENTIFICADAS, MAS ACREDITA-SE QUE TENHAM TRABALHADO COM BOUCHARD NOS ESFORÇOS DE RESISTÊNCIA ANTES DE SUA CAPTURA.

A parte sobre o campo de concentração é horrível demais para ler mais de uma vez, mas fico olhando para a última frase por um bom tempo boquiaberta.

Paul parece igualmente perplexo. "Então... depois de tudo isso... ela *estava* trabalhando para a Resistência?"

Eu afundo meus dedos nas têmporas. "Quero dizer... talvez? Mas ainda não explica a foto nazista... e o Hotel Belmont... e também, se a Adalyn era essa grande combatente da Resistência, por que a minha avó nunca falou dela? Esse é o tipo de coisa de que a vovó teria se orgulhado!" Prendo meu cabelo em um coque enquanto procuro nas fotos respostas que sei que não estão lá. Por que quanto mais eu descubro sobre o passado da vovó, mais longe fico de qualquer explicação concreta? Agora estou começando a entrar em pânico. Ficarei em Paris por mais uma semana e meia, e tenho que dar uma resposta ao meu pai sobre se estou ou não disposta a vender o apartamento. E se eu precisar de mais tempo?

"Paul, o que a gente faz?"

"Acho que a gente deve dizer ao museu que conhecemos a pessoa na foto", diz ele. Eu mal consigo pensar direito, mas parece uma coisa inteligente a se fazer, então deixo que ele me leve de volta até onde compramos nossos ingressos. Sem hesitar, ele se dirige à mulher e fala com ela em francês, apontando primeiro para mim e depois na direção das fotos. A mulher escuta pacientemente e acena com a cabeça. Então ela pega o celular e fala com alguém em voz baixa.

"Ela está ligando para a curadora do museu", diz Paul.

Apenas alguns minutos depois, uma mulher com o cabelo grisalho brilhante vem nos encontrar no saguão.

"Antoinette Richard", ela diz com um sorriso caloroso, apertando nossas mãos. Depois que Paul e eu nos apresentamos – e descobrimos que

Antoinette Richard fala muito bem inglês –, a curadora nos leva ao seu escritório, uma sala pequena com estantes cobrindo todas as paredes.

"Me disseram que é possível que você tenha identificado uma pessoa em uma das nossas fotos", diz ela quando todos nos sentamos.

"Sim", eu respondo. "É a minha tia-avó Adalyn. É exatamente igual a ela."

"Você tem uma fotografia?"

"Não – pelo menos não aqui comigo. Elas estão todas no antigo apartamento dela, que só agora foi aberto desde a guerra."

As sobrancelhas da sra. Richard se erguem tanto que somem debaixo de sua franja. "Perdão?"

Eu olho para Paul, e ele acena ligeiramente, me incentivando. Depois de respirar fundo, eu me lanço na história do apartamento da vovó e conto tudo o que eu sei sobre a Adalyn, as partes boas e as ruins, e os pontos de interrogação no meio. A sra. Richard fica fascinada, sobretudo quando mostro a ela as fotos que tenho do apartamento no meu celular. Para um curador de museu, deve ser como encontrar um tesouro.

Quando termino de explicar tudo, sinto como se tivesse corrido uma maratona. "O que você acha?", eu pergunto impotente. "Ela poderia ter feito parte da Resistência ou era sem dúvida uma simpatizante do nazismo?"

A sra. Richard, que estava inclinada para a frente para ouvir a minha história, recosta e cruza os braços. "Como historiadora, não gosto de tirar conclusões antes de fazer a pesquisa adequada", diz ela categoricamente. "Sem ver os dos documentos pessoalmente, temo que seja impossível para mim dar um parecer por uma coisa ou pela outra."

"Se trouxermos mais fotos, você daria uma olhada nelas?", pergunta Paul.

"Com certeza", ela responde.

"Vamos trazer tudo para você", eu prometo. Mas tem uma coisa que ainda quero perguntar a ela. "Sra. Richard, a senhora faz alguma ideia de como eu poderia localizar a minha tia-avó? A gente nem sabe se ela ainda está viva, mas se ela estiver, eu gostaria de encontrá-la."

Para minha surpresa, a sra. Richard diz: "Eu tenho uma ideia". Ela abre a última gaveta de seu arquivo e repassa seu conteúdo até encontrar um panfleto vermelho, branco e azul, o qual ela desliza sobre a mesa. Leio o título no alto.

"Projeto Geronte?"

"Foi iniciado por uma conhecida minha, Corinne, cujo avô tocava uma rede de informações sediada em Paris. Devido ao sigilo exigido, pode ser difícil saber quem exatamente estava envolvido. Quero dizer, veja só a situação com a qual você está lidando aqui. O objetivo do Projeto Geronte é juntar todas essas pessoas, assim como seus familiares, em uma espécie de comunidade. Eles se reúnem e compartilham suas histórias depois de todos esses anos, e nós, enquanto historiadores, podemos registrar tudo."

"Você acha que alguém lá pode conhecer a Adalyn?"

"Eu não sei. Mas eu levanto isso porque eles se encontram na terceira quarta-feira de cada mês, então o próximo encontro é daqui a uma semana. Eu mesma não vou poder comparecer – amanhã sigo para o Canadá para uma série de palestras e ficarei fora por uma semana e meia –, mas vou ficar feliz de colocar você em contato com a Corinne. Acho que ela tem quase oitenta anos, mas vai te responder por e-mail sem problemas. E vou te dar cópias das fotos para você ficar com elas."

Paul e eu olhamos um para o outro, depois de volta para a sra. Richard.

"Isso seria incrível", digo a ela. "Muito obrigada."

"É um prazer", diz ela, pegando o celular. "Se a sua tia-avó ainda está viva e se ela fez parte da Resistência, então devemos descobrir sua história antes que seja tarde demais."

14 *Adalyn*

Eu me atrapalho com o botão inferior do meu casaco. Simplesmente não consigo fazer com que ele passe pelo buraco. A cada vez que acho que consegui, o maldito desliza para fora novamente. Deve ser porque as minhas mãos estão tremendo.

Por fim, dou um jeito de fechar. Vou para a frente do espelho do corredor e observo o meu reflexo – meu cabelo preso no alto e descendo levemente ondulado ao redor do meu rosto, meus lábios pintados de vermelho, um rubi vermelho combinando que brilha na base do meu pescoço. Eu me pergunto: *se eu fosse um dos homens mais maléficos do mundo, será que eu ia querer me pagar uma bebida?*

Não sei. Não faço ideia de como a mente dele funciona. Mas eu espero que sim.

O piso de madeira range. Ouço passos vindos do corredor. Chloe. Eu me despediria dela, mas sei que ela não vai responder. Em vez disso, vejo pelo espelho que ela passa bem atrás de mim ao seguir para a sala de estar, tão perto que posso sentir o ar se movendo. É assim que a gente está agora: como dois navios vagando no meio da noite. É isso. É melhor eu ir.

O restaurante que Von Groth e seus homens frequentam chama-se Au Coq Blanc – ou costumava se chamar, antes de ter o nome mudado para o alemão. Fica na esquina da rue des Saussaies com a rue Montalivet no Oitavo *Arrondissement*... não é muito longe do apartamento da madame LaRoche e está bem em frente à sede da Gestapo. Em geral, eu não ousaria passar por esta rua a pé. Preciso tentar me concentrar na tarefa em questão, e não nos prisioneiros franceses que estão detidos atrás das portas da rue des Saussaies 11, passando Deus sabe por quais perversidade que Von Groth os sujeitou. E se eu for a próxima a me juntar a eles? E se eu também acabar desejando morrer logo em vez de suportar mais das torturas dele?

Minhas mãos estão tremendo de novo. Eu preciso que elas parem. Von Groth é esperto. Se ele perceber que eu estou nervosa, vai saber na hora.

Respiro fundo, entro no restaurante. É um lugar esplêndido, com pé-direito enorme, espelhos da altura de três homens adultos um sobre o outro e um lustre imenso. Quando meus olhos viajam para a área abaixo dele, minha respiração fica entalada na garganta – mesmo depois de três anos de Ocupação, isso ainda me desconcerta – meia dúzia de alemães reclinados com suas botas pretas engraxadas sobre a toalha de mesa.

Geronte me mostrou uma foto de Von Groth no jornal, junto de um artigo sobre a promoção que recebera. O homem tem cara de tubarão, com sobrancelhas grossas e os olhos como duas fendas frias. As bochechas dele são cavadas e os lábios são finos como a lâmina de uma faca. Não demorei para localizá-lo, cortando um pedaço de carne com a precisão de um cirurgião e transferindo-o para seu prato.

Um garçom de camisa branca e gravata-borboleta preta se aproxima para me cumprimentar. Ele é careca, e tem um bigode fino, enrolado nas pontas. Este deve ser o homem a quem chamam de Boivin, outro dos muitos contatos de Geronte. Por meio do seu trabalho, ele pode convenientemente observar as idas e vindas pela rue des Saussaies, 11. Ele também sabe que Von Groth, quando acaba de comer, tem o hábito de abordar mulheres desacompanhadas sentadas no bar.

"Posso lhe oferecer uma mesa, senhorita?"

"Não, obrigada", respondo, seguindo nosso roteiro. "Um lugar no bar já vai ser suficiente."

Boivin me guia, passando ao lado da mesa dos alemães. No caminho, ele deixa cair um cardápio e eu me inclino para apanhá-lo para ele. Um dos alemães assobia um fiu-fiu. Outro bate com força o copo na mesa. Estou me sentindo enojada, mas pelo menos até agora o plano está funcionando. Com o cardápio de volta em mãos, Boivin me indica um assento no bar que está bem na linha de visão de Von Groth.

Aquele alemão idiota ainda está assobiando, mas pelo menos isso ajuda a minha causa. Eu sorrio timidamente em sua direção, como se a grosseria dele me atraísse. Alguns dos outros olham na minha direção e eu sorrio para eles também. Quero que toda a mesa saiba que eu estou aqui – os homens são competitivos assim.

Olhe para mim, Von Groth. Estou bem aqui.

Como se o homem tivesse acabado de ouvir meus pensamentos, Von Groth larga o garfo, limpa os cantos da boca com um guardanapo de tecido e se volta para ver para o que seus camaradas ainda estão assobiando.

Seu olhar frio faz com que eu me sinta como se estivesse bem na mira de uma arma. Meus instintos me dizem para fugir para salvar a minha vida, mas não é isso que eu vim fazer aqui. Então junto toda a minha coragem. Eu me lembro do ataque ao trem em Limoges, que não teria acontecido sem os detalhes que arranquei de Ulrich.

E eu fixo meu olhar no de Von Groth. Sorrio para ele. Eu até aceno, o que não fiz para ninguém mais na mesa.

Von Groth sustenta nosso contato visual. Ele acena com a cabeça, quase como um cumprimento. Então ele se volta para sua conversa anterior.

Beberico o meu conhaque, conversando com o barman sobre frivolidades. À medida que meu copo fica mais vazio, começo a me perguntar se meus esforços com Von Groth bastaram. Ele ainda não veio aqui... no entanto, de vez em quando, os pelos da minha nuca se arrepiam, e quando dou uma espiada me deparo com Von Groth olhando em minha direção mais uma vez.

Assim que tomo o último gole do meu drinque, há uma movimentação na mesa. Von Groth se levanta de sua cadeira e vem direto para o bar, como se ele estivesse cronometrando. Suas botas batem no ladrilho com determinação.

"A jovem vai tomar outro. E um para mim também", diz ele ao barman. Sua voz é afiada como uma agulha. Sem me perguntar se estou esperando alguém, Von Groth põe o pé na banqueta ao meu lado e apoia o cotovelo no balcão, se recostando. É difícil para mim desviar os olhos do brilho de suas muitas medalhas e do aço azulado da pistola do lado direito de sua cintura. Depois de trazer nossas bebidas, o barman, tão tagarela há apenas alguns minutos, desaparece depressa como um rato.

"Seus olhos chamaram a minha atenção", diz Von Groth. "Eles são bastante notáveis."

"Está me deixando lisonjeada, coronel."

"Tenente-coronel, receio."

"Ah, não, erro meu. Eu vi a sua foto no *Les Nouveaux Temps*. Meus parabéns pelo novo cargo. É muito impressionante."

"Eu valorizo o elogio, vindo de uma moça francesa como você. Gente demais do seu povo não nos trata com o devido respeito." Os olhos dele voam em direção à rua – em direção ao número 11. "Você gostaria da minha companhia para desfrutar esta bebida?"

"Eu adoraria."

Von Groth bate seu copo contra o meu. "Eu sou *Obersturmbannführer* Walther von Groth. Qual é o seu nome, senhorita?"

"Adalyn Bonhomme."

É assustador dizer a Walther von Groth meu nome verdadeiro. Eu me sinto nua. Mas Adalyn Bonhomme é a garota com a foto nas páginas das colunas sociais – a garota que circula pelo Hotel Belmont o tempo todo – o que significa que Adalyn Bonhomme é, mais uma vez, meu melhor disfarce.

"E o que a traz a este restaurante sozinha, srta. Bonhomme?"

Eu forço um sorriso acanhado. "Será que a guerra deveria impedir uma jovem de tentar conhecer um homem interessante?"

Von Groth ri. "Você fala alemão?"

"Infelizmente, não", eu minto.

"Não importa", diz ele estufando o peito, "sou fluente em francês, entre outras línguas."

"Me ensine a dizer alguma coisa em alemão, tenente-coronel."

"Tudo bem. O que você gostaria de aprender?"

"Me ensine a dizer... 'O tenente-coronel fica muito bem em seu uniforme.'"

"*Der Obersturmbannführer sieht gut aus in seiner Uniform.*"

"Ah, meu Deus! Vou precisar da sua ajuda para dizer isso direito." Lanço o pior sotaque que posso fingir, incorporando todos os meus ex-colegas que tiveram dificuldades durante as aulas de alemão. "*Dare oh-burr-shturrm-bun-fü-rurr...*"

"*Sieht gut aus...*"

"*Ziit gût áuss...*"

"*In seiner...*"

"*In zai-nur...*"

"*Uniform.*"

"*Uu-nii-form.*"

Von Groth ergue seu copo. "Dito como uma verdadeira alemã." Eu odeio quando ele sorri, seus dentinhos afiados apontam debaixo de seu lábio.

"Vou ensiná-la a dizer outra coisa agora, srta. Bonhomme." Von Groth toca meu pulso e luto contra o instinto avassalador de me afastar. Tento não olhar para as mãos dele, porque não quero pensar no que elas já fizeram.

"*Du bist wunderschön*", ele me diz.

"Uau, o que isso quer dizer?", eu pergunto como se já não soubesse.

"Você é muito bonita", responde Von Groth, agora acariciando meu antebraço.

"Obrigada."

"Acho que você quer dizer '*danke*'", diz ele com uma piscadela.

Bem nessa hora, um dos homens que estava sentado à mesa de Von Groth caminha até nós e para a cerca de um metro e meio de distância, com as mãos para trás. Ele pigarreia. "*Obersturmbannführer*, seu carro está esperando do lado de fora."

"Logo estarei lá", diz Von Groth bruscamente.

É isso, minha última chance de ter certeza de que nos encontraremos novamente. Agora eu roço meus dedos ao longo do pulso *dele*.

"Espero mesmo que não seja a última vez que a gente se veja", digo a ele.

"Sem ser neste sábado, no outro, vai acontecer um almoço neste restaurante para comemorar meu novo cargo. Eu gostaria que você viesse como minha convidada, se estiver disponível."

"Seria uma honra."

"Estamos combinados, então. Estou ansioso para vê-la aqui ao meio-dia."

Von Groth sorve o que restava em seu copo e beija as costas da minha mão com aqueles terríveis lábios finos dele. Em seguida, sai do restaurante, com seus companheiros alemães a reboque. Ah, meu Deus, o que eu acabei de fazer?

"Outra bebida, senhorita?", pergunta o barman, que reaparece magicamente assim que Von Groth sai.

"Não, obrigada", eu respondo, segurando o balcão para me certificar de que não vou cair dura no chão.

Geronte está impressionado com meu trabalho. Eu também, devo admitir, assim que me recuperar do choque de tudo isso. Von Groth não suspeitou de nada. Ele acreditou em mim quando bajulei seu novo título e seu uniforme. Que informações vou conseguir dele assim que tiver mais tempo com ele?

É a noite antes do almoço de Von Groth. Pratico piano na sala de estar enquanto Maman e Papa leem nas poltronas junto à janela, com as cortinas bem fechadas para que a luz do abajur não seja vista do lado de fora. Quando chego ao final de uma música, Maman ergue os olhos do livro e pergunta: "Que tal você e eu irmos ao mercado amanhã, Adalyn?".

Eu mordo o lábio. Tenho adiado contar aos meus pais sobre o almoço até agora, porque me dói que eles pensem que eu *queria* aceitar o convite. Mas tenho que fazer isso. Escolhi esta vida de resistência e, quando se trata da espionagem, devo lembrar que os fins justificam os meios. A única coisa que torna isso mais fácil é que Chloe não está na sala para me ouvir. Ela se isolou no escritório do Papa mais uma vez, para ficar longe de nós.

"Não posso amanhã", digo a Maman. "Fui convidada para um almoço."

"Ah! Por quem, querida?"

"Pelo... Pelo novo chefe da Gestapo em Paris. Eu o conheci em um restaurante com algumas amigas da universidade."

Eu não tiro os olhos da partitura na minha frente, mas ouço o *tum* suave de um livro se fechando.

"Da Gestapo?", Maman pergunta hesitante. Eu posso adivinhar o que ela está pensando. Até agora, ela encontrou uma maneira de racionalizar o fato de estar junto dos alemães nas festas da madame Marbot e da madame LaRoche. Mas a Gestapo, a polícia secreta de Hitler, nunca esteve presente em nenhuma delas.

Eu finalmente me volto para encará-la e, sem dúvida, há uma expressão de preocupação em seu rosto. Seus olhos não param de procurar Papa atrás de orientação, mas a concentração dele fixa no livro deixa claro que ele não quer entrar no assunto.

"Está tudo bem, Maman", eu insisto. "Vou tentar trazer um pouco de comida para nós. E de qualquer forma, eu... Eu imagino que não vai ser ruim a Gestapo encarar nossa família com bons olhos. As histórias que a gente ouve..."

Maman suspira. "Sim... as histórias que a gente ouve, de fato..."

Um silêncio pesado preenche o ar.

"Muito bem, então", diz ela por fim. "Se você vier ao meu quarto pela manhã, posso ajudá-la a escolher algo para vestir. Podemos examinar os recortes na minha gaveta e nos inspirar."

"Seria ótimo, Maman." Minha própria duplicidade está me embrulhando o estômago. "Acho que vou descansar um pouco agora, se você me dá licença."

Digo boa-noite aos meus pais e vou para o conforto do meu quarto, onde posso fechar a porta e enterrar meu rosto num travesseiro. Mas quando chego ao corredor, vejo um triângulo de luz no chão, vindo do escritório de Papa. Ah, não. A Chloe não deve ter fechado toda a porta e, nesse caso, há uma chance de ela ter ouvido a conversa na sala de estar.

Prendo a respiração ao me aproximar do escritório. Talvez eu esteja sendo cautelosa demais. Parece que a porta do escritório está *quase toda* fechada – quanto daria para ouvir de lá? E, de qualquer forma, Maman e eu estávamos conversando em um tom bastante baixo.

Mas, conforme passo pelo triângulo de luz, ouço Chloe se mexer na cadeira. *Não é nada*, digo a mim mesma. Mas então, claro como a água, a voz da minha irmã sibila para mim através da pequena abertura.

"Que vergonha que você é."

De manhã, Maman me dispensa com um vestido amarelo-limão e um par de brincos de diamante em forma de lágrima, segurando uma de suas cobiçadas carteiras Boucheron.

"Você parece um raio de sol ambulante", ela me garante, mas dificilmente me sinto assim enquanto sigo caminhando para o almoço. Estou ferida pelo insulto da Chloe, apavorada por estar na presença glacial de Walther von Groth mais uma vez e frustrada porque as únicas pessoas que sabem quem eu realmente sou estão a quilômetros de distância, em algum ponto desconhecido. Anseio ainda mais a presença de Luc, que não vejo desde nossa tarde no rio, e Geronte não deixou escapar mais nenhum detalhe novo sobre o paradeiro dele. Ao virar a esquina da rue des Saussaies, lembro a mim mesma do que Luc disse antes de me dar um beijo de despedida:

"Se eu estiver vivo, estarei pensando em você."

Por favor, pense em mim agora, Luc.

O restaurante é um mar de uniformes verde-acinzentados. Uma infestação de ratos. As mesas foram empurradas para os cantos da sala para que os convidados possam confraternizar enquanto mordiscam os canapés que passam nas bandejas de prata. Um fotógrafo está registrando todo o evento. O garçom Boivin me recebe com um floreio. "Ele está mais à esquerda", sussurra enquanto eu passo.

Encontro Von Groth no centro de um círculo de admiradores. Quando ele me avista no meio da multidão, faz sinal para dois de seus homens se afastarem e me deixarem passar. Von Groth beija as costas da minha mão com sua boca fria e dura.

"Srta. Bonhomme. Estou muito feliz que tenha se juntado a nós."

"É uma honra estar aqui."

"Você está ainda mais bonita do que da última vez."

"Ora, obrigada."

Nossa conversa é interrompida conforme mais homens se aproximam para parabenizá-lo, mas eu fico ao lado de Von Groth durante a coisa toda. O que o tenente-coronel não sabe é que sempre que ele conversa com outro oficial alemão, eu entendo cada palavra.

No início, é apenas uma enxurrada de formalidades. "Ninguém merecia mais"; "A administração tem a sorte de tê-lo"; "Não vejo a hora de trabalhar com o senhor". Mas, à medida que as coisas começam a esfriar e alguns convidados menos importantes seguem em direção à saída, Von Groth e alguns de seus companheiros mais próximos tomam seus assentos ao redor de uma das grandes mesas.

"Junte-se a nós para uma bebida antes de ir, srta. Bonhomme."

"Ficaria encantada."

Sério, eu estaria vomitando se isso não me denunciasse. Cada um dos homens ao redor da mesa está usando uma braçadeira nazista. Ainda assim, deslizo para a cadeira ao lado de Von Groth e aceito uma taça de conhaque que vem em minha direção. Ninguém parece preocupado com a minha presença, pois acreditam que existe uma barreira linguística entre nós. Não passo de outra medalha para Von Groth usar no peito.

"*Obersturmbannführer* Von Groth", diz um dos homens, que parece muito ansioso para causar uma boa impressão, "o senhor pode nos contar como vai a nova posição até agora?"

"Muito bem, Richter", responde von Groth. "Você sabe, o povo de Paris é desprezível em muitos aspectos, mas eles certamente tornam o trabalho da Gestapo mais fácil quando denunciam uns aos outros para nós. É claro, muito do que nos chega é absurdo, e é preciso separar o joio do trigo, mas isso é algo que sou capaz de fazer com bastante facilidade."

Há um murmúrio de risadas em torno da mesa.

"Conte sobre algumas das histórias que vingaram", diz o homem chamado Richter.

"Na semana passada", diz Von Groth, "fomos informados por uma zeladora de que um jovem casal do prédio dela estava estocando armas sob o assoalho do apartamento onde moravam. Outro dia, fizemos uma batida na casa e, de fato, encontramos muitas armas de fogo. O homem tentou dizer que era apenas um colecionador."

"Onde eles estão agora?", pergunta outro homem.

"A mulher está em Fresnes", diz Von Groth. "O homem está morto."

Mais risadas.

"Conte-nos outra", implora Richter.

"Bem, há o ataque que planejamos para amanhã." Todos ao redor da mesa se inclinam, exceto eu, porque estou fingindo não fazer ideia do que está acontecendo. Mas meus ouvidos estão atentos a cada palavra que sai dos lábios de Von Groth.

"Um homem que administra uma livraria na rue Chauveau Lagarde nos informou que a mulher no apartamento do primeiro andar do outro lado da rua está escondendo um grupo de vermes judeus. Claro, pode ser tudo mentira, mas *esse* é o tipo de relato que devemos levar muito a sério."

Os outros homens acenam concordando.

Estou tentando absorver essa informação horrível em silêncio quando o fotógrafo do jornal se aproxima da mesa. "Uma fotografia do grupo antes de eu sair?", ele pergunta.

"Por favor", diz Von Groth.

O tenente-coronel coloca o braço sobre meus ombros. Eu gostaria que ele não me tocasse, mas me afastar seria desistir da minha posição. E então, enquanto os outros homens se reúnem ao nosso redor, eu faço o que devo.

Eu sorrio para a câmera.

Quando é hora de ir, saio do restaurante com Von Groth e seus homens. Na calçada, ele me puxa para o lado.

"Lamento não termos tido mais tempo para conversar", diz ele. "Foi um evento muito agitado."

"Não importa", eu insisto. "Fiquei feliz só de ter sido convidada."

"Infelizmente", diz ele, "estarei viajando nos próximos meses, mas se voltar para cá no outono, certamente me encontrará, e gostaria muito de lhe pagar outra bebida, srta. Bonhomme. Podemos continuar nossas aulas de alemão."

"Não vejo a hora. Boa viagem, tenente-coronel."

Eu o deixei beijar minha mão mais uma vez – uma sensação verdadeiramente sórdida – e então sigo pelo quarteirão, feliz por estar longe dele. Tenho que admitir, é tanto uma decepção quanto um alívio não ver Von Groth por mais alguns meses. Quero muito voltar para casa e lavar bem as costas da mão, embora primeiro haja outra coisa que devo fazer.

A rue Chauveau Lagarde não é muito longe. É uma rua muito curta e, pelo que posso ver, tem apenas uma livraria. Entro no prédio do outro lado da rua, onde digo para a zeladora sonolenta que sou amiga da mulher do apartamento do primeiro andar. Ela faz um gesto para que eu suba a escada sem me olhar de novo.

Eu bato na porta delicadamente para que os vizinhos não ouçam. Um minuto se passa. Então apenas uma fresta da porta se abre. O rosto de uma mulher aparece pela abertura. Ela parece magra e exausta, como uma pequeno bichinho da floresta constantemente fugindo de predadores.

"Como posso ajudá-la?", ela pergunta secamente.

"Eles sabem", digo a ela. "Eles vão aparecer amanhã."

Eu vejo o medo da mulher vir à tona. Os olhos dela se arregalam, até que haja branco ao redor de toda a pupila.

"Quem é você?", sussurra ela.

"Não importa", respondo bruscamente. "Apenas encontre um lugar seguro. Todos vocês."

Fixamos nossos olhares de uma mulher assustada para a outra por alguns segundos agonizantes. Estamos todas juntas nisso, pequenas chamas lutando para permanecer acesas nessa escuridão esmagadora. Ela não diz mais nada. Acena para mim e fecha a porta. Eu desço correndo as escadas, rezando para que eles escapem sem nenhum problema.

15 *Alice*

Estou tão nervosa e animada com a reunião do Projeto Geronte que parece injusto termos que esperar uma semana inteira. Para passar o tempo, Paul e eu analisamos as páginas do diário da Adalyn como dois arqueólogos, lendo e relendo, procurando desesperadamente por pistas em suas letrinhas cursivas.

No início de uma tarde, estamos atrás da mesa dele na La Librairie. O dia está moroso na livraria, sem um cliente à vista e sem novas levas de livros para catalogar, então descanso minha cabeça no ombro de Paul enquanto nos debruçamos sobre o diário mais uma vez. No minuto em que o turno termina, no entanto, Paul fecha o caderno e pega sua bolsa.

"Vamos", ele diz.

"Está tudo bem?"

"Sim. Mas quero muito te beijar, e não posso fazer isso aqui."

Arrumo minhas coisas o mais rápido que consigo. Paul segura a minha mão e me guia por uma curta caminhada até o Jardim de Luxemburgo. Seguimos o caminho até a parte de trás do Palácio de Luxemburgo, passando pelo lago com a fonte no meio e, por fim, por uma extensão de grama sombreada entre duas fileiras de árvores com galhos e folhas aparados em retângulos perfeitos.

Nos jogamos na grama e nos beijamos imediata e intensamente. Eu costumava imaginar como era dar um beijo francês em alguém, e sempre presumi que devia ser meio complicado, com todas aquelas partes se mexendo. Nunca pensei que aconteceria tão naturalmente ou que eu acabaria fazendo isso com um francês de verdade. Eu nem ligo para o fato de que há pessoas por perto enquanto deixo a língua dele passear além dos meus dentes. É uma sensação incrível. E eu tenho tantos sentimentos reprimidos a respeito de tudo o que tem acontecido que só quero me perder no ritmo constante das nossas bocas.

De alguma forma, já não estamos mais sentados e sim deitados lado a lado, um de frente para o outro. A mão dele viaja lentamente pela lateral do meu corpo e vai descansar na pele exposta por baixo da minha camiseta. Isso espalha calafrios bons por todo o meu corpo.

Então nossos óculos batem um no outro, e nós dois temos um ataque de risos.

"Achei que isso poderia acontecer", diz Paul.

"Posso tirar o meu, se você quiser."

"Não, está tudo bem." Ele recua um centímetro e fixa os olhos em mim. "Você está tão linda agora."

Sinto que posso explodir como um show de fogos de artifício.

Nós nos sentamos e limpamos a grama das nossas roupas, bastante corados. Pego minha mochila e tiro o diário da Adalyn.

"Acho que é melhor a gente voltar ao trabalho", diz ele.

"Foi uma boa pausa nos trabalhos", aponto.

Antes de deixarmos a livraria, estávamos repassando uma entrada de dezembro de 1943. Adalyn estava escrevendo sobre outro inverno extremamente rigoroso, sobre não ter carvão suficiente para aquecer o apartamento, sobre desejar o fim da guerra. Um trecho saltou aos meus olhos no final:

> *Está tão frio que meus dedos estão dormentes – e eu estou debaixo das cobertas. Essas noites congelantes seriam muito mais suportáveis se eu dividisse a cama com Chloe, como fazíamos antes. Mas ela não vem ao meu quarto já faz um ano. Ela quase nunca está em casa. Quando está, ela não fala comigo. Ela não olha para mim se nos cruzamos no corredor. Isso dilacera meu coração todas as vezes.*

Com base nessa entrada, imaginamos que a vovó e a Adalyn pararam de se falar no final de 1942, mas ainda não conseguimos descobrir o porquê.

"Se a Adalyn *participou* da Resistência, então por que a vovó estaria tão brava com ela?", eu pergunto. "As duas teriam estado do mesmo lado."

"Acabou de me ocorrer uma coisa", diz Paul. "E se sua avó não soubesse?"

"Não soubesse que a Adalyn estava fazendo trabalho de resistência?"

"Sim", diz ele, ainda refletindo a respeito. "Talvez fosse segredo."

"É um segredo enorme para manter da sua família."

"É, sim."

"Quero dizer, elas eram *melhores* amigas uma da outra."

Passo para a última entrada do caderno, datada de 30 de maio de 1944. O resto das páginas do diário estão em branco e tenho tentado não deixar que a minha mente tire qualquer conclusão precipitada sobre por que minha tia-avó parou de escrever. As entradas são muito menos frequentes em 1944; talvez ela só tenha ficado ocupada demais. Ainda assim, é difícil não ficar preocupada, agora que eu sei o que diz a última entrada.

Quando Paul a leu para mim outro dia, ele franziu a testa e os óculos escorregaram pelo nariz. "É uma mensagem estranha", disse ele.

"O que você quer dizer?"

"É misteriosa", ele murmurou. "É como se ela estivesse falando por meio de símbolos." E então ele traduziu a mensagem criptografada para mim:

30 de maio de 1944

Já se passaram quase quatro anos. Quatro anos desde que a chama foi acesa. E ainda assim, minha chama queima.

Eis o que é verdade sobre o fogo: ele cria poder, mas também cria destruição. O meu fogo gerou muitas vitórias, mas destruiu o que eu tinha com a pessoa que mais amo no mundo.

Meu fogo me causou muita dor, mas eu não posso apagá-lo. Eu não quero.

Amanhã ainda pode ser o dia mais difícil. Estou com medo. Estou tremendo enquanto escrevo isto. Mas meu medo é muito menos importante do que fazer o que deve ser feito.

Aconteça o que acontecer, durmo esta noite sabendo que o risco vai valer a pena.

Meu coração bate forte quando olho para as palavras novamente, agora que sei o que significam. Também estou desesperada para saber o que a Adalyn planejou para 31 de maio de 1944 e morrendo de medo do que pode ter sido. Não pode ser bom sinal ela ter escrito sobre fazer algo perigoso no dia seguinte e depois parar de escrever no diário... mas Paul me lembra sempre que ainda não sabemos de nada com certeza.

"Bem, fica parecendo de fato que ela estava fazendo trabalho de resistência", eu aponto mais uma vez. "*E ainda assim, minha chama queima.* Charles de Gaulle falou sobre 'a chama da Resistência Francesa'. A Adalyn já a citou no diário."

"E isso explicaria por que a entrada está escrita dessa forma confusa", responde Paul. "Ela não queria falar abertamente sobre os planos que tinha, para o caso de alguém encontrar o caderno."

"Mas ainda há uma grande questão."

"E qual é?"

"Por que ela estava andando com nazistas?"

"Ah... certo."

Solto um gemido e caio de costas, com os braços abertos para os dois lados. Paul se deita meu lado. Eu me engato no corpo dele, descansando minha bochecha no ponto macio logo abaixo de sua clavícula. É gostoso estar aqui. Seguro.

"Sei que as chances são quase nadica de nada", digo, "mas eu realmente espero que a gente encontre alguém que a reconheça na reunião do Projeto Geronte."

"Nunca se sabe", ele responde. "Talvez *a própria* Adalyn esteja lá."

Eu afundo o rosto no tecido de sua camiseta. "Agora você está me deixando toda nervosa de novo!"

"Desculpa", ele diz. "Posso tentar te distrair, se quiser."

"Como?", resmungo.

Há uma leve pausa enquanto ele tira seus óculos e os enfia no bolso lateral da mochila. Então ele volta a se deitar e me puxa para perto. E assim, meu cérebro muda completamente de toada. Com um frio na barriga, ergo meu rosto para que Paul possa me beijar mais uma vez.

A reunião do Projeto Geronte acontece em um hotel no Nono *Arrondissement*, não muito longe da rue de Marquis. Digo a mim mesma que é um bom sinal, embora na verdade não signifique nada. Encontro Paul na calçada, do lado de fora, com as fotos da Adalyn debaixo do meu braço no envelope que a sra. Richard me deu. Estou tão nervosa, estou tremendo. Estou me sentindo como quando abri a porta do apartamento 5 pela primeira vez, completamente alheia ao que encontraria lá dentro.

Paul está muito bonito de blazer e jeans escuro. Eu nunca o vi usando outra coisa além de camiseta.

"Você se arrumou", eu ressalto.

"Bem, e se a Adalyn estiver aqui? Eu queria ficar bonito, para o caso de acabar conhecendo a sua família."

Eu bato nele com o envelope. "Ela *não vai* estar aqui." Mas, mesmo enquanto digo isso, meu coração bate forte. E se, por algum golpe de sorte absurdo, ela *estiver*?

Paul me oferece o braço e eu dou o meu. Tê-lo ao meu lado me deixa mais calma.

"Ei, Paul?" A gente está subindo a escada rolante para o salão de festas no mezanino.

"Oi?"

"Eu só queria dizer... obrigada por vir comigo. E por me ajudar com tudo. Eu nunca teria chegado até aqui sem você."

Agora estamos parados do lado de fora das portas duplas onde há placas que indicam o Projeto Geronte. Antes de entrarmos, Paul segura o meu rosto e me beija na testa. É a coisa mais inesperadamente romântica que já me aconteceu na vida. Meus joelhos vacilam.

"É um prazer", diz ele. "Estou tão feliz por estar com você, Alice."

Três homens – um muito velho, auxiliado por dois que devem estar na casa dos setenta ou oitenta – passam por nós e entram na sala. Isso é incrível – algumas das pessoas além destas portas faziam de fato parte da Resistência Francesa! É a história viva.

"Vamos entrar?", Paul pergunta.

"Vamos."

Abrimos as portas e entramos em uma sala de conferências acarpetada com cadeiras alinhadas junto das paredes e pessoas circulando no centro, muitas delas tão idosas quanto os homens que vimos entrar. Ouço uma música fraca que parece dos anos quarenta tocando, a qual provavelmente eles têm que manter baixo para que os convidados possam conversar. Há uma longa mesa com artefatos dispostos – cópias de jornais e pôsteres antigos, algumas armas velhas e enferrujadas – e outra mesa com opções de vinho, queijo e pão.

Uma mão forte segura meu braço. "Alice? Paul?"

Dou meia-volta. Se esta for nossa anfitriã, ela parece ter muito menos do que oitenta anos. Sessenta e cinco, talvez. Seu cabelo branco curto é espetado na frente, e ela está vestida em um terninho vermelho feito sob medida.

"Isso, somos nós", digo a ela. "Você é a Corinne?"

"*Oui*. É um prazer conhecer vocês." O inglês dela tem um sotaque carregado. Ela nos cumprimenta com um aperto de mão firme. "Antoinette me contou tudo sobre a sua história. Estou feliz que você tenha vindo aqui esta noite."

"Estou feliz que tenha nos deixado vir! Então... o seu avô foi líder de uma rede de resistência?"

"Isso mesmo."

"Não sei se você reconheceria as fotografias de pessoas com quem ele trabalhou, mas..."

Saco as cópias em preto e branco que a sra. Richard nos deu. Corinne as examina bem perto do rosto, em seguida as devolve, balançando a cabeça. "Meu avô trabalhou com muita gente durante a guerra, algumas tão jovens quanto essas pessoas aqui. Não as reconheço, mas fique à vontade para perguntar a qualquer pessoa nesta sala. Vejo diversas caras novas aqui esta noite. Nunca se sabe.

"Aqui, venha conhecer minha amiga Micheline." Corinne toca o braço de uma mulher frágil que está passando a caminho da mesa de bebidas. A mulher parece estar confusa, mas sorri calorosamente para nós. Corinne lhe faz uma pergunta em francês e ela aponta para as fotografias que seguro. As sobrancelhas de Micheline se erguem. Ela acena para que eu lhe passe as fotos. Com o coração disparado de expectativa, eu as entrego. Ela aperta os olhos para elas por um momento, as rugas em sua testa ficando cada vez mais profundas, e então diz simplesmente: "*Non*".

"*Merci beaucoup*", diz Paul, enquanto Micheline se afasta andando lentamente. Corinne vai cumprimentar outro recém-chegado.

Meu coração despenca. "Eu queria que ela os reconhecesse."

"Ela foi só a primeira pessoa para quem perguntamos", diz Paul, dando tapinhas nas minhas costas. "Vamos lá – vamos tentar aquele casal ali. Eu posso explicar, caso eles não falem inglês."

A gente se aproxima do homem e da mulher que estão sozinhos perto da janela.

"*Excusez-moi*", diz Paul, "*pouvons-nous vous poser une question?*"

Seguimos o mesmo roteiro de antes, entregando as fotos e observando, prendendo a respiração enquanto eles as examinam. E, como antes, eles balançam a cabeça e dizem: "*Non, désolé*".

Non, désolé – não, desculpe – tornam-se as palavras da noite. Ninguém reconhece a Adalyn ou qualquer um dos garotos. Algumas pessoas tomam isso como ponto de partida para explicar suas próprias façanhas durante a guerra, e ficamos totalmente entretidos com as histórias incríveis até que um de nós se lembre que é melhor a gente continuar circulando pela sala.

Depois de balançar negativamente a cabeça para a foto de Adalyn, uma senhora nos mostra uma foto em preto e branco dela mesma em 1942. A primeira coisa que me chama a atenção é seu cabelo, porque é hilário. Tem uma grande protuberância na frente que deve ter uns trinta centímetros de altura. É mais alto do que a cabeça dela de fato. Enquanto rimos disso, eu volto a olhar para a foto e noto que há uma estrela em seu vestido. Tem a palavra "*zazou*" no meio.

"Acho que minha avó usava a mesma estrela", digo a ela, me lembrando do vestido roxo deixado para trás na cama da vovó. "O nome dela era Chloe Bonhomme – você a conhecia?"

Ela balança a cabeça novamente. "Isso foi há muito tempo", ela responde com sua voz rouca. "A memória funciona de maneiras esquisitas. Tem pequenas coisas que eu nunca vou esquecer, como o gosto da imitação de café que minha mãe costumava fazer... ou o cheiro da tinta de iodo que ela passava nas pernas para dar a impressão de que estava usando meias de seda, já não podíamos mais pagar por elas. Outras coisas se foram!" Ela brinca batendo os nós dos dedos na cabeça.

"Por que você usava a palavra '*zazou*'?"

A mulher sorri. "É assim que nos chamávamos", diz ela. "Éramos pequenos rebeldes! Fazíamos o contrário de tudo o que Pétain e o governo dele de Vichy nos diziam para fazer. Ele queria que as meninas ficassem em casa e se tornassem mães, então é claro que nos vestíamos assim e íamos a todos os clubes de jazz. Foi uma época e tanto!"

Mesmo depois de todos esses anos, ainda consigo ver uma faísca nos olhos dela.

Enquanto a mulher se afasta claudicando em seu andador para cumprimentar Micheline, meu coração se enche de orgulho. A vovó era uma rebelde! Eu não esperava nada menos. Ela foi assim até o fim da vida, se esquivando das repetidas sugestões da minha mãe e do meu pai para que ela contratasse um cuidador em tempo integral.

"Então, se a vovó era um desses *zazous*", eu digo a Paul, "ela provavelmente não estava nada feliz com sua mãe indo para o Hotel Belmont em fins de semana alternados... E então, se ela tivesse descoberto que a Adalyn estava fazendo o que quer que fosse com aqueles nazistas..."

"Ela teria ficado brava de verdade", diz Paul, concluindo meu pensamento. "Brava o suficiente para parar de falar com ela."

"E não vamos esquecer como elas eram próximas, se olharmos o início do diário."

"Seria como se a Vivi tivesse começado a andar com nazistas", diz ele. "Eu também não sei como eu voltaria a falar com ela depois."

Passamos para o canto da sala para examinarmos o cenário. A essa altura, as fotos da Adalyn estão molengas e amassadas por terem passado por tantas mãos diferentes.

"Quem é o próximo?", Paul pergunta.

Eu olho em volta, mas não vejo ninguém novo. "Acho que já perguntamos para quase todo mundo", digo em desespero.

"E aquele cara?"

Eu sigo os olhos de Paul até o canto oposto da sala. É o homem bastante idoso que vimos quando entramos – aquele sendo auxiliado por outras duas pessoas. Para dizer a verdade, o cara meio que me dá arrepios. Eu percebi que ele estava me olhando desde o início da noite.

"Ele parece um pouco estranho", murmuro. "Vamos tentar as senhoras junto das pistolas."

Paul concorda. Mas as senhoras que estão perto das pistolas acabam sendo outra furada. O mesmo aconteceu com a mulher na cadeira de rodas com bandeirinhas francesas presas na blusa e com o senhorzinho de boina preta. Agora as pessoas estão começando a se dirigir devagar para a porta. Com o canto do olho, eu continuo vendo Corinne dando abraços de despedida nas pessoas. Meu coração está martelando de novo. É isso – a nossa última chance de encontrar alguém, *qualquer um*, que possa nos contar alguma coisa sobre minha tia-avó.

Aquele homem ainda está lá no canto, terminando uma taça de vinho tinto. Sem dúvida, ele também ainda está me encarando.

Mas eu tenho que fazer isso.

Educadamente interrompo a conversa de Paul com o senhor de boina preta. "As pessoas estão começando a ir embora", eu sussurro. "É melhor a gente tentar o cara do canto."

Paul assente com a cabeça. Nós nos despedimos de seu novo amigo, que se apressa para apanhar a última fatia de baguete. Então nos aproximamos do homem, cujos dois companheiros estão sentados um de cada lado dele. O homem ficou olhando o tempo todo, obviamente, mas agora os três erguem os olhos em expectativa. Paul pigarreia.

"*Pouvons-nous vous poser une question?*"

Há um senso de urgência na maneira como o velho acena com a cabeça, seus olhos nunca se desgrudando do meu rosto, mesmo que seja Paul quem está falando. Eles trocam um rápido diálogo em francês, no qual ouço a palavra *appartement* surgir – que significa "apartamento" – e então Paul me diz que posso entregar as fotografias.

O homem as aproxima do rosto, a apenas alguns centímetros do nariz. Acho que os outros vão ter que esperar sua vez. Ele as segura assim por um bom tempo – talvez um minuto inteiro. Paul e eu trocamos olhares apreensivos. O que o homem está observando? Ele está buscando memórias que já se foram há muito tempo?

De repente, uma coisa estranha acontece. Os braços do homem começam a tremer. Ele agarra as fotografias com tanta força que fico com medo de que as rasgue.

Um de seus companheiros mais jovens põe a mão no ombro do homem. "*Quel est le problème?*"

Por fim, ele baixa as fotografias e fico chocada ao ver que ele tem lágrimas nos olhos. Todos no grupo inspiram profundamente. Então o homem olha bem nos meus olhos e me diz algo. Paul parece confuso.

"Sinto muito, eu não falo muito francês", explico a ele.

"Eu disse que você se parece muito com ela", o homem repete em inglês, com a voz vacilante. "Eu vi na hora que você entrou pela porta."

Uma única lágrima brota livre e escorre pela bochecha do homem. Ele acena com a cabeça. Com um dedo trêmulo, ele estende a fotografia e aponta para o garoto de cabelo bagunçado sentado na grama ao lado da Adalyn.

"Este garoto sou eu."

16 *Adalyn*

Aprendi a me desligar.

Por fora, não dá para ver a diferença. Eu ainda falo, dou risada e sorrio como uma garota de dezenove anos que só sabe fazer isso. Mas, por dentro, estou vazia. A verdadeira Adalyn simplesmente foi embora. Assim, quando olho em seus olhos frios, não sou consumida por uma raiva desvairada. Quando ele coloca a mão na minha perna, eu nem mesmo vacilo.

É por meio dessa técnica esperta que consigo sobreviver o outono e o inverno de 1943-1944, quando Von Groth volta para Paris por um longo período. Eu o encontro uma vez a cada duas semanas mais ou menos, no mesmo restaurante diante da sede da Gestapo. Eu me certifico de chegar sempre quando ele está quase terminando de comer, e então espero que ele se junte a mim no bar. Ele sempre o faz.

Em uma noite turbulenta no fim de janeiro, com o vento soprando granizo contra a janela, nem mesmo um minuto se passa antes de eu ouvir o som denunciador das botas de Von Groth batendo nos ladrilhos. O barman nos serve duas taças de conhaque sem perguntar; ele já conhece a nossa rotina a essa altura.

Está prestes a começar. Eu me desligo.

"Srta. Bonhomme", diz Von Groth, "alguma vez eu já lhe disse a alegria que sinto em ver seu rosto no final de um dia difícil?"

"Você sempre me diz isso, Walther!", digo, risonha.

"Bem, é a verdade. Quanto pior o meu dia, melhor é ver você." Ele toma um grande gole da sua bebida.

"O que fez o dia de hoje ser tão difícil?"

Ele pressiona os lábios até virarem uma única linha afiada. "Pessoas que não fazem o que eu as mando fazer."

Às vezes, as pessoas levadas para interrogatório pela Gestapo são milagrosamente libertadas e, por meio delas, ficamos sabendo como Von Groth trata aqueles que se recusam a lhe dar informações. Entre as redes de resistência, corre rápida a notícia de espancamentos cruéis, de banheiras cheias de gelo e quase afogamentos, de garrafas enfiadas na boca das pessoas até que seus lábios se rasguem com a pressão. Eu finjo que não sei nada disso, abafando meu ódio fulminante por ele, como sempre faço.

"Eu nunca desrespeitaria um tenente-coronel", ronrono em resposta.

"Eu sei disso", diz Von Groth. "Mas, infelizmente, nem todos os franceses são como você, srta. Bonhomme."

Ele coloca a mão na minha coxa. Eu posso lidar com isso; não estou sentindo nada. Às vezes, se estou usando uma das minhas saias fechadas na frente, ele desliza os dedos entre os botões e massageia minha pele exposta. Com isso eu também posso lidar, pois quando Von Groth coloca as mãos em mim, ele parece se acalmar, e quando Von Groth está calmo, tende a deixar escapar mais detalhes. Se ele arranca informações por meio de crueldades, eu as arranco ao alimentar o seu ego.

Eu esfrego seu ombro. "Você vai ter que lidar com essas pessoas malcriadas de novo amanhã?"

"Não", ele rosna. "Estou lidando com elas há semanas. Eu não quero mais vê-las. Elas vão para Pithiviers depois de amanhã."

Então vai acontecer um transporte de prisioneiros de Paris para o campo de internamento de Pithiviers na quinta-feira. Eu guardo isso na minha mente.

Um homem da mesa de Von Groth se aproxima de nós e pigarreia. "Tenho que ir", ele informa o tenente-coronel em alemão. Como sempre, eu entendo tudo sem eles saberem.

"Ah, Goehr." Von Groth cruza as mãos e se vira para o homem. "De volta para Toulouse tão cedo?"

"Receio que sim", diz o homem chamado Goehr. "A Resistência está nos dando mais trabalho do que eu gostaria... Os ataques às ferrovias aumentaram e parece que os Aliados estão soltando cada vez mais armas dos seus aviões..."

"Então devemos *abatê-los a tiros*", Von Groth cospe. "Varrer a Resistência do mapa."

Goehr assente secamente. "Então, te vejo novamente aqui em nosso próximo jantar? Está marcado para maio, sim?"

"Dia 31 de maio", responde Von Groth.

"Estarei aqui."

Vai haver uma reunião no dia 31 de maio. Guardo isso também em minha mente. Os dois homens trocam um aperto de mão e Goehr sai do restaurante. Von Groth e eu conversamos um pouco mais – principalmente sobre sua família, que sinto que já conheço. Sua esposa, Erna, mora com a irmã em Berlim. O único filho do casal, Klaus, foi morto pelos Aliados na Bélgica. Por fim, digo a Von Groth que preciso voltar para casa, pois meus pais me esperam acordados. Como sempre, ele está triste de me ver indo embora e, como sempre, estou aliviada.

De volta ao apartamento, Maman coloca na mesa a linguiça e o queijo que comprou no mercado negro. Em seguida, ela se junta a mim levando um copo d'água, que segura com as duas mãos.

"Você estava com aquele tenente-coronel de novo?", ela pergunta, com a voz um pouco mais aguda do que o normal. Mesmo que esteja tentando esconder, posso perceber que ela está preocupada.

"Sim, Maman. E você não precisa ficar nervosa. Tudo correu perfeitamente bem", insisto.

"Eu... eu tenho certeza de que correu, querida. Eu só quero saber se você está em segurança."

"Eu estou, Maman. Juro."

Eu devoro o jantar o mais rápido possível para não ter que responder as perguntas dela. Quanto menos tivermos que falar sobre isso, menos vou ter que mentir. Quando termino, agradeço a ela pela comida e sigo pelo corredor para a cama, passando pela porta de Chloe, que por acaso está aberta. Sentada na cama, ela ergue o olhar quando eu passo – da forma como um animal detecta um som –, mas quando ela vê que sou eu, fecha a cara e volta para o livro em seu colo.

Eu me arrasto para debaixo da pilha grossa de cobertores, desejando que ela estivesse deitada junto comigo e não me odiando no quarto ao lado.

No dia seguinte, depois de fazer as rondas tediosas no mercado, eu me enrolo no cachecol para voltar a enfrentar os ventos fortes e corro para o abrigo com meus sapatos de sola de madeira escorregadia. Geronte me disse para procurá-lo esta tarde, então eu disse a Maman e Papa que tinha que fazer trabalhos da faculdade na biblioteca.

Como esperado, depois que eu bato na porta, seu rosto nodoso aparece. Quando ele abre a porta totalmente, vejo que tem alguém na sala com ele: Luc. Eu não o vejo desde que nos despedimos do lado de fora do meu prédio na última primavera. Eu corro até ele e me jogo em seus braços, respirando seu cheiro de grama e terra e enterrando meu rosto nas suas roupas esfarrapadas. Como Geronte está bem atrás de nós, não o beijo, embora cada fibra do meu ser queira sentir o toque de seus lábios mais uma vez.

"O que você está fazendo aqui?", pergunto incrédula. Eu corro minhas mãos pela lateral do corpo dele, sem conseguir acreditar que, depois de todos esses meses longe um do outro, Luc está parado de novo na minha frente.

"Estou em Paris para deixar algumas mensagens de contatos do sul", diz ele. "Não posso ficar muito tempo, mas imaginei que uma noite não faria mal."

Percebo sangue seco e um corte acima do olho esquerdo dele. "O que foi isso?", pergunto, tocando meus dedos de leve.

"Não se preocupe, parece pior do que é", diz ele. "A gente teve um confronto brutal com a *milice*."

A *milice* são os militantes de Vichy cujo trabalho é esmagar os esforços da Resistência. "Tem certeza de que está bem? O que aconteceu?"

"Tenho certeza. Raphael sacou a arma e começou a atirar antes de vermos que estava tudo limpo. Ele foi atingido no ombro. Eu tive que arrastá-lo para tirá-lo do caminho. A bala pegou de raspão na minha testa. Eu estou bem e ele está bem, mas foi por pouco... De qualquer forma, estou tão feliz em ver você."

Eu o seguro perto de mim novamente, grata por ele estar vivo. "Estou tão feliz em ver *você*."

"U-hum." Geronte pigarreia bem alto. Eu quase esqueci que ele estava aqui. "Vamos conversar, porque vou ter que ir embora logo, logo."

Nós nos sentamos ao redor da mesma mesa onde, na primavera passada, nós três – junto com Marcel, Pierre-Henri e Raphael – comemoramos o ataque ao trem de Limoges. Geronte bate na superfície à minha frente com a palma da mão. "Vamos lá, você", ele grunhe. "Conte para a gente o que conseguiu tirar dele."

"Eles vão transferir prisioneiros para Pithiviers amanhã à noite."

Geronte acena com a cabeça. "Luc, você vai levar essa notícia para o sul quando for embora. Veja se seu *maquis* pode interceptá-los. Algo mais?"

"Sim, tem mais uma coisa", eu respondo. "Von Groth mencionou um jantar com outros homens da Gestapo no dia 31 de maio, no mesmo restaurante onde tenho me encontrado com ele."

"Interessante", diz Geronte. "Você sabe mais alguma coisa sobre isso?"

Por que ele está tão impaciente hoje? Penso naquela breve conversa entre Von Groth e Goehr. Eles não deram muitos detalhes... exceto por mais uma coisa. "Um dos convidados tem um posto em Toulouse", eu me lembro. "Se ele vai voltar a Paris para um jantar, então deve ser uma reunião bastante significativa, não?"

"Interessante", diz Geronte mais uma vez.

"... Não deve ser problema para mim ser convidada por Von Groth, e então posso ir e ouvir toda a conversa. Eles ainda não sabem que eu entendo o que eles falam."

Só então, Luc murmura algo tão baixinho que não consigo entender sequer uma palavra. Ele está com o rosto voltado para baixo e suas palavras vão direto para seu peito.

"Fala mais alto, rapaz", manda Geronte.

Luc parece surpreso, como se talvez não tivesse se dado conta de que falou em voz alta. Ele morde o lábio. "Eu disse... que a gente devia colocar uma bomba lá."

Por um momento ninguém fala nada. O silêncio é total, exceto pelo sangue pulsando em meus ouvidos. Como tudo isso é estranho. Há quatro anos, a minha vida girava em torno de trabalhos da escola, aulas de piano e jantares com as minhas amigas. Agora estou pensando em planos para tirar a vida das pessoas.

O que é ainda mais estranho é que eu quero fazer isso. Quero armar um ataque, como aquele contra o trem em Limoges. Eu sei que seria perigoso – *inimaginavelmente* perigoso. Qualquer tipo de ataque aos alemães é bastante arriscado, mas fazer bem na frente da sede da Gestapo, do outro lado da rua, é como pedir para que nos matem se alguma coisa der errado. Mas se a gente conseguisse, a gente mataria Walther von Groth, e quem sabe quantos dos homens dele.

Posso ver Geronte refletindo a respeito, os músculos da mandíbula mastigando a informação. "Provavelmente vocês não sairiam vivos, mas, fora isso, é uma boa ideia", diz ele por fim. "Vou precisar de algum tempo para refletir sobre como isso funcionaria. Posso cuidar da logística, mas vocês vão ter que lidar com os explosivos."

"Tenho certeza de que podemos fazer isso", diz Luc.

"Tudo bem. Vou falar sobre isso com Boivin. Até receber um sinal meu, não mencione isso a mais ninguém." As pernas da cadeira de Geronte arranham o chão e ele se levanta. "Eu preciso sair agora. Tenho que cuidar de algo importante."

"Podemos ajudar com alguma coisa?", ofereço.

"Receio que não. Não tem nada a ver com o nosso trabalho", ele responde. Em seguida, o rosto dele se abranda, de uma forma que eu nunca tinha visto antes. "Minha filha acabou de dar à luz", diz ele. "Estou indo conhecer meu primeiro neto."

Observo aquele senhor saindo, meu coração explodindo de felicidade por ele. E então me lembro de que nem sei seu nome verdadeiro. Quando a porta se fecha atrás dele, de repente sinto que vou começar a chorar.

"Às vezes eu me esqueço de que somos pessoas de verdade com vidas de verdade", digo a Luc.

"Sei exatamente o que você quer dizer", diz ele.

"Sabe?"

"É claro que sei. Já faz mais de um ano que eu não vejo a minha família. Estou sempre me escondendo. Toda conversa é em algum tipo de código."

Luc e eu estamos sozinhos no abrigo agora, só eu e ele neste apartamento vazio e sem qualquer outro móvel. Ele se levanta e dá a volta até o meu lado da mesa. Então ele me pega pelas mãos e me levanta. "Na maior parte do tempo, não tenho noção de quem eu sou de verdade", ele sussurra. Ele me olha com a intensidade de uma tempestade de raios. "Mas então vejo você de novo e me lembro."

Eu não consigo mais me segurar. Eu o beijo com cada fibra do meu ser, como se ele fosse o oxigênio que eu preciso para respirar. Pela primeira vez no que parece ser uma eternidade, eu não me desligo. Eu afundo meus dedos nos cabelos dele e deixo suas mãos passearem pelo meu corpo, do meu peito até meus quadris. O toque dele não me faz vacilar; na verdade, eu o desejo. Quero que ele me sinta inteira e quero fazer o mesmo com ele.

Eu paro por um minuto e o levo pelo corredor até uma sala onde o sol que se põe lança raios magenta pela janela. Não há nada ali, exceto nós dois e a luz fraca. Luc felizmente encontra alguns cobertores em um armário, e nós os abrimos no chão. Depois de nos despirmos, nós os enrolamos em torno de nossos corpos como um casulo. Nunca estive tão perto de outra pessoa antes. Logo que acontece, fico surpresa com a plenitude. Eu me esqueço de como respirar, mas me lembro em um único segundo. Então eu quero mais. Mais do Luc; mais de nós dois; mais desta vida linda e de verdade.

Quando acaba, o céu já não está mais cor-de-rosa, mas preto. Já soou o toque de recolher – é tarde demais para voltar para casa agora. Sob os cobertores cinza do apartamento vazio nesta cidade infestada de ratos, Luc e eu adormecemos envoltos nos braços um do outro, nos lembrando de quem somos.

Depois de mais de um mês, nos encontramos novamente. Em uma manhã fria, quando já é quase primavera, estamos os cinco reunidos ao redor da mesa do abrigo: Luc, Marcel, Pierre-Henri, Raphael e eu. Enquanto esperamos Geronte chegar e nos apresentar o plano, a sala crepita de nervosismo. Luc não para de passar as mãos pelo cabelo comprido, Raphael (com o ombro curado, mas ainda rígido) tamborila os dedos na mesa e

Marcel faz observações vazias sobre o clima, às quais ninguém responde. Imagino que todos estamos pensando a mesma coisa: que o que estamos fazendo é tão perigoso e tão poderoso que mal parece real.

Há uma série precisa de batidas na porta, e Pierre-Henri corre para abri-la para Geronte, que entra como uma rajada forte de vento. Todo mundo volta o olhar em expectativa, e talvez até com algum medo nos olhos.

"Acabei de ver Boivin", diz ele. "O plano está definido."

Embaixo da mesa, aperto o joelho de Luc. Ele pousa a mão em cima da minha e a aperta de volta.

"Vamos ao que interessa", Geronte continua, olhando especificamente para mim. "Bonhomme, você vai ter que ficar longe disso."

"Por quê?", pergunto. "Eu sou tão capaz quanto eles!"

"Ninguém duvida de que você é a pessoa mais capaz aqui. Mas o explosivo vai estar em uma mala, e essa mala vai ser colocada no salão durante o jantar de Von Groth. Se você estiver lá, pode morrer. E se você..."

"Se eu a levar, ele vai me reconhecer." Entendo agora. Vou ter que manter distância e rezar para que tudo corra de acordo com o planejado.

Geronte passa a meia hora seguinte repassando os detalhes da operação, e os quatro rapazes se voluntariam para as diversas atividades. Raphael, que parece decidido a provar suas habilidades após o acidente contra a *milice*, se oferece para levar a bomba para dentro do restaurante. Em particular, me sinto aliviada, porque isso significa que Luc vai ficar de guarda nos fundos. Marcel e Pierre-Henri vão ficar a postos nas cercanias, em outros pontos do lado de fora do prédio.

Quando a reunião termina, estou desesperadamente ansiosa para que 31 de maio chegue. Quero que Von Groth sofra; quero puni-lo pelo que ele fez ao nosso povo. Mas até lá preciso manter o disfarce, então devo acompanhá-lo a outro almoço, este no vilarejo próximo de Auvers-sur-Oise.

Eu sigo no banco traseiro de um carro alemão com Von Groth. Ele parece diferente hoje: tenso, mas também distante. Em geral, ele ia querer esticar a mão e me tocar para relaxar, mas hoje ele olha para a frente com as mãos muito bem cruzadas no colo. Os músculos de seu rosto se sobressaem em sua mandíbula cerrada. Ele fica ainda mais assustador quando está quieto.

"Berlim foi bombardeada novamente", diz Von Groth, quebrando o silêncio pesado enquanto o carro avança com dificuldade sobre as pedras e os seixos da estrada. "Recebi a notícia de que a minha casa foi destruída – a minha casa, que é da minha família há mais de cem anos."

Eu não tenho a menor preocupação com a casa de Von Groth, pouco importa quão antiga ela seja, no entanto mostro a ele como estou arrasada. "É terrível ouvir isso, Walther. Espero que sua família esteja bem."

"Minha família está bem. Mas você é francesa... você não sabe como tem sorte. Nós poderíamos ter destruído Paris se quiséssemos, mas não o fizemos."

Sim, você destruiu. E logo vai pagar por isso.

"Eu sinto muito, Walther."

"Os malditos Aliados não vão descansar", diz ele amargamente, como se ele nem tivesse me ouvido. "Eles estão bombardeando Pas-de-Calais, e ouvimos que eles pretendem invadir o país em junho. Também soubemos algo da Noruega."

Meu coração bate mais forte com a ideia de uma invasão Aliada da França. Geronte parece certo de que isso vai acontecer em algum momento, embora tenha ouvido dizer que os Aliados estão enganando a Alemanha sobre onde exatamente atacarão.

"O que você acha que vai acontecer, tenente-coronel?"

Já me preparo para ouvi-lo defender a superioridade militar da Alemanha, como costuma fazer em conversas com seus homens, mas, em vez disso, ele suspira e olha para o horizonte.

"Eu não sei, srta. Bonhomme."

Ele fica olhando para o lado por um bom tempo. Um minuto inteiro, talvez.

Então ele diz de novo: "Eu não sei".

"Mas você sempre foi tão confiante. Eu... Eu admiro isso em você."

Ele faz uma pausa. "Vou confessar uma coisa para você, srta. Bonhomme." Ele fala muito baixo, de modo que o som das pedras sendo esmagadas abafam completamente sua voz. Tenho que me inclinar para entender o que ele está dizendo. Von Groth olha para seu colo. "Temo pela pátria", ele murmura, quase imperceptivelmente.

Um grande solavanco na estrada tira Von Groth de seu transe. Ele gira os ombros para trás e endireita a coluna, como se estivesse neutralizando a confissão que acabou de fazer.

"Ah", diz ele, "deve ser o vilarejo ali." Ele aponta para um aglomerado de construções medievais ao longe. "É melhor ter comida suficiente para alimentar todos nós. Estou faminto."

É final de abril, quase maio, e o clima está quente o bastante para que possamos comer do lado de fora. Alguns alemães também trouxeram mulheres francesas. Nos sentamos em um conjunto de mesas dispostas no pátio do que parece ser uma casinha de campo comum – não um prédio oficial, mas o lar de uma pessoa. Há uma horta logo ali e um varal com roupas lavadas penduradas nos fundos.

"Você vai ficar aqui, Essig?", pergunta Von Groth para um homem de ombros largos em nossa mesa.

"Vou, é onde me colocaram", diz o homem chamado Essig, que não veio acompanhado. "Não é nada notável, mas tem seu charme."

Ele acena com a cabeça em direção à cabana, onde uma mulher está se esforçando para passar pela porta da frente com uma grande travessa de carne e batatas. São duas dúzias de homens e ninguém se levanta para ajudá-la. Eu quero fazer isso, mas não posso. É uma coisa que a verdadeira Adalyn faria, mas não aquela que estou fingindo ser.

Ela serve a nossa mesa primeiro. De longe, ela dava a impressão de ter a idade de Maman, mas de perto ela parece ser uma jovem que envelheceu por causa dos últimos anos de guerra. Ela é muito magra. As roupas desbotadas e acinzentadas que está usando pendem de seu corpo como se fossem dois tamanhos maiores, embora eu imagine que já tenham servido nela em algum momento. Quando ela estende a mão para servir uma batata no meu prato, vejo que o cavado atrás de sua clavícula está tão fundo quanto um poço. Eu reconheço a expressão no rosto dela. A mulher está exausta e com raiva, mas fazendo o possível para controlar tudo.

"Venha sentar no meu colo, querida", late Essig em francês. "Eu deixo você ficar com um pouco da comida."

"Não, obrigada", ela responde, com a voz calma. Os homens riem enquanto ela vai servir as outras mesas.

Eu não quero nem uma garfada da comida que os alemães obrigaram essa mulher a cozinhar para nós. Eu comi bem demais nesta guerra, o que está evidente. Eu ainda tenho uma silhueta. Mas há muitas famílias que dependem tão somente do sistema de racionamento e que passam dias sem uma refeição adequada. Gostaria que a mulher ficasse com o meu prato, mas se eu abrisse mão dele, levantaria muitas suspeitas. Atormentada pela culpa, corto minha batata redonda coberta com valiosa manteiga.

Do outro lado da mesa, está uma garota esquálida que acompanha um dos homens de Von Groth ao almoço. Assim que nos sentamos, senti desprezo por como ela bajulava seu acompanhante alemão, fazendo observações sobre como a luz do sol fazia suas medalhas brilharem, mas agora eu entendo. Ela enfiou a carne e as batatas na boca no segundo em que elas encostaram em seu prato, e agora ela encara a comida intocada que está no meu. Se ela está morrendo de fome, posso julgá-la por aceitar o convite do alemão? Onde você coloca o limite entre fazer o que é certo e fazer o que tem de fazer para sobreviver?

Um dos homens joga suas sobras de carne para um cachorro vira-lata que perambula pela entrada do pátio. A garota esquálida parece estar à beira das lágrimas.

Depois de meia hora ouvindo as conversas de Von Groth, preciso usar o banheiro. Eu segurei o máximo que pude, pois não queria entrar na casa da mulher, onde certamente não sou bem-vinda, mas agora está beirando uma emergência. Peço licença e caminho até a porta da pequena casa.

Entro hesitante no cômodo principal, que parece escuro se comparado com a forte luz do sol lá fora. Vejo uma lareira, mas não muito mais; os alemães devem ter requisitado seus móveis. Sinto-me mal com a ideia de ela morar aqui sozinha com um homem como Essig.

Encontro a mulher na cozinha lavando a louça, de costas para mim. Ela esfrega uma panela com ferocidade desnecessária. Ou talvez seja necessária.

"Com licença, desculpe incomodá-la, mas posso usar seu banheiro?"

Ela para de esfregar.

"No final do corredor à direita."

No caminho de ida e volta para o banheiro, passo por uma fotografia emoldurada da mulher e de seu marido no dia do casamento deles. Onde será que ele está agora? Provavelmente morto. Ou sofrendo em um campo de prisioneiros de guerra alemão, enquanto outro homem se acomoda em sua casa, com a sua esposa.

Tenho que passar pela cozinha para sair da casa, o que significa passar pela mulher enquanto ela guarda as panelas e as frigideiras. Eu mantenho a cabeça baixa enquanto passo.

"Puta alemã imunda."

Ela cospe as palavras como balas de metralhadora.

Eu não paro. Eu me inclino e avanço mais rápido em direção à porta, sentindo como se tivesse sido atingida no coração. Se ela soubesse a verdade sobre mim... Se ela soubesse o que planejamos...

Estar na presença de Von Groth pelo resto da tarde é quase insuportável, mas mantenho meu sorriso de fachada. Em algum lugar, está sendo construída uma bomba que vai ser colocada em uma mala, que vai ser entregue a um garçom aparentemente inofensivo, que vai colocá-la ao lado da mesa de Von Groth na noite de 31 de maio. É esse o pensamento que me faz continuar quando tudo o que quero fazer é salvar essa mulher de sua existência miserável: que em questão de semanas, Walther von Groth vai estar morto.

17 *Alice*

"É *você*?"

Eu não acredito no que o homem acabou de dizer. Ele é o elo que faltava para sabermos o que aconteceu com a Adalyn. E com a vovó. Meu coração está batendo tão forte que acho que vou desmaiar, e Paul traz bem a tempo uma cadeira para eu desabar nela.

"Sim", sussurra o homem. "Esse sou eu." Ele tem uma cicatriz saliente na mandíbula que se mexe quando ele fala.

Por onde é que eu começo? Que pergunta eu devo fazer primeiro? Estou tão comovida que começo a rir. Qual é o meu problema? Paul me lança um olhar de soslaio que sugere educadamente que talvez seja melhor eu me controlar. Uau. Tudo bem. Isso está mesmo acontecendo.

"Qual é o seu nome?"

"Luc Pelletier."

"O meu é Alice Prewitt."

Estou prestes a explodir de emoção, mas não consigo dizer como Luc está se sentindo. Não sei o que eu estava esperando que fosse acontecer, mas não é isso. Ele não estende a mão para me cumprimentar. Na verdade, ele nem está me olhando – ele não consegue tirar os olhos da foto.

"Sinto muito", diz Luc em uma voz grossa e rouca. O lábio inferior dele está tremendo. "Eu só preciso sair um pouquinho."

"Você precisa que eu o ajude a chegar ao banheiro?", pergunta um dos dois homens.

"Não."

Com o rosto contorcido em uma expressão estranha, ele se levanta e segue para a porta caminhando de modo um pouco instável. O outro homem se apressa para se certificar de que Luc pode se virar sozinho, e Luc faz um gesto dispensando sua ajuda. O homem caminha de volta, franzindo o cenho.

"Lamento muito", diz ele. "Nunca estivemos em uma dessas reuniões antes. Luc nunca quis vir. Não sei dizer por quê."

"E vocês dois conhecem Luc de onde?", Paul pergunta.

O homem apanha a fotografia que Luc deixou na cadeira. Ele aponta para o menino com a estrela no peito e a borboleta pousada no dedo. "Este é o nosso irmão mais velho, Arnaud."

"*É mesmo?*" Eu sinto como se tivesse perdido o chão mais uma vez.

"Sim", diz ele. "Meu nome é Eugene Michnik."

"Eu sou o Ruben", diz o outro.

Eu me lembro da entrada no diário da Adalyn sobre seu amigo judeu que foi mandado para o Vel' d'Hiv. "O seu irmão... ele foi...?"

"Em 1942, nosso irmão e nossos pais foram presos com treze mil outros judeus", diz Ruben solenemente. "Eles foram levados para o antigo velódromo e depois para Auschwitz. Eles não sobreviveram."

"Eu sinto muito", Paul e eu dizemos juntos.

"As coisas estavam ficando cada vez piores para os judeus", continua Ruben. "Nosso pai não conseguia mais trabalhar; nós não tínhamos conta bancária; não tínhamos permissão para frequentar certos lugares públicos; e, claro, fomos obrigados a usar a estrela amarela. Um médico que conhecia o nosso pai se ofereceu para nos esconder no apartamento dele. Ele e a esposa tinham um cômodo secreto escondido atrás de um guarda-roupa, grande o suficiente para abrigar dois meninos, mas não mais. Nossos pais nos levaram até a porta deles, se despediram de nós com um abraço e disseram que logo nos veríamos novamente. Dois dias depois, aconteceu a batida policial."

"Imaginamos que eles sabiam que alguma coisa terrível estava para acontecer", diz Eugene, entrando na conversa. "Caso contrário, eles nunca teriam separado nossa família."

"Cerca de um mês depois, fomos levados para um lar secreto para crianças judias na Zona Livre", continua Ruben. "Eles nos deram documentos falsos para que a gente pudesse cruzar a linha de demarcação. Vivemos lá até o fim da guerra, com outras crianças que foram tiradas às escondidas dos campos de internamento. Havia pessoas que nos ensinavam música, matemática e inglês e, às vezes, se fosse seguro, nos deixavam brincar do lado de fora."

"Uau." Parece uma palavra insuficiente em resposta à história dos irmãos, mas não consigo pensar em mais nada para dizer. Estou impressionada.

"Depois da guerra, nos mandaram para morar com uma nova família em Paris", diz Ruben. "Um dia, eu estava no mercado e vi Luc. Ele estava muito magro e bastante doente, mas eu o reconheci como um dos amigos do Arnaud... e ficamos próximos desde então. Quando eu tinha dezoito anos, e Eugene dezesseis, fomos morar com o Luc. Nós vivemos com ele até que cada um de nós se casou."

"O Luc já foi casado?"

"Não", responde Ruben. "Nós somos praticamente a família que ele tem."

"Eu não diria que o Luc foi infeliz a vida toda", diz Eugene, "mas ele é... assombrado, de alguma forma. O que aconteceu na guerra nunca o deixou totalmente. Durante anos, tentamos convencê-lo a vir a uma dessas reuniões, mas ele sempre se negou – ele nunca quer falar sobre a guerra. Tivemos que arrastá-lo para cá esta noite e, obviamente, estou feliz por isso."

"Por falar no Luc", diz Ruben, "onde está ele?"

Nós vasculhamos a sala, mas não avistamos o Luc entre as pessoas que ainda estão no Projeto Geronte. O evento está de fato quase acabando agora; Corinne está recolhendo as taças de vinho descartáveis vazias e jogando-as em um saco de lixo.

"Eu vou ver como ele está", Eugene oferece. "Ele pode estar precisando de ajuda no banheiro."

Quando Eugene parte, o resto de nós vai para a mesa para ajudar Corinne na limpeza. Contamos a ela sobre a incrível conexão que fizemos, e o rosto dela se ilumina. Ela larga tudo o que está segurando e puxa nós três para um abraço.

"Ruben!" Eugene corre de volta para o salão e agarra o irmão pelo ombro, interrompendo nossa comemoração. A preocupação está estampada em seu rosto. "*Il est parti.*"

"*Quoi?*"

"*Il n'est pas aux toilettes.*"

O rosto de Ruben despenca. Corinne parece estar confusa. Eu me volto para Paul para que ele traduza para mim.

"Luc não está no banheiro", ele diz. "Foi embora."

18 *Adalyn*

Mais uma noite. Isso é tudo o que separa o agora e o 31 de maio.
Poderia muito bem ser toda a eternidade. Não consigo pegar no sono, por mais que tente. Sempre que procuro fechar os olhos, eles revoam como as asas de uma borboleta até que eu os abra de novo. Estou ansiosa demais para simplesmente ficar deitada olhando para o teto, então apanho meu diário e subo no parapeito da janela, onde me sento com as pernas dobradas e escondidas debaixo da minha camisola.

Descanso a testa contra o vidro frio, lembrando como eu costumava desejar ver as luzes cobrindo Paris novamente. Agora eu mal consigo visualizar isso na minha mente. Imagino que eu tenha me acostumado com a escuridão.

À luz do luar azul-prateado, forço para abrir a capa do meu diário e leio a primeira anotação, de 30 de maio de 1940. Exatamente quatro anos atrás, naquele dia. Tinha me esquecido de que encontrei este caderno enquanto procurava por curativos. Ah, como meus pés estavam doendo! E como eu tinha ficado abalada depois da nossa jornada pela estrada. Se eu soubesse na época o quanto as coisas iam piorar. A única coisa boa foi ter conhecido o Luc.

Leio cada entrada dos últimos quatro anos, as frases ganhando vida como num filme. Sempre que vejo o nome de Chloe, o nó na garganta aumenta e, quando chego ao fim de 1942, minhas lágrimas estão pingando nas páginas. Eu as limpo com a manga para que a escrita não desapareça. Todas as terríveis lembranças destas páginas... Amanhã, vamos nos certificar de que nenhuma delas tenha sido em vão. Preciso me lembrar disso, pois também estou sentindo um medo aterrador.

Com uma mão que não consigo fazer parar de tremer, escrevo outra entrada no caderno. Por fim, acho que posso estar ficando cansada. Quando termino, coloco o diário na gaveta da minha escrivaninha, entre os lápis, as moedas e os grampos. Então eu me arrasto de volta para a cama e caio no sono.

Meu plano é seguir para o abrigo às cinco horas, para que eu possa me despedir dos rapazes antes de eles irem. Durante todo o dia, estou uma pilha de nervos. Quando desço da bicicleta, perco o equilíbrio e minha cesta de compras cai na calçada. Eu caio de quatro e puxo o pano xadrez para examinar os danos. Ah, não, eu consegui quebrar o único ovo que consegui encontrar no mercado. A gema se espalha sobre tudo, inclusive sobre meus dedos.

Lá em cima, na cozinha, Maman me ajuda a lavar minhas coisas.

"Desculpe ter quebrado o ovo", digo a ela.

"Está tudo bem, querida. Foi sem querer. Nós vamos dar um jeito."

Será que o ovo foi um presságio? Não, eu não acredito nessas coisas. Ainda assim, há uma sensação de mau presságio da qual não consigo me livrar, e está piorando a cada segundo.

"Maman?", tento manter a voz firme.

"Sim?"

"Uma amiga da escola ficou bastante próxima de um oficial alemão e ele se ofereceu para levar um grupo de nós de carro até a Riviera para comemorar o fim do ano letivo. Não sei exatamente quanto tempo a viagem duraria, ou quando a gente partiria, mas se eu for, existe uma possibilidade de eu ficar longe por um bom tempo. Tudo bem para você e o Papa?"

"Bem, eu ia sentir falta de você aqui comigo", diz Maman, "mas parecem férias maravilhosas, querida. Você merece, depois de todas as horas que passou na biblioteca este ano."

"Obrigada, Maman." Dou um beijo na bochecha dela. "Talvez eu vá com eles. Vamos ver."

Eu provavelmente não precisava ter mentido para Maman, mas fiz isso por precaução, caso algo dê errado e todos tivermos que ir para a clandestinidade, nos esconder... Mas isso não vai acontecer. Estou pensando nos piores cenários possíveis, em coisas que são improváveis que aconteçam. Eu tenho que pensar positivamente.

Vou para o meu quarto para deitar e acalmar meu coração acelerado, mas deitar não adianta. Meus pensamentos vão para lugares aterrorizantes. E se os rapazes forem pegos antes de posicionarem a bomba? Eles não vão ser. Eles fizeram o ataque em Limoges dar certo. E se a Gestapo os prender? Mesmo se eles os torturarem, eu sei que eles vão permanecer firmes. E se os rapazes forem mortos? Você não deve pensar assim, Adalyn.

Eu sei que não acredito em premonições, mas alguma coisa nessa sensação parece tão real quanto uma tempestade com nuvens negras se formando à distância. Tem algo que preciso fazer antes de ir embora. Tem uma coisa que devo dizer, caso nunca mais tenha outra chance de fazer isso. Chloe quase nunca está em casa hoje em dia – em geral, ela está fora com seus amigos –, só que mais cedo nesta tarde, enquanto eu estava lavando a louça, eu a ouvi entrar batendo os pés ao longo do corredor. Ela está aqui, bem do outro lado da parede do meu quarto. O meu coração está batendo tão forte que posso senti-lo atrás dos olhos, eu voo da cama para o corredor.

"Chloe." Eu bato na porta da minha irmã. Não escuto resposta. "Chloe, abre a porta."

Ainda assim, silêncio, mas eu sei que ela está lá, porque a ouvi se mexendo antes de eu bater pela primeira vez.

"Chloe, você vai me deixar falar com você? É importante." Mais silêncio. Eu bato de novo, como se isso fosse fazer a diferença. "Chloe, por favor."

Tento a maçaneta. Está trancada. E eu só tenho alguns minutos antes de ter que sair. O que ela está fazendo agora? Esperando que eu vá embora e pare de incomodá-la? Ou parte dela está se perguntando se deveria ouvir o que eu tenho a dizer?

"Chloe, se você só destrancar a porta, eu posso explicar tudo." Estou desesperada agora. Não vou contar nenhum detalhe importante, mas preciso que ela saiba que estive do lado dela o tempo todo. Eu preciso que ela saiba. Só para o caso de... Mas ela não abre a porta. Ela não vai me atender de jeito nenhum. Isso é inútil. Eu bato na porta o mais forte que posso, fazendo o batente de madeira sacudir. "Chloe, pelo amor de Deus, só me ouça!!"

O relógio do corredor bate cinco vezes. Se eu quiser ver o Luc, preciso sair neste minuto. "Chloe", digo uma última vez, com o rosto colado na porta, "tudo com o que você está chateada... não é o que você pensa. Eu juro."

Não consigo detectar nenhum movimento dentro do quarto. Só espero que ela tenha me ouvido.

A bomba é a morte embrulhada em um pacote para o qual você não olharia duas vezes. Um dos muitos contatos de Luc a construiu para nós. É uma pasta comum: preta, de couro, com fechos prateados – o tipo de coisa que um homem de negócios levaria para o trabalho. Dentro, há um explosivo poderoso o suficiente para destruir um restaurante inteiro e Walther von Groth com ele. Nós seis ficamos de pé ao redor da mesa, quase com medo de chegar muito perto.

Gotas de suor brotam na testa de Raphael enquanto ele fecha seu casaco de chuva. Por baixo, ele está usando um uniforme extra que Boivin arranjou. Com esses trajes, Raphael vai estar com a aparência exata de qualquer outro garçom do restaurante, só que ele estará carregando uma arma mortal.

"É melhor ir andando", diz Geronte enquanto consulta seu relógio de bolso. O grupo todo suspira junto.

"Repassem o plano para mim uma última vez", peço a eles, o medo remoendo meu peito.

"Vamos ficar de guarda para garantir que ninguém saia do restaurante", diz Pierre-Henri, apontando para si e para Marcel, que abre um sorriso confiante.

"Boivin vai me deixar entrar pela porta dos fundos, eu vou seguir para o salão e posicionar a pasta", diz Raphael.

"É melhor limpar esse seu suor ou vai se entregar na hora", Geronte aconselha. "Esses homens são como tubarões. Eles são capazes de sentir o cheiro de uma gota de sangue no meio do oceano." Raphael enxuga a testa.

"Estarei esperando no final da rua, atrás do restaurante, para garantir que ele saia em segurança", diz Luc. "Assim que o Raphael estiver comigo, voltamos para cá." Ele aperta minha mão.

Luc continua segurando minha mão enquanto saímos do abrigo em levas: primeiro Marcel e Pierre-Henri, depois Raphael, com a pasta; e então Luc e eu. Decido seguir três quartos do caminho até o restaurante – longe o suficiente para que eu não seja avistada, mas perto o bastante para poder ouvir a bomba explodir.

"Me fala alguma coisa para eu parar de pensar no que estamos prestes a fazer", diz Luc enquanto caminhamos rumo ao restaurante. Com o interior de nossos pulsos se tocando, posso sentir os batimentos dele. Está muito acelerado.

"Lembra quando a gente se conheceu? Eu estava tão nervosa de te encontrar que tinha certeza de que ia esquecer a senha."

"É claro que eu me lembro. 'Você chegou direitinho?'"

"'Os trens estão circulando normalmente.'"

Nós dois rimos, nervosos.

"A gente vai fazer história hoje", digo a ele.

"Fala mais."

"E eu acho que a guerra pode estar chegando ao fim."

"Continua."

"A Alemanha não está tão forte como costumava ser. Está sendo bombardeada pelos Aliados. Está perdendo na Frente Oriental. Uma invasão da França pode acontecer a qualquer dia. E os grupos de resistência estão mais organizados do que nunca agora sob o comando de De Gaulle. Luc, o Von Groth confessou para mim que está preocupado."

"Meu Deus do céu, eu espero que sim", diz ele. "Pela França – é claro –, mas por nós também. Eu só quero estar com você, Adalyn. Como duas pessoas normais que não precisam se esconder o tempo todo."

"Eu também quero isso, Luc."

Nós estancamos. Já chegamos ao cruzamento onde combinamos que eu esperaria. Tem um banco logo ali, e nenhum alemão perambulando, pelo menos por enquanto.

Nós nos voltamos um para o outro. Mesmo com a nossa conversa, a tempestade de nuvens escuras parece estar bem em cima da minha cabeça. Luc me dá um beijo rápido na bochecha. Eu preciso contar a ele; preciso contar a ele o que sei desde a noite que passamos no chão do quarto vazio. Eu sei que ele deve sentir o mesmo por mim.

"Luc, eu..."

"Me diz quando eu voltar", ele me implora. "Já está insuportável para mim me afastar de você."

Eu me contenho e devolvo o beijo que ele me deu na bochecha. "Tá bom. Boa sorte, Luc. Te vejo logo."

"Isso mesmo. Te vejo logo."

Luc segue pela rua e eu vou para o banco esperar. Estou tão em pânico que não consigo dizer se passou apenas um minuto ou uma hora. Será que Boivin já deixou Raphael entrar no restaurante? Será que ele já posicionou a pasta? O sol, minha única medida do tempo, desapareceu atrás do alto dos prédios, e tudo o que resta é um fim de tarde rosado e nebuloso. Paris se prepara para outra noite sombria.

Uma borboleta pousa ao meu lado no banco, sem fazer um barulho sequer. Lentamente, ele abre e fecha suas asas marrom-alaranjadas, revelando um azul resplandecente mágico ao redor do seu corpo. Sempre que eu vejo borboletas, penso em Arnaud. Ele ia querer fazer parte disso tudo hoje. É tudo para você, Arnaud. Passo o dedo na madeira para ver se a borboleta vai pousar nele, mas, no último momento, ela bate as asas e vagueia para as sombras.

E então eu escuto.

A explosão faz parecer que a Terra está se partindo no meio – um *bum* alto e grave que sacode as minhas costelas e me deixa sem ar. É o som do perigo – não, pior. É o som da própria morte. Vidros se estilhaçam. Alguém grita. Em seguida, vêm as botas, já que todos os soldados alemães nas cercanias correm em direção à explosão. Dois deles passam tão rápido que sinto a corrente de ar que eles deixam para trás.

Tarde demais, rapazes.

Com a cabeça girando e o coração batendo forte, corro de volta para o abrigo. A primeira parte está feita – Von Groth e os homens dele estão mortos. Agora tudo que preciso é que meus quatro amigos voltem em segurança. Eles vão ficar bem. Eu sei que eles vão. A parte difícil foi colocar a bomba no restaurante e fazê-la explodir. O resto é moleza.

Por favor, que eles fiquem bem.

Pierre-Henri, ofegante, abre a porta para mim, e há um enorme sorriso em seu rosto.

"Matamos nazistas", diz ele, em júbilo, enquanto me puxa para um abraço apertado. "Você sabe que eu sempre quis fazer isso."

Marcel e Geronte estão sentados à mesa. Com uma pontada de pânico, noto que Luc e Raphael ainda não voltaram.

"Quando é que os outros devem voltar aqui?", eu pergunto.

"A qualquer minuto agora", diz Geronte. Marcel não tira os olhos do relógio.

Não posso ficar aqui, não com todo esse clima de nervosismo. Eu preciso de um pouco de espaço. Sigo pelo corredor até o quarto vazio e me sento de pernas cruzadas no cobertor que deixamos no chão. *Volta, Luc. Por favor, volta.*

Não tenho relógio, mas sei que já faz mais do que alguns minutos. Eu ouço os homens murmurando na cozinha, e uma onda de náusea se abate sobre mim. Alguma coisa está errada? Eles foram pegos? Minha respiração fica curta e rápida. Ele deve estar encrencado – ou ferido ou preso, ou os dois. Se Luc for levado, nunca vou me perdoar por não ter dito a ele como me sinto – por não ter gritado no meio da rua quando tive a chance, quando estava segurando sua mão... Eu deito de costas para não desmaiar. Aconteceu o pior. Eu agora perdi as *duas* pessoas mais próximas de mim no mundo.

Isso foi a porta? Levanto em um salto, alerta como um cão de caça. Posso estar ouvindo coisas. Não sei se minha cabeça está funcionando bem.

E então eu ouço a voz dele, perguntando: "Onde está ela?"

Ele está procurando por mim. Ele voltou. O Luc. O meu Luc. Corro para o corredor e paro, bem a tempo de vê-lo aparecer na outra ponta.

Corremos um em direção ao outro e nos embrenhamos ali no meio, um emaranhado de membros e cabelos e respiração. Sinto como se estivesse pairando sobre a cidade, como se tivesse ganhado asas e pudesse ver todas as luzes de Paris se acendendo ao mesmo tempo. Conseguimos! Conseguimos! Conseguimos!

E agora tenho que contar a ele a verdade sobre o sentimento que tenho guardado há tanto tempo, desde a nossa tarde junto do rio, ou até antes. Talvez tenha acontecido na hora em que o conheci.

"Eu te amo, Luc."

Ele segura meu rosto com as duas mãos e encosta sua testa na minha. "Eu também te amo, Adalyn."

Nada mais neste mundo é certo, mas sei com certeza que nunca estive mais feliz do que agora.

"Por que você demorou tanto para voltar para cá? Fiquei com tanto medo!"

Então Luc se afasta e eu dou uma boa olhada no rosto dele. Ele não está sorrindo, como eu. Meu próprio sorriso desaparece.

"Luc, o que aconteceu?", eu pergunto.

"Fiquei retido porque estava esperando o Raphael", diz ele. "Ele nunca fez isso comigo."

"Não."

Luc acena com a cabeça solenemente.

"Temos certeza de que ele foi... de que ele está..."

"Não com certeza", diz Luc, mas sua voz treme. "Imagino... imagino que ele possa ter corrido para o lado errado e se perdido, mas..."

Ele não precisa terminar a frase soturna. Nós dois sabemos perfeitamente bem que Raphael não teria se perdido – afinal, Luc não estava posicionado *tão* longe do restaurante. Se ele nunca chegou ao ponto de encontro, é provável que nunca tenha saído do restaurante. Eu não o conhecia tão bem quanto os outros, mas ainda assim ele era um amigo. Isso é terrível.

Luc me pega pela mão e me leva de volta para a cozinha, onde o clima está tenso. Pierre-Henri fica dando voltas ao redor da mesa com as mãos cruzadas atrás da cabeça, como um prisioneiro. Geronte está sentado na cabeceira da mesa vazia, tamborilando os dedos no tampo e olhando para o relógio de bolso. Só a Marcel parece restar algum otimismo de verdade; ele fica parado na porta e, a cada pequeno barulho do lado de fora, ele espia no olho mágico.

"Eu realmente acho que ele não está vindo", Luc diz a Marcel.

"Ele ainda pode estar a caminho!", o rapaz responde. "Nunca se sabe."

Luc e eu nos juntamos a Geronte na mesa. Pierre-Henri também se aproxima. Todo mundo parece não saber se comemoramos nossa conquista ou se lamentamos a perda de Raphael.

"Ele sabia no que estava se metendo", diz Geronte. "Todos vocês sabiam dos riscos envolvidos e decidiram que valia a pena." Ele olha para cada um de nós, e todos concordamos. "Acho que nem é preciso dizer que não é assim que queríamos que as coisas tivessem terminado esta noite, mas não devemos esquecer que acabamos de alcançar o impossível. O controle da Alemanha sobre a França já estava enfraquecendo, e acabamos de cortar um de seus braços."

Geronte está certo. Nós escolhemos fazer este trabalho porque daríamos qualquer coisa para defender nosso país do mal, incluindo nossas vidas. Ainda estou devastada pela tristeza, mas, talvez com o tempo, vou ser capaz de me lembrar desta noite com orgulho.

Ouve-se uma batida forte na porta. Um padrão que não se parece em nada com o nosso código.

Meu estômago vira uma pedra. Eu vejo o sangue desaparecer do rosto de Luc. Todo mundo congela – todo mundo, exceto Marcel, que está esperando desesperadamente pelo retorno de Raphael. Marcel, sempre o otimista, nunca tão astuto quanto os outros. Ao ouvir a batida, seu rosto se ilumina animado e ele se lança para a maçaneta.

"Marcel, *não*!", eu grito.

Mas a porta já está aberta e um homem empurra Marcel contra a parede. Eles tomam a sala como um incêndio, homens com casacos pretos compridos e armas em punho.

Isso arranca o ar dos meus pulmões, só que de alguma forma, eu ainda estou gritando. Luc – onde está o Luc? Ele está me segurando pelo pulso. Temos que ir para o corredor, Luc – para o corredor. Podemos fugir pelo outro cômodo. O pôr do sol magenta. O quarto tem uma janela. Tento puxá-lo naquela direção, mas não consigo ir mais longe. Os homens continuam se multiplicando. Eles nos prendem contra a parede.

Eu ouço a voz do Luc. É como um eco.

"Estou com você", diz. "Estou com você, Adalyn."

Um soldado dá uma coronhada com sua arma na boca de Geronte. Tem sangue. Sangue por toda parte. Então, eles pegam Pierre-Henri. Ele grita.

Eles estão se aproximando de nós.

"Fique comigo, Adalyn."

E então uma coronhada acerta o Luc, batendo bem na lateral do rosto dele. Ela estraçalha sua mandíbula, aquela bela mandíbula gravada para sempre na minha memória, e eu não posso mais ficar com ele, porque o estão arrastando em direção à porta.

A mão no meu pulso não é mais de Luc. Tento me soltar, mas ele torce meu pulso e parece que está prestes a quebrar, e tudo que posso fazer é segui-lo pelo corredor e através do saguão, meus gritos reverberando nas paredes. Tudo o que sai é o nome do Luc de novo e de novo. O homem me dá um tapa. Eu grito mais. Ele me dá outro tapa.

E então ouço a voz de Luc.

"Estou aqui, Adalyn!"

Eles nos arrastam pela porta da frente para a calçada. Na escuridão, dois faróis azulados flutuam em nossa direção como os olhos de um tubarão. O carro para e a porta do passageiro abre e fecha com um estrondo. O homem que sai tem sangue no rosto, mas eu o reconheceria em qualquer lugar. A boca dele é como um corte de papel. Mas como? Como ele pode estar aqui? Como pode ter sobrevivido?

Ele late ordens para seus homens. Marcel, Pierre-Henri e Geronte são enfiados no banco de trás de um carro. Não entendo. A bomba – ela explodiu. Eu a ouvi disparar.

Von Groth se vira. Ele parece triunfante. E então o olhar dele encontra o meu. Está escuro do lado de fora. Talvez ele não me reconheça. Mas ele me reconhece. Posso ver o fogo crescendo e lambendo o interior de seus olhos, o triunfo transformando-se em fúria.

"Você", ele rosna.

Ouço um barulho ensurdecedor. Não um estrondo, mas uma rachadura. Eu levo um empurrão forte no peito. Um grito de gelar o sangue atravessa a noite. Não é meu – é do Luc. O Luc está gritando. Por quê?

Agora meu torso está quente. Está queimando. Como se um atiçador de fogo estivesse preso entre minhas costelas.

"Adalyn!", Luc grita. "Adalyn, você está bem?!"

Se eu estou bem? Não sei. Eu não faço ideia do que está acontecendo. Sinto que estou molhada de repente. Eu olho para baixo. É quando eu vejo o sangue.

Ninguém me empurrou. Von Groth atirou em mim.

Escuridão.

Eu caio no chão. Sinto gosto de sangue.

"ADALYN!"

As estrelas estão tão lindas esta noite. Como faróis. Minha colcha de faróis sobre Paris.

"ADALYN, VOCÊ VAI FICAR BEM!"

Bem?

Luc está me perguntando se eu estou bem.

Você chegou aqui direitinho?

Foi isso que ele me perguntou.

Você chegou aqui direitinho?

Eu estava tão nervosa!

Você chegou aqui direitinho?

Os trens estavam circulando normalmente, Luc.

Os trens estavam circulando normalmente.

19 *Alice*

Ele desapareceu. Luc Pelletier, a única pessoa no mundo que pode me contar sobre a Adalyn, deu no pé.

"Vamos ajudar vocês a procurar por ele", digo a Eugene e Ruben.

"Obrigado", responde Eugene. "Ele não pode ter ido longe."

Eu coloco as fotografias na minha mochila enquanto os irmãos explicam o dilema em que estão para Corinne, que parece muito preocupada e está perto de nós, junto da mesa de canapés. Ela fica boquiaberta e imediatamente oferece ajuda.

Paul e eu seguimos para a porta com nossos três novos companheiros. Corinne, Eugene e Ruben são surpreendentemente ágeis, e revistamos o mezanino em questão de minutos. Não há sinal de Luc. Rumamos para as escadas rolantes, nos espremendo de dois em dois em cada degrau.

"Acho que foi isso que ele quis dizer quando disse que não queria vir", diz Eugene.

Nós nos separamos quando chegamos ao saguão. Eugene e Ruben vão verificar o banheiro, Corinne segue para a calçada da frente, e Paul e eu, que somos mais rápidos, ficamos com o restante do andar térreo. Luc não está no café nem na loja de lembrancinhas.

"Olha, tem um jardim nos fundos", diz Paul, apontando para uma placa pendurada no teto com uma seta.

Nós voamos pelo corredor, nossos sapatos mal tocando no carpete, até chegarmos a um conjunto de portas de vidro duplas que dão para um pátio gramado. Eu examino a área e, por fim, o vejo em um banco no canto mais ao longe, meio escondido por um arbusto alto e florido.

"Vá até lá", sussurra Paul. "Eu vou achar os outros."

"Sinto que fui eu quem o deixou bravo", sussurro de volta.

"Talvez ele não esteja bravo, apenas um pouco ansioso."

"Paul..."

Mas ele já está voltando pelo corredor, me deixando sozinha para abordar Luc, que ainda não percebeu que estou aqui. Tudo bem. Eu posso fazer isso. Pela vovó e pela Adalyn. Abro as portas, caminho pela grama e faço com que ele me note enquanto dou a volta no arbusto para que não se assuste.

"Luc? Sou eu, a Alice."

Tenho medo de que, se eu olhar nos seus olhos, ele vá ficar chateado de novo, então olho para a cicatriz em sua mandíbula. Ela se move.

"Alice. Me desculpe por ter saído. Não é fácil para mim falar sobre essas coisas."

Eu crio coragem para fazer contato visual novamente. Paul, como sempre, está certo. Não há raiva alguma no rosto magro de Luc. Apenas tristeza. Mas acho que percebo disposição para falar comigo. Mesmo que eu não seja boa com conversas que envolvem emoções, vou dar o meu melhor aqui. O que a Vivi diria agora?

"Luc... Eu sei que você não queria vir aqui esta noite, mas estou muito feliz por você ter vindo. E... hum... mesmo que seja difícil, eu gostaria muito de fazer algumas perguntas sobre a minha tia-avó. Tenho tentado descobrir o que aconteceu com ela."

A boca dele se contorce de um modo que não parece confortável. Acho que ele está tentando fazer com que seu lábio não trema de novo. Eu me sento ao lado dele, meus shorts jeans e tênis All-star contrastam com seus mocassins marrons e sua calça de brim vincada. Eu coloquei a minha mão em cima da dele. Ficamos sentados em silêncio por alguns segundos, até que ele inspira, arrasado.

"Ela morreu", diz Luc.

Eu estava preparada para isso. Ainda assim, é triste ouvir isso de modo tão... oficial.

"Quando?", eu pergunto.

"31 de maio de 1944."

O dia seguinte à última entrada do diário da Adalyn. Abro minha boca para fazer outra pergunta, mas a fecho novamente quando Luc retira sua mão de debaixo da minha. Ele cobre o rosto e começa a soluçar.

Não sei o que fazer. Como devo confortá-lo? Eu queria ter um pacote de lenços de papel na minha mochila.

"O que aconteceu naquele dia?", pergunto a ele delicadamente.

"Ele atirou nela", diz Luc entre soluços. "Ela morreu na rua. Bem na minha frente. Eu não pude ajudá-la."

"Quem atirou nela?"

"Um nazista. Ele não é importante."

"Por que não?"

Os ombros do Luc tremem mais do que nunca quando ele me responde. "Porque foi tudo culpa minha."

Nesse momento, as portas duplas se abrem e Paul aparece no pátio, seguido por Eugene, Ruben e Corinne. Eles parecem que estão prestes a correr até onde estamos, então eu levanto a mão e faço um gesto para que eles esperem, para que Luc tenha algum tempo para se recompor. Eu queria que Paul tivesse demorado um pouquinho mais para encontrar todo mundo, para que Luc pudesse ter falado mais. "*Tudo culpa minha*"? O que ele quis dizer com isso?

Quando Luc avista os outros esperando na porta, ele limpa os olhos com as costas da mão. Eu aceno para Paul, e ele apanha cadeiras para todos e as coloca ao redor de nosso banco. Quando todos estão sentados, Luc já secou as lágrimas. Ele ainda parece devastado.

"Luc acabou de me contar o que aconteceu com a Adalyn", eu explico para os outros. "Ela... hum..." Eu olho para Luc buscando permissão para repetir o que aconteceu, e ele acena levemente a cabeça para mim. "Um nazista a matou com um tiro em 31 de maio de 1944."

Os olhos de todos se arregalam, mas ninguém pode vencer os de Corinne. "O mesmo dia em que o meu avô foi preso", diz ela. "Ele estava envolvido na explosão a bomba de um restaurante cheio de oficiais da Gestapo."

Ao meu lado, Luc se alvoroça. Ele se vira para Corinne e inspira outra vez, devastado. "Eu também", diz ele em voz baixa, "e a Adalyn também." Um calafrio percorre o grupo. "Geronte era nosso líder", continua Luc. "Ele era um homem incrível."

Ruben oferece um lenço de papel a Corinne, e ela enxuga os cantos dos olhos. "Ele era mesmo", Corinne responde, e ela e Luc trocam um olhar de cumplicidade. Para o resto do grupo, ela explica: "Quando meu avô foi preso, ele se recusou a fornecer qualquer informação, então eles o torturaram muito. Ele estava velho e seu corpo não aguentou. Ele morreu sob custódia da Gestapo, mas nunca traiu sua rede."

"As outras pessoas das fotos... elas estavam envolvidas também?", pergunto a Luc.

"Sim. Da foto, Pierre-Henri e Marcel... quem não está na foto é o Raphael. Foi ele quem nos traiu."

Quero saber tudo sobre o que aconteceu no ataque, inclusive o que esse tal de Raphael fez, mas há outra coisa que preciso fazer primeiro – a pergunta que está me consumindo desde o início do verão. "Luc, você sabe por que tem uma foto no apartamento da Adalyn em que ela está se divertindo com um bando de nazistas?"

"Ela não estava fazendo festa com eles", Luc diz imediatamente. "Ela estava espionando."

"Espionagem?"

"Sim." Sua voz falha. "Ela foi a pessoa mais corajosa que já conheci."

Estou chocada demais para responder.

"Luc, talvez você deva começar do início e nos contar tudo", sugere Eugene, e todos na roda assentem, concordando.

Mas Luc balança a cabeça. "Não consigo", confessa. "É doloroso demais."

Eu olho nos olhos do velho, inchados de tanto chorar. Deve ser terrível para ele desenterrar as memórias que manteve trancadas por tantas décadas. Ele está com uma ferida aberta desde que Adalyn morreu e quero ajudá-lo a curá-la. Coloco a minha mão do lado da dele no banco.

"Luc, você disse que a Adalyn foi a pessoa mais corajosa que você já conheceu, mas sem você, ninguém jamais vai saber a história dela. O legado dela não vai sobreviver."

Algo muda nos olhos de Luc, e ele se endireita. Ele pousa a mão em cima da minha.

E então ele começa.

Já é tarde quando Luc chega ao fim de sua história e os varais de lâmpadas pendurados no pátio se acendem. Ao longo da última hora eu chorei tantas vezes que a barra da minha camiseta está amassada de tanto ser usada para limpar meus óculos. Adalyn estava trabalhando na Resistência desde o início da Ocupação. Ela começou distribuindo panfletos e outras mensagens secretas, e acabou espionando nazistas, que não sabiam que ela conseguia entender o que diziam. Ela nunca contou isso para ninguém da sua família, incluindo a vovó.

Eu nem consigo imaginar.

Luc acabou de nos contar sobre a noite do ataque e como tudo desandou. Em uma reviravolta doentia, ele acabou ligando os pontos a partir do que o próprio Von Groth disse, quando se gabou enquanto torturava Luc para obter informações.

O que aconteceu foi o seguinte: Von Groth aparentemente julgou que Raphael parecia suspeito assim que ele entrou no salão. Ele estava suando demais e não estava particularmente quente lá fora. Quando Raphael posicionou a pasta, Von Groth se levantou e o seguiu até a cozinha e saiu pela porta dos fundos. Raphael tentou fugir, mas Von Groth o agarrou.

Então a bomba explodiu – com Von Groth *do lado de fora* do restaurante.

Von Groth encostou sua arma na cabeça de Raphael e o rapaz revelou seus segredos, incluindo o endereço do abrigo.

"O Raphael sempre falou muito bem de si mesmo", murmurou Luc, "mas ele desabou sob pressão."

Quando Von Groth viu Adalyn e percebeu que tinha sido enganado, ficou tão furioso que atirou no peito dela. Ele e seus homens prenderam todos os outros. Geronte morreu em uma cela na sede da Gestapo. Luc, Marcel, Pierre-Henri e Raphael foram torturados e por fim mandados para um campo de concentração na Alemanha chamado Buchenwald. Quando os Aliados os libertaram em abril de 1945, Luc era o único ainda vivo, e por pouco.

Luc decidiu pular os detalhes do que aconteceu no campo de concentração, e ninguém o pressionou.

"Então a Gestapo nunca foi atrás da família de vocês depois do ataque?", pergunto.

"Não", diz ele. "Felizmente, eles ficaram mais ocupados."

"Com o quê?"

"Com o Dia D. Os Aliados invadiram a França uma semana depois."

É claro. Eu li em algum lugar que, quando os Aliados desembarcaram na Normandia, os alemães não estavam tão preparados quanto poderiam estar. Eles foram levados a acreditar que os Aliados invadiriam outra região – um lugar no norte da França chamado Pas-de-Calais.

"Você tentou encontrar a família da Adalyn alguma vez quando voltou para Paris?", pergunto a Luc.

"Na verdade, eu os procurei", diz Luc. Ele está mais falante agora que tirou tanta coisa do peito. "Eu me lembrava de onde eles moravam da vez que a acompanhei até a casa dela. Fui ao prédio, mas uma vizinha, uma mulher chamada Emmeline Blanchard, me disse que eles não moravam mais lá."

Paul e eu olhamos um para o outro exatamente ao mesmo tempo, e eu sei que nós dois estamos pensando a mesma coisa.

O apartamento.

"Emmeline disse o que aconteceu?", Paul pergunta.

Luc esfrega o queixo. "Sim, ela disse que pouco depois do Dia D, os pais da Adalyn deixaram Paris para se esconder na casa de um parente no sul. Foi quando a maré virou e os franceses estavam caçando todos os possíveis colaboradores dos nazistas, inclusive mulheres que iam ao tipo de festa que a Adalyn e a mãe dela frequentavam. Madame Blanchard esperava que eles voltassem a Paris em breve, mas foram atingidos por um bombardeio aliado e não sobreviveram."

Fico triste por eles, especialmente porque morreram sem saber a verdade sobre a filha.

"Ela falou alguma coisa sobre a irmã da Adalyn? Chloe?"

"Sim. Eu descobri que a tinha perdido também. Naquele verão de 1944, ela conheceu um soldado aliado e eles se apaixonaram. Ela fugiu para ficar com ele."

Então foi assim que a casa foi abandonada. Von Groth matou Adalyn... Maman e Papa fugiram de Paris com planos de voltar em algum momento, mas nunca conseguiram... E a vovó basicamente renegou sua família, conheceu um soldado – o vovô –, se mudou para os Estados Unidos e começou uma vida nova com ele. Tudo faz sentido agora. Exceto...

"Os pais de Adalyn não se perguntaram por que a filha mais velha simplesmente desapareceu?", pergunto.

Luc ri melancolicamente. "A vizinha disse algo sobre Adalyn ter se juntado a alguns amigos da escola nas férias de verão", lembra ele. "Eu sabia que não era verdade. Suspeito que foi uma mentira que Adalyn contou aos pais, caso algo desse errado, e eles acreditaram nela. Ela os amava. Não ia querer que eles ficassem preocupados."

Preciso de alguns instantes para absorver tudo que acabei de descobrir. Percorro em pensamento todas as coisas que eu queria saber sobre a Adalyn e risco todas elas da lista, me certificando de que nada fique sem resposta. Tudo se encaixa, mas ainda há uma coisa que quero perguntar a Luc.

"Luc", digo o mais delicadamente possível, "você disse antes que achava que a morte da Adalyn tinha sido sua culpa. Por que você acha isso?"

Ele solta um suspiro longo e lento e sua cabeça pende para a frente. "Antes de tudo, porque o ataque foi ideia minha", Luc diz desolado. "Se eu não tivesse tocado no assunto, ela teria sobrevivido."

"Você não sabe disso", ressalta Corinne. "Poderia ter acontecido de outra maneira. Ela estava fazendo um trabalho perigoso, Luc. Todos vocês estavam. Não pode se culpar por isso."

"Eu me culpo", ele diz, assoando o nariz.

E então eu tenho uma ideia. Abro o zíper da minha mochila e vasculho entre as fotografias e um moletom, até o fundo, onde encontro o caderno. "Acho que você deveria ler o que ela escreveu na noite antes do ataque", digo ao pegar o diário da Adalyn.

A letra é pequena demais para Luc decifrar, então Paul lê em voz alta para o grupo. Peço que repita a última frase com mais ênfase: *Aconteça o que acontecer, durmo esta noite sabendo que o risco vai valer a pena.*

"Está vendo?", digo para Luc. "Você não é responsável por nada. A Adalyn sabia do risco que estava correndo e ela *queria fazer isso*. Ela disse que não importava o que acontecesse, ia valer a pena."

Todos contribuem com palavras de incentivo e dão tapinhas no joelho de Luc. Eu quero tanto que ele aceite a verdade. Ele carrega essa culpa há tempo demais, e não tem que ser assim.

Luc pergunta: "Posso segurá-lo?".

Ele está apontando para o diário.

"É claro", eu respondo.

Eu o entrego para ele.

Ele o segura junto do coração.

E, finalmente, ele sorri.

20 *Alice*

"Mãe! Pai!"

Eu irrompo pela porta do Airbnb com meu o cabelo voando para todo lado, com a minha mochila escorregando dos ombros e com pelo menos um dos cadarços desamarrados.

Depois que Paul e eu trocamos contatos com nossos novos amigos e nos despedimos, prometendo nos falar de novo em breve, corri para casa para contar à minha mãe e ao meu pai tudo o que descobri antes que eles fossem para a cama.

"Você está bem?", meu pai pergunta do sofá, onde ele e a minha mãe estão assistindo a algum especial de comédia na Netflix.

"Sim, sim, estou bem. Estou ótima, na verdade." Largo minha mochila no chão e fico parada de pé no tapete da sala, entre meus pais e a TV. "Tenho tanta coisa para contar para vocês que nem sei por onde começar."

"Respira, Alice", meu pai diz.

Prendo o cabelo para refrescar a minha nuca. Então eu respiro fundo. "Eu sei o que aconteceu com a família da vovó. Eu sei por que o apartamento acabou abandonado! E a irmã da vovó, a Adalyn – vocês não vão acreditar nisso. Ela era uma espiã da Resistência Francesa!"

Minha mãe está com o rosto impassível. Eu sei que ela não gosta de falar sobre o apartamento, mas não vou manter isso em segredo de jeito nenhum. Meu pai procura o controle remoto para baixar o volume.

"Desculpa, só um segundo", diz ele.

Não consigo esperar. Estou falando na velocidade da luz e não consigo desacelerar. "Finalmente encontrei alguém que conheceu a Adalyn. Ele me contou tudo. A história dela é incrível. Ela começou distribuindo panfletos antinazistas, e então ela..."

"Espera aí, só vou pausar isso", diz papai. Por que eles estão agindo como se eu estivesse sendo inconveniente ao contar para eles essas coisas?

Quando o programa é interrompido e depois que a minha mãe passa um bom tempo arrumando o cobertor no colo, meu pai faz um gesto para que eu prossiga. Eu me dou conta de que, para que tudo faça sentido, preciso começar bem antes; preciso contar sobre todas as pesquisas que eu fiz. Esse tempo todo, eles provavelmente imaginaram que Paul e eu estávamos passeando por Paris fazendo coisas normais de adolescente, não lendo sobre a vida na época da Ocupação. Então, conto a eles toda a história, como encontrei o diário e fiquei sabendo que a família da vovó fugiu um tempo de Paris, como vi o recorte de jornal que me fez pensar que a Adalyn era simpatizante do nazismo, até como fiquei sabendo a verdade sobre o relacionamento dela com Ulrich Becker III. Em seguida, parto para tudo que acabei de saber por Luc. Mostro a eles as fotos do Museu da Resistência Nacional e digo o nome de cada um dos amigos da Adalyn. Conto a eles sobre o ataque à bomba e como tudo deu errado. Repasso cada mínimo detalhe, até a explicação de como o apartamento ficou basicamente parado no tempo.

Quando chego ao fim, estou mais uma vez limpando meus óculos embaçados na minha camiseta, mas meus pais não estão tendo a mesma reação. Minha mãe só puxou o cobertor para mais perto do queixo e meu pai parece tenso, com os olhos indo de mim para a minha mãe.

Eles não vão gostar *nada* do que tenho a dizer em seguida.

"... Eu pensei a respeito e não quero colocar o apartamento à venda", digo por fim. "Eu quero ficar com ele. É uma parte da minha história – da *nossa* história."

Meu pai exala com os lábios franzidos. Isso não é um bom sinal.

"Alice, a sua mãe e eu valorizamos toda a pesquisa que você fez", diz ele, embora ele e minha mãe nem tenham trocado uma palavra sequer. "Dito isso... todas essas coisas aconteceram há muito, muito tempo, e acho que há vantagem *agora*, hoje, em nós três sairmos desse período difícil e começarmos de novo."

Abro e fecho a boca como um peixinho-dourado, atrás de palavras, mas não encontro nenhuma. Eu não consigo acreditar no que estou ouvindo.

Só que não, talvez eu possa, porque é assim que minha família é. A gente sempre foi desse jeito, desde que consigo me lembrar. A gente não lida com nenhum dos nossos problemas de verdade. A gente só passa o pano da maneira que acha mais fácil. Mas olha só para a minha mãe, escondida debaixo de um cobertor. O que a gente está fazendo não está tornando nada mais fácil.

"Não vai dar certo!", eu grito. "A gente não vai simplesmente conseguir começar do zero! Como a gente vai seguir em frente arrastando esse peso enorme – enorme – atrás da gente?"

"Alice, do que você está falando?", meu pai pergunta impaciente. "Que 'peso'?"

"ESTOU FALANDO SOBRE A MAMÃE!"

Os dois parecem estarrecidos. Não tem nada além de um silêncio mortal na sala de estar, seguido pelo som de risos e aplausos vindos da TV.

"Desculpa", meu pai murmura. "Ela faz isso se você deixa pausado por trinta minutos... Deixa só eu pausar de..."

"POR QUE VOCÊ SIMPLESMENTE NÃO DESLIGA, PAI?"

Ele inspira profundamente, depois deixa o ar sair pelo nariz. Ele aperta o botão para desligar e a luz da TV se apaga. Estamos no escuro.

"Tudo bem, Alice." Ele está usando sua rara voz de Não Me Provoque. "O que você acabou de dizer sobre a sua mãe?"

"Estou dizendo isso, mãe, porque claramente você não está bem e não acho que estamos conseguindo te ajudar!"

Com isso, minha mãe tapa o rosto com o cobertor e podemos ouvi-la soluçando por baixo dele. Meu pai parece estar em pânico. Ele lança as mãos para o alto, frustrado. "Alice, isso obviamente também não está ajudando!", ele grita.

Ele quer que eu desista. Ele quer voltar para nossa educada vida de faz de conta. Mas eu não vou fazer isso. Eu me sento no espaço entre eles no sofá e passo o braço em volta do pacote macio que é minha mãe.

Eu posso sentir ela chorando. O corpo dela fica rígido por um momento, e eu me preparo para ela tentar se desvencilhar, mas então, para minha surpresa, ela se solta. O caroço que é a cabeça dela debaixo do cobertor pousa no meu ombro.

"Mãe", eu pergunto gentilmente, "está me ouvindo?"

O caroço assente. Agora é a hora. Assim que chegamos em casa naquela noite horrível no restaurante de frutos do mar, eu comecei a pesquisar como deveria falar com a minha mãe, já que não tinha a menor ideia de como fazer isso. Digitei seus sintomas – tudo de que me lembrava desde que era pequena – e todos os sites apresentavam a mesma resposta: depressão. Eles explicaram totalmente as fases sombrias da minha mãe; ao que parece, algumas pessoas passam anos sentindo-se bem e, de repente, sentem os sintomas de novo – às vezes aleatoriamente, às vezes devido a uma situação específica. A morte de um membro da família, por exemplo.

Eu li sobre como falar com alguém com depressão, tudo o que você deve e não deve dizer. As últimas seções soaram muito como eu e o meu pai. Desta vez, em vez de escrever um poema e enfiá-lo na gaveta, escrevi um discurso para dizer à mamãe, e o tenho ensaiado na minha cabeça desde então.

Eu o digo em alto e bom som para que o meu pai também ouça:

"Mãe, eu te amo muito e odeio ver você sofrendo. Quero entender como você está se sentindo e então quero te ajudar a superar. Seja o que for, é normal. E eu quero que você saiba que não está sozinha... Tá bom?"

Por favor, que isso chegue até ela. Os ombros da minha mãe param aos poucos de tremer e ela tira o cobertor do rosto. Ela inclina a cabeça de lado e me olha com os olhos injetados de vermelho, e quero dizer que ela me olha *de verdade*. Ela não está mais dentro da sua redoma. Pela primeira vez em meses, vejo a mãe que conheço.

Ela limpa os olhos.

"Tá bom", ela diz de volta.

21 *Alice*

A primeira língua da minha família é conversa-fiada. Não é fácil aprender uma nova língua quando você falou de um jeito a vida toda, mas é algo em que estamos trabalhando. Estou radiante por estarmos finalmente conseguindo nos abrir uns com os outros, mesmo que não seja fácil fazer isso. A única vez que me arrependi, no entanto, foi neste exato minuto, no banco de trás do carro alugado e lotado, enquanto meu pai bombardeia Paul com perguntas e mais perguntas através do espelho retrovisor.

"Estou curioso para saber como vocês dois definem o seu relacionamento. Vocês estão 'oficialmente juntos', como se costuma dizer hoje em dia?"

Ah, meu Deus. A gente não pode simplesmente voltar às cordialidades vazias? Pergunte a ele sobre esportes ou qualquer coisa do tipo! Eu queria ter um botão de ejetar para me lançar para fora do carro agora, se eu não fosse ficar presa em um subúrbio francês aleatório em meados de dezembro, usando um vestido de festa. Não é o ideal.

"Sim, sr. Prewitt, estamos oficialmente juntos", diz Paul dando uma risada. Ele tem levado a conversa tão bem. "Eu me sinto muito sortudo por estar namorando a Alice."

Meu Deus, isso é humilhante. Muito fofo, mas mortificante. Enquanto eu afundo minhas unhas no couro do banco, minha mãe se vira para o banco de trás e move os lábios, sem emitir som, dizendo, para nós dois: *eu sinto muito*. Todos, menos o meu pai, caem na gargalhada, mas logo ele começa a rir também.

Em agosto, quando voltamos para casa de Paris, tomei a iniciativa de marcarmos um horário para a gente começar a fazer terapia em família. Além disso, a minha mãe voltou a fazer consultas com o terapeuta dela. Digo "de novo" porque fiquei sabendo em uma de nossas sessões que, quando eu estava no primeiro ano, minha mãe tentou suicídio. Depois de todo esse tempo, eu nunca soube, mas isso explica todas as consultas médicas e o tempo que eu passei na casa da vovó. Por um período, ela procurou ajuda, mas depois parou de ir, porque estava com muita vergonha – e ela estava se sentindo muito melhor, de qualquer maneira. Meu pai não a pressionou. Ele imaginou que fosse um episódio isolado.

Sempre que a depressão de minha mãe voltava, meu pai evitava tocar no assunto porque não queria deixá-la mais chateada, e eu segui na mesma linha dele. E foi assim que as coisas permaneceram na nossa família. Até o último verão, quando a morte da vovó fez a minha mãe ter o pior surto de depressão em muito tempo, e eu me dei conta de que não podíamos continuar evitando a verdade. Minha mãe precisava de ajuda. Ela ainda precisa. Todos nós precisamos.

Árvores cobertas de neve passam pela janela em um borrão preto e branco. De vez em quando, aparece um vazio por onde dá para ver o rio Marne gelado correndo ao longo da estrada. Da última vez que viemos até aqui, Paul e eu não fazíamos ideia do que íamos encontrar. Desta vez, tenho uma ideia muito melhor de para onde estamos seguindo. Conversamos a respeito com a sra. Richard por meses e, na semana passada, trouxemos para ela alguns dos itens mais importantes para ficar em exibição. Hoje à noite, vamos ver a nova exposição pela primeira vez.

Meu pai estaciona o carro e nós seguimos a passarela até a frente do Musée de la Résistance Nationale em Champigny-sur-Marne. Há uma placa na porta que diz "*Fermé pour un* événement *privé*". "Fechado para um evento particular." Eu me inscrevi no clube de francês no semestre passado e acho que estou melhorando.

Nós entramos.

A sra. Richard nos cumprimenta no saguão com uma bandeja de taças de champanhe, que ela pousa no balcão de recepção. Então ela abraça todos nós, um por um. "Vocês são os primeiros a chegar", diz ela. "Gostariam de ver como ficou?"

"Sim, por favor", respondemos em uníssono – até a minha mãe.

Nós a seguimos pelos corredores vazios até o local no museu onde as fotos de Pierre-Henri estão expostas. Eles ainda estão lá, mas agora são apenas uma parte de uma grande exibição dedicada a Adalyn e ao seu grupo da Resistência. As páginas do diário da Adalyn estão reproduzidas e apresentadas cronologicamente, junto com fotografias e outros artefatos para mostrar o que estava acontecendo na época. Lá está a foto de Adalyn cercada por nazistas – um dos quais, agora sei, é Walther von Groth. Quando a encontrei em junho, a foto embrulhou meu estômago. Agora eu olho para ela e sorrio com orgulho.

A sra. Richard fez um trabalho incrível reunindo tudo isso – melhor do que eu jamais poderia ter imaginado. A meu pedido, ela até concordou em colocar o vestido roxo de *zazou* da vovó em exibição. Não tenho certeza se acredito em vida após a morte, mas se existir, espero que a vovó e a Adalyn estejam olhando para baixo e vendo que estiveram do mesmo lado o tempo todo.

Enquanto observo o vestido da vovó, Paul vem até o meu lado. Eu seguro a mão dele, e apreciamos a relíquia juntos.

"Acho que ela tinha um pressentimento", eu digo.

"Quem?"

"A vovó. Acho que uma parte dela sempre se perguntou sobre a Adalyn. É por isso que ela ficou com o apartamento até morrer, mas nunca disse nada a respeito. Ela não queria desenterrar o passado, porque era muito doloroso... mas também não queria fechar a porta completamente. Só por garantia."

"Estou feliz por ela nunca ter se desfeito dele."

"Eu também."

Enquanto nos maravilhamos com a exposição, os convidados começam a chegar. A Vivi quase nos derruba, seguida por Theo, Claudette e Lucie, que seguem num ritmo um pouco mais relaxado. Os pais de Paul, que conheci outra noite quando vieram de carro de Lyon, chegam logo depois; a mãe dele me dá um buquê de flores de presente, e então os dois começam a conversar com meus pais. Também estão Eugene e sua esposa, Sylvie, e Ruben e a esposa dele, Isabelle. Luc fica mais ao fundo, ostentando uma boina preta de lado, agarrando a curva do braço de Corinne para se firmar.

Depois de absorver tudo, Luc simplesmente diz: "*C'est parfait*." Está tudo perfeito.

E, com certeza, é uma noite perfeita. Quando todos terminam de apreciar a exposição, passamos para uma sala no andar de cima para jantar com vista para o rio. É lindo ver as luzes douradas serpenteando ao longo da água. Durante a refeição, enquanto todos falam sobre a Adalyn, fico aliviada ao ver que Luc parece estar em paz. Ele está calado e um tanto sério, mas acho que pode ser só a personalidade dele. Enquanto terminamos nossas sobremesas, a sra. Richard pergunta a ele se estaria interessado em se tornar um palestrante periódico no museu. Depois de uma breve hesitação – e algum incentivo do resto da mesa –, ele concorda.

Bem quando eu pensei que as coisas não poderiam melhorar, isso acontece. Depois que todos os pratos estão vazios e algumas das outras pessoas estão aproveitando um aperitivo depois do jantar, vou até a janela para ver melhor as luzes ao longo do Marne. Após alguns segundos, uma mão pousa na parte inferior das minhas costas. É o Paul.

Ele me beija na bochecha. "Eu tenho um presente de Natal antecipado para você", diz enquanto ele enfia a mão no bolso do blazer.

Eu o cutuco de brincadeira no braço. "Achei que tivéssemos combinado que íamos sair para jantar."

Ele puxa um pedaço de papel dobrado e o entrega para mim. Quando o abro, vejo uma cópia impressa de um e-mail da Universidade de Nova York. Ah, meu Deus. Meu coração dispara.

"Paul, o que é isso?", pergunto, embora eu saiba exatamente o que é. Estou muito animada para formar frases coerentes.

"Fui aceito em um programa de estudante visitante na NYU", diz ele, esfregando minhas costas. "Vou ficar lá de janeiro a maio, com a opção de permanecer até o verão se eu quiser."

"Ah, meu Deus. Estou tão animada que acho que vou chorar."

Paul ri e me puxa para um abraço. Senti falta do cheiro dele, depois de tanto tempo longe. O FaceTime nos últimos meses tem dado para o gasto, mas ainda assim sentimos saudades um do outro o tempo todo. A partir do próximo mês, ele estará a apenas uma hora de carro – talvez menos, dependendo do trânsito. A gente vai poder se ver nos fins de semana.

Com minha cabeça apoiada em seu peito, olhamos juntos pela janela. Provavelmente eu estou me adiantando, mas talvez o Paul possa ficar com a gente durante as férias de primavera. A gente pode ficar em quartos separados, se isso deixar a minha mãe e o meu pai mais à vontade.

Vou conversar com eles a respeito, porque é isso que fazemos agora, ou pelo menos estamos tentando. Durante anos, ficamos na margem do rio, com medo de colocar os pés na água – mas como é que se chega ao outro lado desse jeito? Só há uma maneira de fazer isso e por fim descobrimos qual é. Temos que segurar as mãos uns dos outros e avançar pelas profundezas.

Agradecimentos

Um obrigada enorme a todas as pessoas que trabalharam neste livro e me apoiaram ao longo de todo o processo:

Minha editora, Catherine Wallace, que avançou pelas profundezas comigo para explorar as águas turvas entre o bem e o mal. Você é brilhante e foi uma alegria fazer este livro ganhar vida ao seu lado.

Minha agente, Danielle Burby: tenho sorte de ter você como agente, e ainda mais sorte de ter você como amiga. Obrigada por estipular datas, pelas noites de *Bachelor* e por ajudar a tornar o livro dos meus sonhos realidade.

A equipe da HarperCollins que produziu, fez o design e divulgou este livro: Renée Cafiero; Mark Rifkin; Jessie Gang; Shannon Cox; Aubrey Churchward e Erin Wallace, sou muito grata por todo o seu trabalho duro.

Meus pais, Lisa e David; meu irmão, Russell; e meus sogros e cunhada, Carol, Bob e Hilary. Seu entusiasmo e incentivo significaram muito para mim. Eu amo vocês!

Por fim, ao meu marido, Tim. Meu amor. Obrigado por explorar Paris comigo; pelo seu imenso conhecimento da história militar; por ler e ouvir este livro mil vezes; e por estar ao meu lado, sempre.

Fontes LYON TEXT, FAKT, BOHEME FLORAL
Papel ALTA ALVURA 90 g/m²
Impressão IMPRENSA DA FÉ